Virgen de medianoche

Virgen de medianoche

Una caricia de sangre en la oscuridad

ARGENTINA _ CHILE _ COLOMBIA _ ESPAÑA
ESTADOS UNIDOS _ MÉXICO _ PERÚ _ URUGUAY

1ª. edición: octubre 2018

Copyright © 2018 by Armando Vega-Gil
Copyright © 2018 by Ediciones Urano, S.A.U.
Plaza de los Reyes Magos 8, piso 1.º C y D – 28007 Madrid
www.titania.org
Copyright © 2018 by Ediciones Urano México, S.A. de C.V.
Ave. Insurgentes Sur 1722-3er piso. Col. Florida.
Ciudad de México, 01030. México.
www.edicionesuranomexico.com
All Rights Reserved

ISBN: 978-607-748-160-7
E- ISBN: 978-607-748-164-5

Fotocomposición: Ordinal, S.A. de C.V.
Cuidado editorial: Ordinal, S.A. de C.V.

Impreso por Litográfica Ingramex, S.A. de C.V.
Centeno 162-1. Col. Granjas Esmeralda 09810. Ciudad de México.

Impreso en México – Printed in Mexico

ARMANDO VEGA-GIL

CÓDEX
MICTLÁN
INFIERNO

VIRGEN DE MEDIANOCHE

UNA CARICIA DE SANGRE EN LA OSCURIDAD

TITANIA

Virgen de media noche
cubre tu desnudez,
bajaré las estrellas
para alumbrar tus pies.

Daniel Santos

I

Daph, 21

Soy anticuada. Me gusta la música gótica, Lacrimosa y así. Devoro (succiono?) las historias de vampiros de Anne Rice y Poppy Z. Brite, justo porque no están de moda. Las novelas crepusculares de Stephenie Meyer me emocionaron de chica, pero ahora busco experiencias extremas: vampiros que sí los cocine el sol, zombis inteligentes y veloces, licántropos urbanos. Me visto tal y como aparezco en las pics: de negro, falditas, gasas y medias caladas. Si eres borracho o un narcisista exhibiendo su musculatura plástica en un gym ni me busques. No drogas. Vegana. Pelirroja. Antes de lanzarte a la aventura con esta virgen gótica, pregunta su verdadera edad. Sugar daddy. El sexo aún es un enigma para mí. Si también lo es para ti, podríamos hacer match... quizá.

Fuck, no! ¡No! La última línea de mi perfil en Tinder me había erizado los nervios fuera de la piel, ¡pluick!, dejándome como un muñequito vudú.

¿De verdad iba a hacer esto?

Panic atac.

Corrí al baño para vomitar, pero lo único que salió de mi garganta fue un quejido profundo, un gruñido de perro amplificado por el hocico del wc. ¡Íuuuu! ¡Qué asco!

—¿Estás bien, Daphne? —preguntó mi abuela desde el otro lado de la puerta, dando esos toquiditos tan suyos, ansiosos y molestos.

—Sí, ma —le contesté, mordiéndome los nudillos para no colapsar en un grito—. Algo me cayó mal en el café, pero creo que ya va para afuera—. Y así fue… ¡Qué alivio!

—¿Tienes fiebre?

—No, abue. Ya me siento mejor. Este ejercicio de limpieza profunda —ironicé para molestarla— me está cayendo bien.

—No estarás embarazada, ¿verdad, escuincla del demonio?

—¡Abuela, por favor, déjame enfermarme en paz!

Sus pasitos densos y ligeros resonaron con el girar de las ruedas mal engrasadas de su tanque de oxígeno, alejándose por el piso de aquella duela que el comején volvía una rechinante trampa para osos y espíritus chocarreros. ¡Rayos! Podía sentir el olor amargo a alquitrán y nicotina de los tosidos que Santajuana de los Mataderos colaba hasta mí a través de la rendija de la puerta, ¿por eso, al fin, había podido vaciar mi estómago? Sí, su aliento: esa mezcla de halitosis batida en un entrañable perfume de palos podridos, polvo y libros viejos, cientos de libros que la abuela acumuladora había decidido heredarme, junto con toda su casa-basurero, cuando terminara de morirse: «Porque de que me estoy muriendo, me estoy muriendo», decía para atormentarme cada que discutíamos. Yo sabía que, en efecto, ella agonizaba desde hacía años. Pero eso sí, la anciana necia, suicida, no dejaba ni dejaría de fumar hasta arder en una combustión espontánea o apagarse así nomás, ¡fuh!, sin aspavientos, como una colilla de cigarro abandonada a los restos de un lápiz labial ajeno y repugnante, como una heresiarca perseguida por la Inquisición. «¿Sabes que interrumpí mi merecido fallecimiento nomás para hacerme cargo de ti, niña bruja? Así que, cuando estés lista para andar sola por la vida, y yo me haya largado a tomar unas largas vacaciones, podrás hacer con mis libros lo que te venga en gana: venderlos o echarlos al fuego.» Sí, yo sabía qué hacer con ellos: nada de piras nazis u hoguera medievales; no, yo iba a guardarlos otros cien años hasta que me volviera —junto con ellos— confeti, aserrín, bacterias. Había joyas oscuras en esos entrepaños vencidos por el peso de las letras y los lustros... y que yo amaba: Lautréamont, William Blake; *El martillo de las brujas* o *Malleus maleficarum*, manual del perfecto cazador de brujas, junto a un ejemplar sospechoso, pirata, del *Necronomicon*, por supuesto, del árabe loco Abdul Alhazred; Baudelaire, Poe, Christopher Marlowe y el divino marqués de Sade. ¿Los habrá leído ella alguna vez? Supongo que sí, pero desde que tenía memoria, nunca la había visto hojeando una sola de sus ediciones antiguas. Sus ojos estaban cansados, amarillentos. Yo ya había empezado a leer aquella biblioteca para quizá nunca terminar, y es que, en un rincón de su alcoba, inaccesible y antojadiza, había una sección de libros, suponía yo, a los que no tenía derecho, encerrados bajo llave en una gaveta de cedro, inexpugnable, con forma de secreter, ¿algo todavía más salvaje y sucio que lo que coleccionaba en sus estantes apolillados? La llave del secreto, de hermosas curvas entrelazadas en plata, colgaba por siempre del cuello de Santa... y algún día haría mío ese tesoro.

El *shot* de adrenalina que me inyectara en la sangre aquello de «El sexo aún es un enigma. Si también lo es para ti, podríamos hacer match...» estaba bajo control después de mi leve escaramuza con la abuela, pensé con la ingenuidad de un monaguillo ante el cura pederasta; pero, al abrir de nuevo la app de Tinder, un agujero de incertidumbre y víboras locas volvió a anidárseme en el estómago. Sólo tenía que darle clic al OK para iniciar mi vida secreta de escort, que es como se llama de manera elegante a las putas.

Me senté un rato en la taza del baño, mareada, toqueteando la pantalla de mi cel cada que se iba a negros en su intento por eludir, junto conmigo, la primera decisión putañera de mi vida. ¡Vaya!, mi *smartphone* resultó más inteligente que yo. ¡Mierda!, el wifi era tan pobre en esa parte rezagada de la casa que, luego de hacer gárgaras con el enjuague para las encías sensibles y esponjosas de la abuela, salí rumbo a mi cuarto, donde está el módem ardiendo en el pleno de su poder virtual. El frío de sombras del pasillo me erizó la piel como un ungüento de alivio mentolado, esa oscuridad permanente, de cortinas gruesas y celosías provenzales que tanta fascinación le causaba a Daniela.

Daniela.

—¡Weeeey, tu casa viene siendo lo que te manejo como el paraíso de los ácaros! Neta, es el lugar perfecto para partirse la madre con un Lestat colmilludo y dos condes Drácula sedientos de cada gotita de tu maldita sangre —me dijo Dany, la primera vez que la invité a casa, un segundo antes de pegarme una abusiva mordida en el cuello.

—¡Ya, pendeja! —le grité, más que asustada, perpleja, poniendo en guardia a mi abuela.

—¡Daphne! —gritó Santajuana de los Mataderos desde su cuarto neblinoso, tras la puerta perpetuamente cerrada—. ¿A quién carambas trajiste a la casa? Ya sabes que me enerva que entren desconocidos… ¿Trae cigarros, jovencita?

—¡Claro, doña! Unos Gitanes sin filtro.

—¡Ah, rico! Esos franceses sí que saben fumar. Hace años que no pruebo unos.

—Pues faltaba más, doña —le respondió Daniela, prendiendo uno de esos tabacos de humor amargo y rico.

—Pues… ¡Bienvenida, niña!

Para evitar la escena de charla incómoda que por necesidad seguía —ya oía a la abuela hacer chillar los resortes de su cama antiquísima para ponerse de pie, al son de sus toses empapadas de humores flemáticos—, agarré a Dany de la mano, pusimos la cajetilla al pie de la puerta de Santa, junto con un Gitane ardiendo en un cenicero, y salimos de prisa rumbo a mi cuarto para encerrarnos a cal y lodo antes de que doña Santa comenzara a contar sus historias obsesivo-repetitivas. En lugar de eso, a boca de jarro, con la brutalidad que la caracteriza, Daniela me propuso entrar a Tinder para ganar dinero, buen dinero, con muchísima diversión y poco esfuerzo.

Diversión y dinero fáciles: la peor combinación.

¿Estaba yo segura de lo que iba a hacer? ¿Prostituirme?

Me tomó más de seis meses decidirme.

Ahora, intentando armarme de valor, al pasar junto al cuarto de la abuela, entreabrí su puerta y le dije al tiro, en voz alta, para asustarla:

—¡Y no estoy embarazada…! A menos que haya bajado el Espíritu Santo y me haya poseído con su divino semen.

Santa abrió los ojos más allá de su rostro cuarteado por las arrugas de las arrugas. Cuando estaba por estallar en un escupitajo de rabia, pegó una carcajada.

—¡Vas a arder en el infierno, escuincla cochina! —Sí, cochina. Y de golpe, Santajuana cayó en cuenta de que, sin permiso, había violando su intimidad, y ahora sí que estaba furiosa—. ¡Y cierra esa maldita puerta, carajo! ¡Ya sabes que tienes prohibi…!

Y, ¡slam!, dejándola a media frase, cerré de golpe esa chapa que yo sólo podía abrir en casos de crisis respiratorias, las cuales cada vez se hacían más frecuentes y radicales, ¡rayos!

Al encerrarme en mi cuarto, sin más motivación que la culpa, recargué a *full* mi espalda contra la hoja de madera de la puerta, con el deseo nítido de que jamás nadie se enterara de lo que estaba a punto de hacer. Pero si no quería que jamás nadie se enterara, ¿cómo iba a lograr salir de este bache de miseria que sumaban la pensión de abuela y mi salario de mierda?

Abrí mi Whats.

Daniela, contesta, no te hagas la desaparecida!!!!!

Ella estaba en línea, pero el par de palomitas no cambiaba a azul.

Contéstame, carajo!!!!

Decidida, le di doble clic al encendido del iPhone y jalé con el pulgar mi perfil tinderiano para checarlo de nuevo: en dos fotos tenía el escote abierto y bajo, lo justo necesario como para atraer enjambres de moscas en celo. Moscardones, zancudos y polillas negras, obesas. Otra me la había tomado Dany: estaba yo con una minifalda de muchos trapos, sentada en mi cama, sin medias, con las piernas flexionadas para mostrar lo suficiente, de frente y sin metáforas, mis piernas, con una sombra desleída cubriéndome apenas los calzones, digamos… con el pubis sugerido, para ser más explícita.

—Te ves riquita —me dijo aquella vez la fotógrafa Android.

—¡Ya, pinche Daniela! —le contesté tan ruborizada como lo estaba ahora que veía en frío esas fotos de mi perfil: selfis narcisistas usadas como anzuelos; y yo, la carnada. En las otras dos *pics* mostraba mis labios pintados de negro y mis piercings de la lengua, la ceja derecha y el tabique de la nariz, a la usanza hindú.

Sin lugar a dudas, el centro de atención era mi Lunar Estrella, esa hermosa mancha de mapa del tesoro que tengo debajo del ojo izquierdo, rojo violeta; como si llorara sangre la mismísima virgen de Fátima de la Dominicana, bocarriba, para formar un charquito discreto, seco y terso, como la piel de mis ojeras. Octavio Paz decía entre líneas que la sangre luce más hermosa sobre una piel pálida. *Y las sombras se abrieron otra vez/ y mostraron su cuerpo:/ tu pelo, otoño espeso, caída de agua solar,/ tu boca y la blanca disciplina de tus dientes caníbales,/ prisioneros en llamas, tu piel de pan apenas dorado/... Patria de sangre,/ única tierra que conozco y me conoce,/ única patria en la que creo,/ única puerta al infinito.* Dientes caníbales, piel de pan, patria de sangre. Las puertas de la percepción sin fin. ¡Uffff! Como en una de esas letras alemanas de Lacrimosa con guitarras aguardentosas y coros de iglesia embrujada. Yo, Daphne, la niña abandonada, la adolescente gótica, la «virgen» blasfema que llora Kool Aid sabor uva. Por eso, a parte de mi condición médica —candidata a cáncer de piel, pecas de sarcoma y otras linduras—, no dejaba que el Señor Sol me diera lengüetazos en el rostro: quería estar lo más pálida que se pudiera, con mis vestuarios antiguos y llenos de holanes, como los personajes de Carolina Andújar y Anne Rice, con mis sombrillas del siglo antepasado, manteniéndome a la sombra de tiempo completo.

En sentido contrario y a mil de velocidad, Daniela era una punketa de tops pegaditos y playeras sin mangas para tostarse a los rayos del medio día y exhibir sus brazos con el extenso tatuaje de la piel de un leopardo naranja, nadando entre helechos y palmeras, muy ánime, muy nipón; con sus botas Doctor Martens listas para patearle los güevos a quien se pasara de listo con ella... o conmigo.

Sí que ha sido rico y alucinante verla moler a más de uno, pues, como dice la abuela Santajuana: «La que pega primero pega dos veces»; y Dan siempre tira el primer golpe sin preguntar ni dar los buenos días. ¡Tómala, pendejo! Como en el concierto decisivo de la Arena Central, con su cúpula baja de asbesto cancerígeno y plaza de tierra mal iluminada, sucia. Estaba tocando Stigmata VII, ¡wow!, su música oscurísima, sabrosita de tan abajo y depre…, cuando se armó el baile a golpes y empujones. A mí el slam me molesta muchísimo, no sólo porque nadie respeta tu ensimismamiento ni tu pinche mínima individualidad, sino que requieren volverte parte de una tribu furiosa, y nunca falta el wey que tire de tu valiosa blusa de encajes con la pura y graciosa intención de hacerla garras.

Al estúpido grito de «¡Putos a la orilla!», los eslameros abrieron una mancha giratoria en el centro de la muchedumbre a punta de codos, casquillos de botas industriales y espaldarazos. Por supuesto, los pacíficos nos hicimos a un lado. Yo iba al concierto con mis dos amigas dark que en la rebatinga desaparecieron, como siempre, ¡cobardes! De pronto quedé sola, a la orilla de los tribales y sus atropellados. Pero, ¿qué rayos iban a hacer esos skateboarders sin quehacer a un concierto gótico?

Uno de estos neandertales que me andaba echando el ojo y que, la verdad, no estaba mal, alto y espigado, con el cabello crespo cayéndole a lo largo de la cara, bermudas cargo y Converse puercos, fue a tomarme de un brazo para sumergirme en la danza prehistórica. Al principio, creí que era una broma y que, en intención inversa, el wey iba a resguardarme de la vorágine; pero comenzó a jalonearme a fuerza de carcajadas, a zarandearme por los hombros, con la pútrida intención de que el slam se extendiera a mi zona de confort. Me eché a gemir débil, indefensa, con el movimiento de mis piernas limitado por una falda larga de terciopelo que, por suerte, se descosió en un frazzzz agudo por un costado cuando me abrí en escuadra para no caer al piso, dejándome con el *look* de una vedete de cine de los años cincuenta, una de esas zorras en blanco y negro que tanto nos gustan ver en YouTube a la abuela y a mí: Ninón Sevilla.

El tipo me tomó por los pelos de la nuca, «¡Ayyyy, arde!», y acercó su rostro al mío: olía a solvente de pintura y sus pupilas temblaban.

—Bailas porque bailas, perra.

Fuck!, con lo que me caga que me llamen así, como en la letra misógina de algún reguetonero descerebrado: perra, *bitch*, putita. Y ya decidía no oponer resistencia, dejarme engullir por la bestia de cien cabezas, cuando, salida de la mancha de danzantes y furiosos, vuelta un bólido, de un salto fantástico, una chica estrelló en directo su cabello cortito amarillo eléctrico y su cráneo, por supuesto, contra la cara del guapo de las carcajadas, aunque en ese momento me pareciera el ser más espantoso de la Tierra, sobre todo porque tenía la nariz reventada, desplazada hacia un lado, inflamadísima y chorreante. En el *trock!* fulmíneo —porque en un *trock!* fue que se fracturó el septo nasal del enemigo—, pude aspirar, con el detenimiento de un microsegundo, el perfume caro de un gel para parar cabellos. Era Daniela. Daniela, que no dejaba de girar sobre sí misma al ritmo de los Stigmata y quien, sin pudor, lanzando rodillazos bajo su faldita escocesa tableada, enseñándonos a todos, no sus necesarias mallitas negras en short, sino unas descaradas y lindas pantis estampadas en piel de tigre, derribó al tipo de las risotadas, porque en el piso, seguía riéndose, aunque cada vez más quedo.

La vengadora me gritó triunfante:

—¡Soy Dany, wey! Yo te conozco, íbamos en la misma escuela. Al rato te veo —concluyó, se dio la vuelta y corrió hacia un tipo pelón, tatuado en el cuero cabelludo, súper rudo y fornido, que la esperaba con los dedos de las manos entrelazados en estribo.

Daniela se trepó en el apoyo del róquer, quien le dio más velocidad a su impulso, y salió ella volando para aterrizar en un mar compacto de cabecitas apretujadas abajo del escenario. El guitarro de los Stigmata, Rotten Boy, celebró la hazaña aérea y comenzó a tocar más fuerte, ¡tañññññ!, más prendido, con el poderoso regalo de las piernas de la saltimbanqui.

Sus piernas.

De golpe la recordé. ¡Sí!, ella, exhibiendo los tatuajes de sus piernas, con orgullo y prepotencia, por el patio de la prepa. En los cuádriceps de la izquierda, dos dioses aztecas terroríficos se unían por las espaldas como siameses. Un dios Ocelote, con la cabeza espigada y la lengua emergiendo sinuosa de entre un par de colmillos afilados, con las garras hacia adelante en actitud de ataque y un penacho exuberante; del otro lado, un Mictlantecuhtli, señor del inframundo, con su cráneo descarnado, faldellín de plumas y una mano armada con un mazo de hojas de obsidiana, danzando entre casillas llenas de bestezuelas que indicaban fechas exactas, inaccesibles. Ambos estaban trazados en tonos de tierra quemada y amarillos. En la otra pierna, un Señor Murciélago, guerrero nocturno enfundado en un traje de piel de quiróptero, con la cabeza de un murciélago de mandíbulas aserradas, vestimenta ritual de capa con grecas y pectoral de jade, y dos cabezas decapitadas colgando de sus manos, manando sangre a lo cabrón. Esos *tatoos* no eran cualquier rayón, a leguas se reconocía que eran costosos, hechos por un artista y no por un irresponsable engañabobos, ni dispuestos al azar en ocurrencias caprichosas, sino que había un diseño que iría avanzando hasta hacer de la piel entera de Daniela un códice antiguo, dibujado en el mapa de un animal de jeroglíficos hermosos y atemorizantes. ¡Wow!

Antes de darme de baja de la escuela y entrar a la prepa abierta, alguna vez se habían cruzado nuestras miradas en el patio de la escuela, y lo que recibí de ella, a cambio de la más tímida de mis sonrisas, fue una mueca de desdén.

¡Rayos!

Por fin se iluminaron en azul las dos palomitas del WhatsApp:

Qué pedo, wey?

> Dany, no estoy segura de si quiero hacer esto. Me cago de los nervios.

Tranquila, mensa, los tipos que le den corazoncito a tu cuenta no van a aparecer en la puerta de tu casa de las brujas para tirarte de un bofetón en la cama.

> Ya sé. Pero esto es tan random.

Primero falta que te den like y, de esos weyes, tú tienes el privilegio de darles o no corazón verde para que hagan match. Luego chatean y ya decides con quién sí y con quién no.

> Y si alguien que ande navegando por ahí me reconoce?

Pues nada, Daph. No has dicho nada que te balconee, o sí?

> Te parece poco la foto donde casi enseño los calzones?

Tú lo has dicho: casi.

> Pues sí, pero... Bueno, te hice caso y puse en mi perfil una insinuación sexy.

Awwww!!! A ver, burra, enséñame tu bio.

Le tomé una *screenshot* a la pantalla del anticuado iPhone 5 con mi perfil y se la envié.

Hahahaha, eso de «el sexo aún es un enigma para mí» es taaaan tuyo. Nunca se te va a quitar lo cursi.

No, Danna, no soy cursi, soy gótica.

Es lo mismo. Ustedes que les gusta tanto el vampirismo, la licantropía y lo oscuro no son más que unas almas caritativas... y cursis.

Entonces, qué hago?

Está muy chorero el principio, pero le da un toquecito enigmático y mamador.

Ya dale ok. Total, si te arrepientes a la mera hora, borras tu cuenta. Con eso todos tus chats se esfuman, y aquí nadie dijo nada.

Segura?

Obvio sí, wey. Neta. Yo me he dado de baja un par de veces y cuando regreso parece que nada pasó.

Shure?

Ya, idiota. Estás a salvo. Y mira que me gusta eso de que aparezcas como de 21 años y no de 16.

Las trampas del Facebook. Hice una cuenta fantasma como me dijiste.

Exacto. Nada es demasiado evidente, nada parece ilegal.

En mis preferencias puse que busco hombres de 35 a 50+.

Exacto, ésos son los que tienen dinero y no escuincles de 18 años.

Que estén ubicados en un radio de 20 kilómetros.

Cool, eso incluye las colonias caras de la periferia.
Ándale, wey. Dale ok a tu perfil y a ganar dinero
fácil y divertido.

...

Bueno, me voy, hay un tipo que quiere coger. Me
cuentas al rato qué decidiste. Bye.

Ttyl.

Regresé a Tinder con un doble clic. Respiré hondo. Las náuseas regresaban. Diversión y dinero fáciles: la peor combinación.

Le di OK.

II

Las campanadas de emergencia sonaban con un ritmo errático, cargadas de miedo y desesperación: tan... tan... ... tac... Tan an tan... ta... n... c...

Erráticas y claras.

Y es que, si hay algo apenas bueno en mí, es mi oído hiperselectivo. Aun con la puerta cerrada y el iPhone sonando mi *playlist* de Anabantha, Agnus Dead y Bauhaus, puedo detectar con precisión milimétrica los sonidos importantes —los vitales, no los triviales, aunque ésos también— que vienen, por ejemplo, del cuarto de Santajuana de los Mataderos. Distinguir una tos podrida, mortal, de una a medio podrir, es mi especialidad. Se podría creer que una enferma de enfisema pulmonar en fase cuatro roncaría tal cual un cerdo, con los alvéolos distendidos, luchando contra las burbujas de aire enrarecido que los hinchan como globos de feria, sólo por jalar un poco de aire rumbo a los bronquios clausurados y la campanilla hipertrofiada. Pero los tubos de oxígeno que mantienen viva a mi abuela inyectan el aire comprimido a sus pulmones con una mínima presión que la vuelven la soñadora agónica más armoniosa del universo. Tssssss. Tssssss. Tssssss.

Así que los guardianes de mis sueños detectaron con la claridad inmediata de un martillazo, en mi córtex auditivo, la señal de alarma: tan... tan... ... tac... Tan an tan... ta... n... c...

Y a correr en pijama, descalza, con el corazón repateándome el tórax y su caja de resonancia. Tum, tum, tum.

La abuela se torcía con los ojos en blanco sobre el edredón *ad aeternum* percudido. Vuelta su cara hacia su espejo viejo y enorme, como si «mirara» allí su reflejo. Abría su boca por encima de las mandíbulas, con espumarajos de saliva en las comisuras de sus labios, tratando de atrapar un poco del poco oxígeno que sobrevivía en su cuarto nebuloso. Tenía los tubos del tanque aún encajados en sus enormes fosas nasales. El medidor de la presión de oxígeno indicaba que aún faltaba mucho para agotarse. Pensé que era un paro respiratorio… y lo era, aunque no espontáneo: Santa tenía los labios azules y la piel lívida, como a mí me gusta, aunque en ella se veía atroz.

—Abuela, ¡¿qué pasa?! —Le arranqué los tubos y comprobé que no disparaban gas. ¡Equipo de mierda!—. Ma, ¿dónde está el otro tanque? ¡Reacciona! —grité desesperada: el salvavidas de emergencia no estaba recargado donde siempre.

Ella, alzó el índice derecho hacia un lugar indefinido. Si yo no hacía algo pronto, se me iba a morir entre las manos… poco a poco dejaba de convulsionarse, faltaban segundos para acabar con el cuento. Por un instante de hastío repugnante y estupidez aguda, me cruzó por la cabeza la idea de no mover un dedo y escapar para siempre de mis grilletes, como si alguien ajeno a mí me lo exigiera a aullidos desde mis adentros: «¡Déjala morir, déjala!». Pero, *fuck!*, «¿qué estás pensando, idiota?». No, una no puede escabullirse de quien realmente es, de quien ama a fondo, escapar de su destino metiendo la cabeza en un agujero de mierda como un avestruz, así que le jalé la cabeza a Santa hacia atrás para que abriera su garganta lo más posible, alineándola a su tráquea, y pegué mis labios a los suyos para inyectarle aire. No era la primera vez que yo hacía esta maniobra espantosa. Pero el asco que me provocaba sentir sus babas en mi boca era menor al miedo de verla en el inicio definitivo de su descomposición. Descomposición radical. Soplar con tiento. Dejar que el vientre suba y baje a su velocidad natural. Soplar y aguantar. Toser llena de horror. Soplar. Nunca vomitar. ¡Rayos! Ver inflar y desinflar su pecho. Después, oprimir su tórax a dos manos, con mis brazos a lo largo, sin flexionarlos, para no debilitarme en un esfuerzo estéril. Uno, dos, tres…, veinte veces y de nuevo a degustar el aliento monstruoso de la abuela. Reanimación cardiopulmonar: RCP.

De golpe, reaccionó. Con sus propias flacas fuerzas pudo jalar un poco de aire.

—El otro tanque/ ¡ffff!/ me lo llevé al/ ¡ffff!/ baño —barbotó en un hilito de voz que pude atraer hacia mí con claridad.

—¡Abuela, ¿por qué haces esas estupideces?!

Por respuesta, me lanzó a la cara un disparo de saliva pulverizada en un tosido.

En la ambulancia, sonó mi celular con una insistencia que sobresaturó mi angustia. Era Dany, cosa que odié y agradecí de inmediato, porque eso de whatsappearse con tu mejor amiga, cuando las sacudidas van a 110 kilómetros por hora junto a un paramédico que oxigena a tu abuela, es una incomodidad.

—Wey, ¿cómo que vas al hospital para pensionados?

—¿Cómo que cómo? Porque allí es donde la pueden atender de inmediato sin cobrarme. En urgencias.

—¿Urgencias? ¿De in-me-dia-to? —me gritó en deletreo, soltando una de esas risotadas que me herían más que cualquiera de sus malditos insultos—. ¿Para que arrumben a Santa en un pasillo, aventada en el piso sobre un puto cartón, como la vez pasada? ¿Para que espere tres horas sin que nadie la atienda entre escupitajos y sanguaza de ve a saber quién chingados, tragando nuevas sepas de virus mutantes?

—No te oigo bien, la sirena de la ambulancia no me deja entender nada —le mentí, aunque ella bien sabía de mi oído selectivo.

—¡Daphne! —me zarandeó con tono de mando, llamándome por mi nombre, lo cual era cosa seria—. Orita mismo le dices al chofer de la ambulancia que enfile al Hospital ABC. Allí está un internista que es mi *partner* —elegante forma de decir «mi cliente»—, el wey las está esperando. Son prioridad.

—No puedo, *Da-nie-la*. ¿Con qué dinero voy a pagar ese hospital de burgueses?

—De eso me encargo yo. Estoy como a diez cuadras del ABC, llego en motocicleta antes que ustedes. Además, mi amante —forma vulgar de decir «mi cliente»—, ya verás, va a hacer dos tres movimientos a la sorda que van a bajar por mucho la cuenta.

El efecto doppler de sirena en ambulancia se torció en una parábola inestable cuando giramos a la derecha por avenida Observatorio, rumbo al ABC.

Cuando tienes un enfisema, los pulmones pueden jalar aire sin problemas, buhhhh, fahhhh, buhhhh, fahhhh; pero los espacios distales de los alvéolos están tan distendidos y todo es tan fibrosos, que el aire se queda ahí atorado, sucio, sin oxígeno: una porquería tóxica cuyo sabor ya conocía mi lengua. La maniobra de reanimación cardiopulmonar había sacado a la abuela del colapso; sí, pero ahora tenían que aspirar a mi vieja, drenarla y deshincharla con un tubo que le encajarían por la garganta hasta el entronque de los bronquios. Ella siempre me había dicho que, por ninguna jodida razón, quería morir conectada a una máquina, llena de cables, tubos y mangueras. Pero esta vez no iba a estirar la pata, así que asentí a que la enchufaran a un pulmón artificial, aunque se enojara, aunque fuera yo menor de edad como para tomar decisiones de ese tamaño. Para eso estaba mi madre, pero ella era tan útil en nuestras vidas como una goma de mascar en las olas del mar Muerto: le había marcado ciento doce veces y mandado veintisiete mil MSN y un *whats* a su teléfono, pero no me contestaba. Obvio.

—Vieja bruja —la descalificó Dany—, seguro está echando pata con su peor-es-nada, por eso se hace la desaparecida.

—¡Íuuuu!, «Echando pata con su peor-es-nada» —la arremedé con repulsión, soltando una carcajada que me relajó por un instante—. ¡Qué cosas tan horribles y atinadas dices a veces! Y no, brincos diera ella por ser una bruja.

—¡Cómo no!, tu mamá es una bruja chafa, de porquería. Si yo tuviera una hija como tú y una madre como Santa, no las hubiera abandonado jamás, ¿me oyes? ¡Jamás! —gritó en medio de la sala de espera y me plantó en la mejilla un beso con explosivos—. Por cierto, me gustas más así como estás, en pijama de gatitos y pantuflas, que con tus hilachos góticos.

—¡Ay, así qué chiste!, es la pijama Hello Kitty que me regalaste.

—Je, je. Vampira de día y bella durmiente de noche. ¿Qué no es al revés? ¿O me vas a salir con la payasada de que el ambiente de la ciudad es tan brumoso que el Señor Sol no te achicharra como al tal... ese... el guapo de *Crepúsculo*?

—Edward Cullen —le contesté, abotagando mi voz con un bostezo—. Y, pues sí, tengo que descansar en algún momento del día y de la noche, ¿o crees que duermo amortajada en holanes y terciopelo dentro de un sarcófago?, que ganas no me faltan.

—Pues nomás es cosa de que te decidas —me replicó Danna con sonrisa infantil y amenazante.

—No soy como tú, que quién sabe cuándo duermes —contesté, fingiendo no haberla oído— y siempre estás lista para la fiesta con tus Doctor Martens y estas faldas de colegiala trasnochada.

Y justo cruzó las piernas con lentitud molesta, retrayendo su de por sí corta falda, cuando pasó a un lado de nosotras su *partner*, quien no pudo apartar la vista de ella. Dany le guiñó un ojo, y el internista, sonrojado hasta los tuétanos y la ignominia, se subió en un tic absurdo el tapabocas que llevaba colgando del cuello, más para ocultar su rubor que para alistarse a una intervención quirúrgica. Él nos había dicho que en unas veinticuatro horas la abuela podría regresar a casa a fumarse otras diez cajetillas de Gitanes espolvoreados con cortisona, así que debíamos tomar las cosas con calma: Santajuana estaba de viaje por algún paraíso onírico bajo los efectos de 15 mililitros de dopamina y algún analgésico alcalino con el suficiente poder como para hacerla no sentir nada de nada. «Rien de rien», cantaría Edith Piaff, la divina heroinómana.

Me eché a llorar, quería que Dany me abrazara, sentir el calorcito ronroneante de su pecho; pero sólo pude inclinar la cabeza. Cerré los ojos: no quería contaminarla con el odio que, en mi vientre, reventaba con fuerza contra mi madre, ahora que estaba segura de que, por lo pronto, la abuela no me heredaría sus libros mohosos y su espejo oxidado.

—Sí, mi madre es una bruja mala, una bruja de mierda. Deberían quemarla en una hoguera de leña verde un día de éstos; poner en práctica el *Malleus maleficarum* —murmuré.

Daniela soltó una carcajada y se puso de pie para revolver el pesado ambiente de la sala de espera del ABC.

—Ok, señorita Inquisición, vamos a movernos para que te comas unas verduras hervidas con sazón de hospital, mientras yo me trago unos jochos ponzoñosos del carrito que está allá afuera, con tocino, mucha cátsup y jalapeños en vinagre: cerdo envuelto en cerdo.

La verdad, salivé como perro de Pávlov cuando olí el cadáver que Dan se atascaba luego de mis zanahorias y brócolis sin sal, expurgadas con un puño de arroz del caldito de mi cena. Caldo de cadáver de pollo. Sí, a veces hay que ser vegana flexible.

Al otro lado de la calle, estaba la motocicleta en la que Daniela había llegado. No era un *motorino* Italika para Godínez urbanos, sino una bestia Harley Davison al lado de un chico a rape y el cráneo tatuado, el mismo que la había lanzado por los aires en el concierto de Stigmata VII.

—Él es don Señor Coyote. Mi maestro de artes marciales y mejor amigo. Casual, wey, sólo eso: maestro y amigo. Siempre listo para responder a lo que se pueda ofrecer.

Le hice un saludo tímido con la mano que él no respondió.

—No te ofendas si no te pela, Daph, no es personal. Coyote es más seco que un pedazo de cecina al sol.

Dany le hizo una señal, y Señor Coyote se trepó en la moto y arrancó con un rugido compacto, poderoso.

—Y, bueno, wey —me advirtió cuando una ráfaga de aire nocturno limpió de mis lágrimas el perfume a éter y formol del hospital más caro de la ciudad—. Ya sabes que no es en mal plan, pero... todo el dinero que he puesto con mi tarjeta para resucitar a Santa me lo vas a regresar céntimo sobre céntimo.

—Ya sé —le dije apesadumbrada—. Obvio sí.

—No corre prisa. No..., pero sí: es una buena lana. Así que tu única opción es que sigas al pie de la letra mis lecciones de supervivencia. ¿Ya te diste de alta en Tinder?

Daniela estaba forzándome al desbarrancadero de un viaje sin retorno. *Shit!*

—Mmmm. Sí…, ya —confesé ruborizada.

—¿Y ya hiciste *match* con algún candidato? —forma políticamente correcta de decir «tu futuro cliente».

—No sé, no he revisado mi cuenta.

—Pues a ver, idiota, ábrela.

—Te digo que no sé, prefiero regresar con la abuela a su cuarto —le dije para zafarme de los nerviecillos que ya regresaban en náusea, con una mezcla mitad mentira… más un cuarto verdad, un octavo de incomodidad, y así hasta llegar a los campos subatómicos de la teoría cuántica del miedo.

—Tranquis, ella está en buenas manos, puestísima con la dopamina de mi internista. ¿La has probado alguna vez, en tus cinco sentidos? Está bien riquita; es como M, pero controlada y sin cruda —dijo y, al ver mi cara de interrogación, aclaró—: M, wey, MDMA.

—¿Como una tacha? —le pregunté asustada.

—*Maso*… la tacha libera serotonina a lo bestia, el neurotransmisor encargado de la felicidad y que en masa te pone en la frecuencia del amor cósmico. ¡Sffffh! Pero la dopamina es la dopamina.

—No, Daniela, no he probado nada de eso. Ya sabes: cero drogas.

—Un día nos pusimos dopaminos mi doc y yo, y ¡wooow! —me contestó, ignorando al cien mi *statement* moralino—. Él es casado y se da sus escapadas, fingiendo turnos de media noche —añadió con un orgullo que me heló la sangre—. En los botiquines del hospital consigue drogas que ni te imaginas, que ni tu *dealer* de confianza podría conseguir: la ciencia al servicio del apendejamiento. Ya sabes, en tu cartera de clientes —¡vaya!, por fin Daniela llamaba a sus hombres por su nombre: *clientes*—, siempre debe haber un médico, un abogado y un policía para que te saquen de cualquier atolladero.

—¿Estás loca, Dany? El médico te la paso, okey, es útil; pero un abogado te la puede regresar, ¿no sé?, una demanda judicial, meterte a la cárcel por prostitución. Y un poli... ni se diga.

—Obvio no, wey. Ser menor de edad me da un estatus de defensa que no resiste ni el marrano más duro. Blindaje a prueba de balas de plata. Además, la combinación equilibra súper *cool* al poli con el abogado y viceversa. Es más... Ve: nunca te la había enseñado.

Mirando antes hacia todos lados, sigilosa, Daniela abrió su bolso y me invitó a asomarme. En medio de trapos, estuches de maquillaje, calzones Victoria's Secret, su *hitter* con encendedor de Kitty y tiras de condones *ultrasense*, yacía un revólver precioso, aterrador a pesar de estar acabado en una mezcla superfemenina de tonos plata y rosa.

—¡Pendeja! ¿Tienes una pis...?

—¡Cállate, idiota! No me balconees. —Dany me sonrió, malévola, susurrando—: Y no es pistola, es un revólver. Un Pink Lady calibre .38 especial, con armazón de aluminio 7075. Mete la mano y acaricia a mi bestia de cinco tiros.

—¿No es peligroso?

—*Maso*. Pero tiene un seguro a prueba de idiotas que yo te vengo a desmontar, para empuñar, apuntar y disparar, en uno punto cinco segundos... Mi súper capitán de la judicial me ha cronometrado, aparte de enseñarme a desmontarla, limpiarla y aceitarla para responder con eficiencia cuando haga falta. De hecho, je, él me la regaló, le borró el número de serie y, claro, también me ha enseñado disparar. Me lleva al cerro y, antes de coger, tiramos al blanco contra cactus, magueyes y murciélagos. Eso lo prende como estufa industrial, y a mí también. El olor de la pólvora, la patada de mi Lady Pink. Es taaaan sexy, wey —concluyó, apretando los dientes con fuerza como para abrir una bolsa de celofán con frituras tóxicas.

Metí la mano al bolso *sport* MK y acaricié el arma. La empuñé sin poner el dedo en el gatillo. El aliento se me cortó.

—No te fíes de ella. Puede tumbar un elefante loco en plena carrera contra ti. El chiste es atinarle en el lugar correcto. Aquí, en medio de las ideas —me aclaró, tocándose con el índice la frente, aunque ella nada tenía de elefante salvo su memoria meticulosa.

—¡No pesa nada! Está hermosa, *súper cool* —dije, rindiéndome ante el poder mortal que anidaba su cañón cortísimo, su mango negro y contundente.

—Es un modelo ultraligero, apto para chicas indefensas, como yo.

Y reí ultraligera.

—Si hay alguien que no es indefensa en el mundo, esa eres tú, Madame Feminasty.

A Dany le chocaban las feministas ultra, las feminazis; pero abogaba que, en contra de la violencia de género, del machito golpeador de mujeres, había que responder con el triple de violencia, así que en su Instagram firmaba como @MadameFeminasty y subía cuantas fotos y gifs se encontrara de hombres golpeados por mujeres, muchos tomados por ella misma.

—Pinche Daph, deberías venir conmigo a entrenar kick boxing, ya sabes, para hacer nuestra banda de Las Chicas Súper Pandrosas Vengadoras. Yo soy Bellota, la más *más* bella. Tú serás Bombón, por mullida; y Burbuja, Santajuana, frágil y ligera.

Tuve la intención de reírme, pero un latigazo de vértigo y repulsión me subió desde el revólver hasta la garganta y saqué, desarmada, la mano de la bolsa *fancy* de Daniela.

—Tú mejor que nadie sabes que no tengo tiempo para ir al gym —le contesté descolocada—. Entre la abuela, la chamba de Starbucks y la prepa abierta, no me doy abasto.

—Pues llegó la hora de que dejes de preparar *caramel macchiato* helados con leche de coco, *frapuccinos* unicornio o *whatever* se les ocurra para desplumar millennials esta temporada, y le pongas una enfermera a Santa.

Para Daniela, pegar un salto del largo y la dificultad que yo iba a dar, parecía de lo más natural, a ella que llevaba una doble vida, de seductora y estudiante. «Mi deber en la prepa —me había dicho apenas dos días después de conocerla en la Arena Central, revelándome sin más su secreto— es reprobar tantito por acá, aprobar tantito por allá, como para que no me den de baja y seguir usando de escudo, lo más que dé, mi rutina de colegiala. La cosa va a cambiar cuando sea mayor de edad: ya no tendré que guardar las apariencias, seré legal; pero todavía me quedan dos años de fiestota secreta. ¡Bang, bang!»

Su comentario hizo que de pronto me cayera un veinte del tamaño del mundo.

—Pero, Dan, ¿por qué traes este bang bang en tu bolso?

—El tipo al que voy a ver hoy es nuevo en mi cartera de *usuarios*—. ¡Vaya con la empresaria!—. Y, siempre que voy con un desconocido, llevo lista a doña Lady Pink por si el wey se quiere pasar de listo. Ya me ha ocurrido varias veces. ¡Je, la verdad es que me encanta que ocurra! El otro día le apliqué dos cachazos a un ruco que no se quería poner condón y ya me estaba zarandeando para darme por atrás. Hubieras visto la cara que puso el estúpido, con una línea de sangre bajándole de la ceja a la comisura de sus labios, con el cañón de mi revólver recargado a la mala en su ceja sana. «Ya te llevó la verga, cerdo», le dije como corresponde a una dama decente, con el pulso muuuuy acelerado, «si no quieres que te denuncie, de buena voluntad y del mejor modo, dame tu cartera con todo lo que llevas allí dentro y me apuntas en ese papelito los *nips* de cada una de tus tarjetas que, cuando pagaste la cena, vi que tenías varias doradas y una negra American Express. Te doy cuatro horas para que bloquees por extravío tus plásticos... *Por ex-tra-ví-o*, ¿entiendes? Cuatro horas para que te las rasure de buena voluntad y del mejor modo. Si las cancelas antes de que yo las use, te vas al bote con una calentadita previa; además, supongo que sabes cómo les va a los pederastas en la cárcel, ¿eh, cerdo? Y, bueno, para que no te olvides de mí, un tipo pelón en motocicleta te va a estar vigilando, casual, cuando menos te lo esperes.

No hubiera querido admitirlo, pero, en ese preciso momento, la admiración devota que sentía por Dany al fin había terminado de podrirse hasta quedar vuelta un revoltijo de rencor y envidia verde. A diferencia de mí, una superviviente del montón, sin futuro ni pasado, ella tenía un par de ovarios generosos y bien puestos: se había largado de su casa desde los catorce y ya pagaba un departamento lindo, para ella sola, en la Condesa, eso sí, casi regalado, aprovechando el desconcierto inmobiliario después del terremoto del 17; yo, en cambio, flotaba a la deriva, agarrada a veinte uñas de una abuela-madre agónica, sin poder resolver tareas que correspondían a una chica de dieciséis años como yo. Eso debía cambiar cuanto antes.

—Ya, Daph, saca tu cel y veamos cómo está la pesca del día.

Abrí de mala gana la pantalla de mi iPhone prehistórico, tecleando con desconfianza mi clave de acceso, pues tenía los ojos de Dany clavados en mi dispositivo. Sin pedir permiso, me golpeo el dorso de la mano para hacer volar el cel y atraparlo en el aire.

—¡Ay, pendeja! —le reclamé—. Me lastimaste.

—Para que veas que yo no me ando con mamadas, *gothic doll*.

Con ella a la cabeza, como en una carrera de caballos atolondrados, abrimos el ícono de la obvia *llama de la pasión* de Tinder, y comenzaron a aparecer fotografías de tipos que iban de la repugnancia a lo ridículo. La mayoría escribían sus perfiles en un inglés de apariencia compleja, como de angloparlantes expertos, aunque yo estaba segura de que eran incapaces de sostener una conversación medianamente imbécil con una señora tejana o un taxista galés. *Writer of my dreams, lover of my life. I'm a guy with good vibes. O Ask me...* O cosas como: *Poor is the man whose pleasure depends on the permission of another*. Filósofos de póster vendido a la salida de una estación del metro. Paulo Coelhos de cuarta. Otros llenaban sus galerías de fotos con selfis, tomadas con bastón, de su único y pinchurriento viaje a Tailandia hecho hacía más de cien años, luego de unas vacaciones que drenaran hasta el endeudamiento suicida sus ahorritos de godín abnegado. O estaban mal haciendo equilibrio sobre esquíes en una loma nevada de Big Bear, cayendo en paracaídas tandem con un instructor resguardando sus preciositas vidas... nunca solos, por supuesto; desnudos del torso hacia arriba, algunos a unos milímetros de sus repugnantes vellos púbicos, ¡íiiiiu!, tirados en sus camas destendidas como una invitación casual, impostando la típica y repetida hasta la náusea, *ad nauseam*, cara de Facebook: la de la eterna felicidad, la de la fiesta sin fin, tomada de arriba hacia abajo para disimular ojeras y papada. ¿Era hora de comenzar a preguntarme si había tanta gente tan rica, guapa de ojo verde, triunfadora e interesante esperándome allá afuera? ¿No era el nuestro un país con más de cincuenta millones de personas viviendo en la puta pobreza? Según Tinder, no; porque aquí todos eran triunfadores, amantes del buen vino y el café, de una buena conversación, el cine y los viajes. ¡Patrañas!

Llevábamos apenas quince minutos revisando la «pesca del día», y ya odiaba yo esa *app* petulante y falsa.

Quizá lo que más rabia me daba era que, al final cuentas, yo era una mediocre como ellos, una más, con menos dinero en las bolsas, por supuesto, muerta de envidia, aunque no quería sorprender ni engatusar a nadie, ¿o sí? «¡Claro, pendeja, eres idéntica a cada uno de ellos: una simuladora!»

Fuck me!

Para hacerme rabiar aún más, Dany seguía usurpando mi dispositivo y de pronto daba corazoncito a tipos que me cagaban de primera intención.

—¡No, Dany, noooo! Ese imbécil básico con cara de perverso, ¡no! Además, tiene una ortografía espantosa: escribió «Soy lo que *vez*» con zeta y no con ese.

—Tranquis, gótica. Te lo repito-repito: de éstos que tú has palomeado, sólo algunos te encontrarán y te darán okey. Todavía falta que hagan *match*, que los dos coincidan en que se gustaron, aunque sea un poquito…, que abran un chat.

—Sí, pero todos a los que les diste entrada ni de lejos me caen bien; es más, ¡los odio!

—Pues si hacen *match* y te repugnan, le picas a esta banderita roja y pones «cancelar match», aquí y, ¡frazzz!, el wey se desintegra en el aire como tus vampiros clásicos al contacto con el sol. No quedan rastros ni indicios que pueda seguir la policía *internética* con sus *malware* Pegasus.

—¡Obvio no!

—Neta, Daphne. Además, al final eres clara y enigmática con el tema de tu edad —me volvió a recordar Dan, guiñándome un ojo—. Eres una chica ilegal, wey. Muchos lo van a pensar ciento cincuenta y cinco veces antes de darte *match*. La mayoría son unos cobardes. Sólo los más sucios o entrones van a tratar de contactarte. Los sinvergüenzas, los curiosos. A los que la pinche y desesperada soledad les mastica los cueros hasta dejarlos más huérfanos que a ti y a mí. A los que estén medio seguros de jugársela: «Es que... no sé», «Es que, ¿por qué me prefieres a mí que a un jovencito?». A ésos les pides que, antes de verlos, hagan un depósito en tu cuenta de banco, que vayan al Oxxo y le saquen una foto a los tíquets de depósito, porque a esas alturas ya les diste tu cel para que te *whatsappeen*.

—¡Ay, pinches nervios!, ¡qué *random* es todo esto! —exclamé con las agruras de una maraña de náuseas atorada en mi garganta.

—Les pides cincuenta por ciento por adelantado. Ahí es cuando llegas al segundo momento de la verdad. Muchos se van a abrir con disculpas supertorpes. Van a creer que les estás tomando el pelo y les vas a robar su precioso dinerito; pero aun así, con el corazón palpitándoles a mazazos por las sienes, van a pagar para ir a dónde tú les digas.

—Para ti eso es fácil, tienes tu propio depa —reclamé—. ¿Quieres que los meta a mi-casa-de-mi-abuela para que ella les pida cigarros?

—No, babosa. Lo sabes: yo siempre trabajo en las mejores suites de los hoteles más chingones: Sheraton, Ritz Carlton, Saint Regis, Four Seasons. Por más linda que tengas tu casa y la barras y trapees, pintes y repintes, jamás será tan así..., tan salvaje como esas habitaciones enormes con jacuzzi, camas de no *mamarts* coronadas con almohadas de pluma de ganso, sábanas de satín, pantallas de plasma gigantes para ver en Netflix *The Walking Dead* y *The Game Of Thrones*, equipos geniales de música, batas y pantuflas pachoncitas para ti; desayunos de reyes llevados en charolas de plata hasta tu cuarto; champaña con jugo de naranja y costales de M&M para tragártelos como cerdo, con la ciudad a tus pies, desde el piso treinta. —*Fuck!*, sí que envidiaba a Daniela—. Nunca en hoteles boutique porque todo es demasiado chiquito y evidente. Entre más grande y lujoso el hotel, más invisible te vuelves. En sus casas, mucho menos: nunca en sus dominios, siempre en zonas neutrales con salidas de emergencia por si se ponen duros los cocolazos.

—¿Entonces?

—A ver, tarada, repito: tú los citas en hotelotes caros —siguió con la lección—, *muy* caros, que son lo más seguros, los más intimidantes. Ellos llegan primero, se registran, se van a sus cuartos de ensueño y se sientan, sudando como puercos, en sus camas *extra king size*, temblando de nervios y calentura por ser la primera cita, con más ganas de salir corriendo de allí que de cogerte. Te mandan un whats lleno de errores de autocorrector, diciéndote dónde están, y luego tú entras al hotel como si nada, casual, una huésped normal hija de familia que regresa a su cuarto a darse un duchazo.

—Tres mil por dos horas, ¿no?

—Sí, dos horas que a la mera hora son treinta minutos… o menos. —Pegó una carcajada—. Pero ¡ojo!, Daph… Tú estás en una situación inusual de privilegio.

—«Situación inusual de privilegio» —arremedé su nomenclatura excesiva, de brillante pasante de sociología venida a gris maestra de prepa.

—Tu primera cita vale muchísimo más que eso.

—¿Cuánto más, Danna?

—Cien veces más —dijo la chica del cabellito amarillo, apretando un puño por encima de su cabeza, triunfal, excitadísima—. Una virgen bien vale trescientos mil pesos.

III

Sí, yo era virgen. Bueno…, técnicamente virgen.

Bryan y yo estábamos en su cuarto, oyendo a todo volumen un *playlist* de ésos en los que los cantantes parecen que lanzan aire caliente, a baja presión, por el barril sin fondo de sus gargantas. Brrrrrrrrh. Death Metal. Guitarras histéricas hiperdistorsionadas y subgrabes molestos de bajos de cinco cuerdas que, más que por vía auditiva, los percibes con la panza. Metal Muerto. Brrrrrrrrh. Sepultura, Cannibal Corpse y Slipknot. Y, claro, con esa pinche música de fondo, era difícil concentrarse en la resta del logaritmo del dividendo menos el logaritmo del divisor de los factores de una ecuación equis por ye. Bryan, como yo, era alumno de la prepa abierta y preparábamos un examen externo de geometría analítica. Nos habíamos conocido vía Facebook y compartiendo *snapchats* monstruosos, y no de caras de perritos idiotas o coronas de flores ñoñas, cuando yo buscaba a alguien que también estuviera atorado en mate.

Y apareció él.

Por supuesto, Bryan odiaba su nombre y odiaba a sus padres por ponerle de apelativo semejante estupidez. Yo le daba la razón, pues el mío, Daphne, estaba al borde del ridículo, aunque con el tiempo había aprendido a quererlo, a sentirme orgullosa de ese nombre de ninfa griega venida a corona de laurel en la cabeza de Apolo.

—Cuando sea mayor de edad —me explicaría Bryan, apesadumbrado, como para justificarse de su bautizo— voy a cambiarme el nombre, ¿alguna sugerencia?

—¿Qué tal Herculano, Macedonio o Patrocinio? La terminación en «o» les da estilo.

Lo menos sorprendente de mi propuesta es que se molestara con el remate del chiste, pues, en general, un chico enamorado a lo idiota de ti se vuelve un adultito mamón, un solemne manojo de inseguridades, y eso, ¡uf!, es de güeva. Se había acabado la magia entre nosotros, y, cada que podía, lo hacía rabiar para hartarlo y ahorrarme la pena de mandarlo a freír salchichas a la cocina de su mami; pero, ¡mierda!, no se dejaba. El principio de nuestro fin arrancó esa tarde de matemáticas y música opresiva.

Los padres de mi exnovio habían salido de viaje el fin, venciendo los temores de que su hijo hiciera una estupidez en aquel departamentito clasemediero. Bray se había comprado una dotación completa de condones retardantes reforzados (¿neta?), lubricantes de agua y toallitas para secar trastes que evitaran que la posible sangre de mi virginidad tronchada manchara sus cobijas de adolescente regañado. Y fue en lo de los trapos de cocina que aquello comenzó a provocarme *ese* sentimiento previo al asquito.

—¡No manches, Bryan! —le dije a buen volumen en medio del ruiderón *hardcore*—, esa música me descoloca. ¿Le podrías bajar tantito? O mejor —propuse, sacando de mi mochila una USB enfundada en una sonriente Vampirina de goma— pon esto: Wardruna, Danheim y Fever Ray, música de los países bajos, vikinga, está *cool*, te centra en un estado de hipnosis que a mí me funciona de pelos cuando trato de resolver ecuaciones.

Pero él no quería hacer la tarea: eso era un hecho. ¿Pretendía entonces, allí mismo y ahora, arrebatarme *el tesoro más preciado de toda señorita*, como decía la abuela, vieja mula, con esa dosis de mala saña que inyectaba a las ideas de las señoras de su época, ella que era una Fuera de Tiempo de tiempo completo?

Irritado, Bryan cerró el Spotify, cambió de *soundtrack* y aprovechó para agacharse por debajo del colchón y sacar su arsenal Trojan. Cuando levantó su cara tras el pie de la cama, estaba ruborizado al rojo vivo, más bien naranja, al estilo Donald Trump. Sudaba.

—Oye, t-t-te quiero… mmmm… pr-pr-proponer a-algo.

«¡Si serás animal…!», pensé.

Era una guarrada que, en lugar de seguir tartamudeando palabras que merodearan los complejos terrenos de la inteligencia, lo cual era mucho pedir, aventara sus paquetes «eróticos» sobre el edredón con estampados de Metallica. Sin embargo, sentí un golpe en el pecho. La verdad era que este morenito de ojos areniscos, a pesar de ser un chocante cuando perdía el control, estaba bien bueno y ya lo había besado en una fiesta ante la sorpresa de mis amigas darketas: él no era parte de la banda y eso le daba un toque de misterio y vulgaridad.

Tuve la intención de indignarme con su propuesta y largarme de allí; pero, de súbito, un apremio se arrebujó en mi pecho. Fever Ray y sus cánticos nibelungos de *If I Had A Heart*, vinieron a desvanecer cualquier rastro de reserva vergonzante. Me levanté del escritorio y fui a sentarme en la cama para revolver los condones como si fueran una sopa de fichas de dominó: había llegado la hora de hacer prácticas las lecciones de educación sexual con las que tanto me machacaran en la secun: eran las únicas malditas clases donde no dejaban tarea. Bryan sabía que yo no me había acostado con nadie: en la fiesta de los besos, ese fue tema de conversación y, por increíble que parezca, me había creído.

Yo estaba empapada bajo la panti, con el corazón corriendo a mil por segundo. ¡Tum, tum, tum! Él, al parecer, me llevaba ventaja.

—Estas toallitas de cocina son para lo que me imagino, ¿verdad? —le dije, y se me revolvió el estómago. «Sea lo que sea el sexo real —me dije—, asumámoslo hasta sus últimas puercas consecuencias.»

Cuando me metió la lengua en la boca, me eché a reír.

—¿Qué es tan gracioso? —me dijo, apartándose humillado.

—Tú. Tú eres lo gracioso —le dije, tomándolo por los pelos de la nuca para conectarle un nuevo beso: si alguien iba a decidir los modos y el protocolo de mi primera vez, tenía que ser yo, al menos eso era lo que deseaba: más que perder mi virginidad, lo que deseaba era anular mi miedo a la puta vida, salir de la prisión en la que Daphne se había convertido para Daphne, para mí.

La idea del dolor que se avecinaba se me echó encima como perro bravo de Iztapalapa y me saqué la blusa para quedar en bra. Bryan se quitó la playera y los pantalones. Bajo su bóxer de rayitas, se mal ocultaba una erección que me asustó. No era la primera vez que yo palpara un pene duro; sí, aunque nunca que no fuera resguardado tras la seguridad de una bragueta bien cerrada. Quiso desnudarme con torpeza nerviosa, pero yo seguía instalada en la idea de tomar la iniciativa.

—¡Ey!, despacio, Bray, no corras, que tú apenas si gateas. —Y mandé a volar mi *outfit* completo. Estaba envalentonada, sorprendida de estar tan segura de mí, tan llena de fuerza.

«¿Por qué estoy haciendo así las cosas, en este justo momento, yo que siempre he sido la débil, la que permite que medio mundo le pase por encima, la incapaz de tomar iniciativa alguna, de defenderme?», me pregunté, y la respuesta se me vino a la cabeza con el rostro de Daniela. Daniela pateando a un tipo que me había agarrado de los pelos de la nuca tal y como yo lo estaba haciendo con el pobre de Bryan. Un Bryan que reaccionaba como un muñeco perplejo, frustrado por no llevar las acciones por donde quería… Y quien quitó el bóxer fui yo, y yo quien colocó el condón para batirlo de lubricante y no salir tan lastimada. Entonces la potencia de Bray comenzó a perder presión, claro, ¡qué idiotez!, los efectos del condón retardante.

¿Dónde estaba el príncipe alsaciano que me iba a desflorar en un lecho de rosas llenas de espinas, como las del emperador Cuauhtémoc, el que desciende, el último tlatohani; perfumada mi cabellera roja por inciensos árabes, embriagada yo por licores de miel en un arrebato de amor, frente a una erección aterradora que me desangraría en el mayor e irrepetible dolor gozoso de mi vida, y no con este pajarito que se desinflaba poco a poco en mi mano?

—Vamos a hacerlo antes de que sea tarde —me suplicó.

—¿No tienes un *shot* de Viagra? —le dije, también descolocada, bocarriba, abierta en escuadra naval, apretando sus riñones con mis muslos pálidos, en el justo momento en que los imaginé con un *tatoo* hecho con manchas de ocelote y flores del mal, como en un poema de Baudelaire que le recité al oído a Bray por ver si la presión sanguínea regresaba a su centro: *En una tierra crasa y llena de caracoles/ Yo misma quiero cavar una fosa profunda/ Donde pueda holgadamente tender mis viejos huesos/ Y dormir en el olvido como un tiburón en la onda.*

—No mames, ¿de qué hablas? —me dijo más que irritado cuando, en su debilidad, casi logró penetrarme… *casi.*

La incomodidad se volvió molestia. ¡Mierda!, me estaba lastimando, mientras se movía con torpeza extraña, ayudándose a empujar su pito triste con la mano, empapándome la cara con las gotas de sudor que le resbalaban por las mejillas coloradas.

—¡Ayyyyy! —lancé un gritó ajeno a mi voluntad, un alarido que comenzó a reventar en el caracol de mis oídos, «¡Ayyyyy!», y él volvió a apartarse de mí por segunda vez en la tarde—. ¿Qué me haces allá abajo! —le reclamé más asustada por la sacudida que se había adherido mis tímpanos, que por la resistencia de mi himen.

—¡Nada! —estalló iracundo— ¿Qué carajos te voy a hacer? ¡Nada! —De golpe, su gesto de rabia se descompuso en un rictus de perplejidad—. Entonces, ¡sí eres virgen!

«¿Neta?»

Me apoyé en los codos y aguardé unos segundos. Un sobresalto me subió por la espina dorsal, y saqué la ridícula toallita que yacía bajo mis nalgas. No había en ella rastros de sangre.

Me desplomé en la cama.

—¡Uf! Sigo siendo virgen…, técnicamente virgen.

Daniela, perturbada hasta lo extraño con el curso de mi relato, soltó de golpe una risotada con el final frustrado-frustrante.

—¡Sí, tarada!, todavía puedes salvar al mundo con una ofrenda de sangre de doncella.

Y, como invocada por estas palabras, la galería de aspirantes Tinder se volvió a refrescar en la pantalla de mi cel con los nuevos *mismos rostros* de los *mismos pendejos* de hasta ahora…, salvo por uno. Uno.

Le arrebaté a Daniela mi iPhone para ver con detenimiento las seis fotos de un tal Arinbjörn Adigaard. ¿Qué clase de nombre absurdo, pretencioso, imposible de repetir y memorizar, era ése? Estaba a punto de mandar al carajo al tipo con la equis roja de los descartados: *none*; pero me detuve al ver su rostro enmarcado por una barba y un cabello cano abundantes, de apariencia sedosa, recortados con cuidado profesional, simétricos, limpísimos. En la punta de aquella barba en tonos plata, había trenzado un dije de lapislázuli que resonaba con sus ojos de azul triste. Labios carnosos, rubicundos. Me encanta esa palabra, *rubicundos*, como de Flaubert en la biblio de la abuela. Sonrisa de Mona Lisa malherida, cínica, de hoyuelos en las mejillas. Piel pálida, firme. Dientes absurdos de tan blancos.

—Dany, ¿quién rayos es este *dude*? ¿Lo habías topado antes?

—No —me dijo, abriendo enormes los ojos de pupilas dilatadas, como cuando un gato arisco se siente seducido… o amenazado—. Pero, ¡wooow!, está riquísimo. —Se relamió los labios, exagerando—. ¡Si tú no le entras, casual me lo como enterito nomás se me ponga enfrente!

En su perfil, donde debía estar su edad, había un signo matemático de infinito: ∞. Un discreto tatuaje de caligrafía antigua descendía por el lateral izquierdo de su cuello musculoso. No se alcanzaba a leer lo que estaba escrito allí, aunque caligrafiado sin duda en alfabeto rúnico. Arinbjörn vestía con una elegancia de sacos esmoquin cortados a la perfección y camisas abiertas blancas, impecables, con el cuello levantado. Anillos robustos de apariencia antiquísima con rubíes y esmeraldas. Todas las fotos eran nocturnas, tomadas en mansiones de grandes jardines, yates y un avión privado; fotografías precisas, iluminadas en ángulos poco ortodoxos, quizá demasiado artificiales, sobreposadas, retocadas con filtros que no lo hacían ver como un payaso habitual de Tinder

—Está súper *random*. ¿Qué hace un tipo como éste en una app para ligar *losers* como yo? —le pregunté a Dan.

—Pues… busca, ¿no? Busca como todos. Cada *like* que le dan debe ser un *shot* de serotonina disparado al corazón de su narcisismo.

What?

—Igual y sí —apunté envidiosa, sedienta—; pero en su mundo debe haber mujeres no hermosas, lo que sigue de hermosas, por puñados. Modelos, chavitas *cool* de lo más exquisito, sofisticadas, de buena cuna y piel de bebé, adictas a la cocaína morada que mató a Ceratti y la champaña. Princesas árabes, diosas orientales, putas eslovenas. ¿Qué va a encontrar en Tinder?

—Te va a encontrar a ti, idiota. —Dicho lo cual, Daniela alargó su brazo por enfrente de mí y oprimió el *like* en la pantalla de mi celular.

De súbito, mi fotografía y la de Arinb se cruzaron vertiginosas por la pantalla, como fichas de goma, sobre un fondo negro: habíamos hecho *match*. «¡Ayyyy!». El susto que me llevé fue tremendo. Solté el teléfono como si se tratara de una víscera recién podada. Antes de que se estrellara en el piso, Daniela pescó el cel en el aire, en una reacción de reflejos gatunos, típico de ella. ¡Miau!

—¿Qué carajos significa esto, Daniela? ¿Y ahora qué?

—Tranquis, bruja; significa que él ya te había dado *like* desde antes, y, al dárselo tú, wey, los *bots* de Tinder lo detectan al vuelo, haciendo conexión inmediata: amor a primera vista. ¡Chido!, eres toda una flechadora del amor.

Flechadora.

—*Fuck me!*, ahora resulta que el *amorts* es un algoritmo.

Le di un toque a la pantalla del teléfono y me coloqué en una ventana de chat.

—Escribe algo. Lo que sea. Un «Hola, guapo».

—¿Guapo? No, eso está muy putañero. Aguanta —dije y tiré la primera piedra.

Arinbjörn? Eso es un nombre o

me estás tomando el pelo?

Silencio. Sí, un hueco blanco en la red, abierto con un empeño ingenuo, burdo. «Y, ¿qué esperabas, pendeja?», me recriminé. Danna y yo nos quedamos en pausa un par de minutos, en silencio, mirando el teléfono inteligente gris de la Apple. Cuando, hartas, estábamos por regresar a la galería de candidatos, apareció la respuesta de Arinbjörn. Daniela pegó un grito, y yo, como es mi costumbre, aguanté una arcada de vómito.

Hola, Daphne, laurel en las sienes de los dioses.

Ah, el tipo sí que me quería tomar el pelo. De seguro había googleado mi nombre para agarrarme mal parada, por eso había tardado tanto su respuesta. Pero siguió escribiendo con fluidez, a pesar de que el chat de Tinder es una basura.

Mi nombre es originario de Islandia.
Tiene nueve letras y carece de significado.
Es decir, flota en el vacío y, por tanto, puede mutar, volverse 6 en un giro (9 invertido), múltiplo de 3, es decir, ha de girar tres veces.
6/6/6 es su esencia, y sumados dan 18, que sumados el 1 y el 8 nos lleva de regreso al 9.

Wow! Quedé boquiabierta. A parte de estar guapísimo y ser un ricachón excéntrico, era hábil en numerología; aunque, cierto, hay mucho charlatán con eso de los números. ¡No, me estaba tomando el pelo! Pero antes de que yo escribiera nada, él ya tenía la respuesta a la pregunta que seguía.

Tengo mi nombre tatuado en alfabeto
rúnico en el cuello y cada runa es una
predicción, una anticipación.

Daniela, a codazos en las costillas, me urgía a contestarle a Arinb.

Y se puede saber qué hace alguien
como tú, mal gastando el tiempo en
una app para millennials perversos y
señoras quedadas?

Los días del ocio, mi niña querida.
Estoy cansado de la «aristocracia»
de esta ciudad, de su frívola vulgaridad,
de sus ideas anticuadas, rancias.
Vine hasta aquí en búsqueda de una
respuesta y aún sigo solo. Tienes tú
la respuesta, mi niña querida?

Yo quería tragar saliva, pero tenía clausurada la garganta, y mi estómago vagaba en el otro extremo del planeta. Aun así traté de contestar lo más equis posible, haciéndome la interesante, la mujer de mundo.

Necesitaría saber qué buscas para saber
si yo tengo tu respuesta. Y, no es raro,
cursi, que me llames «mi niña querida»?

No, no es raro, porque, sin hacerte la
pregunta con la que abres tu perfil,
ya sé cuál es tu edad. Tienes dieciséis.

Confundida, yo misma quise cerrar la charla con una sugerencia amenazante, aunque horas después me diera cuenta de que más bien estaba retando a Arinb, atrayéndolo hacia mí con las babas de lo prohibido, con las deliciosas toxinas del delito.

> Sí, soy ilegal de pies a cabeza.
> Aun así, quieres seguir adelante?

> Sí, por supuesto. Más por esa
> declaración que pusiste como
> extraviada, a la ligera, en un texto
> inflexible y, por tanto, temeroso,
> forzado a lo oscuro: «Virgen Gótica»...
> Me queda claro que no te refieres a
> las vírgenes negras del norte de Francia
> ni a aquella de la Dominicana que
> llora deltas de sangre.

¡Rayos! Perecía que el tipo éste me conocía al pie de la letra, por cada punto de cada «i», por el rabito de cada «m» y «n», lo que me ponía en condición de, pongamos por caso, una bebé arrinconada por sombras en un sótano lleno de bombones. Daniela leía pasmada nuestra pequeña discusión digital a la voz de «*Do babes*, ¿neta?».

> Sí, Arinbjörn, soy virgen. Y eso me pone
> en una situación inusual de privilegio.

> Así es, mi querida niña, me queda claro.
> Demos el siguiente paso. Quiero olfatear
> tu cabello llamoroso. Explorar la peca de
> mapa del tesoro que flota en tu piel
> blanquísima.

Por cierto, Anne Rice nunca ha pasado de moda.

Mientras Daniela pegaba de brincos y maromas a mi alrededor, Arinb y yo intercambiamos teléfonos para, en la eficiencia del Whats, concertar nuestra primera cita y echar a andar ese camino lleno de baches, que tiene un letrero muy claro a la entrada: «Callejón cerrado. No retorno.».

La Virgen Gótica sería de ahora en adelante la Virgen Puta.

IV

El regreso del hospital a la casa ya no fue en ambulancia, sino en un flamante Uber con botellitas de agua tibia para nosotras. A su izquierda, Santajuana le venía agarrando la mano a Daniela. Eso dolió, pero me tragué el bocado de amargura porque la abuela estaba más que agradecida al enterarse de que Danna había pagado hasta la propina del camillero. Al momento que cruzamos la puerta del hospital, Dany, en plan de gerente general de su personalísimo negocio, le plantó un beso artero de lengüita a su internista, quien, descolocado, entró de prisa y a traspiés en la sala de emergencias… con ganas de sacarle a alguien un tumor. Abuela había visto la escena completa y, cuando Daniela entró al Audi negro, se le quedó viendo directo e intenso a aquellos sus ojos de ocre mineral. Daniela le regresó la mirada en punto muerto. Santajuana sonrió con la picardía de quien se ha robado un esmalte para uñas del supermercado, se quitó un momento las mangueritas de oxígeno de su nariz, tosió con un espasmo doble, controlada, y le besó la frente a nuestra *salvadora*. ¡Rayos, vaya que me carcomían los celos!

En su cama antigua, Santajuana de los Mataderos quedaría dormida a lo profundo, en menos de cinco minutos, con los ojos bailoteando bajo sus párpados, indicio de una caída instantánea al estado alfa. Daniela y yo dejamos varias esferas de oxígeno

Salvo en la recámara, junto a su espejo, en el baño, el pasillo y el comedor. Yo me llevaría una a mi recámara, lista para responder en cualquier momento de crisis. Daniela me la arrebató, ¿cómo no esperarlo?, puso la mascarilla en su boca y nariz y accionó el pequeño disparador que liberaba el O_2.

—Wow! Date un jalón, Daph, verás que el pelo se te pone más rojo.

—No. Ya te he dicho que no me gusta meterme sustancias extrañas al cuerpo.

—No mames, wey —me contestó con una risotada, mientras se tiraba de clavado a la cama—. El oxígeno no es una sustancia extraña ni un gas raro como el argón o el helio, A Erre, Hache E. El oxígeno, O dos, lo respiras doce veces por minuto en estado de reposo.

—Sí, pero es oxígeno en estado puro y eso es una aberración. Dártelo es casi como drogarse.

—Tú lo has dicho, ca-si. No te saques de pedo, mensa. Además, eso de «No drogas» que pusiste en tu Tinder, no te queda: cada vez que he fumado yerba aquí en tu cuarto, te has puesto. Niégamelo, ¡niégamelo! Técnicamente eres una adicta. Una fumadora pasiva. Una mariguana de clóset.

Sí, todo en mí era así: técnicamente. Cuando Daniela y yo estuvimos por primera vez en mi cuarto, solas, puse como siempre una toalla húmeda en la parte baja de la puerta para evitar que por esa rendija se colara hasta mis sábanas el humo metiche de Santajuana, un neblumo de ahora en adelante más rudo por los Gitanes de Dany.

Ya selladas a cal y canto, mi nueva amiga sacó de su bolso mágico una pipa en tonos plata y rosa, sus favoritos —después lo comprobaría— para sus armas y herramientas, sus «accesorios», diría ella, muy Hello Kitty. En concordancia —por algo éramos amigas—, yo tenía una mochila de Kitty Dark en negros, vestida de Merlina Addams, que me había costado mucho esfuerzo y dinero conseguir, y que me alegraba el corazón con emoción gótica. Sí, como a todos, comprar cosas inútiles e idiotas me aligeraba de los lodos de la cotidianidad.

—¿Qué es eso? —le pregunté, en el colmo de la ingenuidad, al ver su cilindro con pipeta.

—Un *hitter*, burra. Mira: desenrosco este proyectil de plata —que de verdad era de plata— y, casual, dentro tiene una borla risueña de Moby Dick: la mota que dejó huérfano a Harry Potter y volvió blanco a Michael Jackson.

—¿Quién es Michael Jackson? —pregunté para molestarla, aunque yo sabía lo suficiente del rey del pop: que era un pedófilo.

—Ay, chica millennial, te falta taaanto por vivir —me remató Dany y prendió su *hitter*.

El chiste de estas pipas era que el humo de la yerba incandescente pasara desapercibido para que el usuario pudiera doparse con toda libertad en el lugar que fuera: el cuarto de los niños o el confesorio; pero Dan no hacía nada por escamotear la combustión y siempre soplaba su humareda hacia mí. El olor era delicioso, picante, a diferencia del de abu, alquitranado y pegajoso.

Comenzaron las risotadas, y yo corría, huyendo de Dany. Ella de pronto me derribó con facilidad, como si fuera yo una escoba mal recargada en la pared, subió sus rodillas sobre mis hombros, y comenzó a ahumarme la cara con los vapores del cannabis.

—¡Ya, pendeja! —le grité, sin posibilidad alguna de moverme—, te dije que no quería fumar tu basura, va en contra de mis ideas.

—Pues con esto tus ideas van a disolverse en una carcajada. Además, esta mota es vegana, hidropónica y cultivada en casa, lejos de las masacres de los narcos.

—¡Me estás lastimando!

Arqueándose como espina dorsal de gato, dio un jalón fortísimo a la pipa y puso sus labios contra los míos, con suave contundencia. Las dos nos quedamos inmóviles. Podía sentir sus labios en sonrisa. Y abrí la boca, como en un beso, ¿eso era lo que yo quería, un beso? En lugar de su lengua, entró a mi boca un bofetón de aire caliente. Tragué. Tosí. Tosí igual que lo hacía mi abuela a la hora de comer, de modo grosero, alarmante, echando ella fuera sus lentejas masticadas, bronquios, pulmones y costillas. ¡Caj, caj! Dany pegó un brinco sin apoyar sus manos en el piso y se me quedó mirando con una intensidad que me dio miedo; temor y fascinación, porque de pronto parecía que sus párpados se cerraban en cortada vertical de pupilas rasgadas, junto con su boca echada hacia adelante, su hocico en una sonrisa de colmillos. «Labios jaguar», diría la canción de Café Tacuba. Un mar de gelatina densa y suave colándose por cada poro de mi cuerpo, por cada articulación. Lentitud. Reír, reír y reír.

Pachequez.

Regresar al sueño recurrente que jamás me atrevería a compartir con Danna por causa y razón de mi cobardía, por no quedar en desventaja frente a ella incluso en el mundo de lo intangible, «de lo onírico», dijera el terapeuta. Desde aquella primera tarde de yerba rostizada, durante algunas noches de luna abierta, sentía que Dan me oliscaba en visitas rápidas, instantáneas, mientras yo dormía; siempre de modo brusco, ella; y yo, sumisa, abandonada hasta que la ensoñación bordeaba con la pesadilla.

Un rico sueño de drogas suaves, como el de ahora mismo, con el hornazo de marihuana limpiando la sensación aséptica del ABC que aún me quedaba pegada en la piel, hundida en una pesadez de carruseles en cámara lenta, una lucidez podrida y autocomplaciente. Euforia rica, sí; pero ya sin ganas de reír, aunque Daniela se carcajeara; conmigo puesta-bien-puesta a pesar de pegar la boca y la nariz a las perforaciones de la celosía de mi cuarto para no aspirar el aliento enervado de Daniela, para intentar sólo jalar el aire del callejón aledaño a nuestra casa-de-las-brujas: un desierto de concreto y ladrillos desnudos, girones de oscuridad infectos, luz de arbotantes en parpadeo. Entonces me sentí una heroína plantada en una novela gótica demodé. Una de Ann Radcliffe.

Hacía siglos que las celosías se habían inventado para que, durante los veranos hirvientes y asesinos de Provenza, las casas se refrigeraran con aire corriente que, al ser empujado desde el exterior a través de sus perforaciones simétricas, se compactaba en chorros frescos…, y para que las mujeres decentes pudieran ver el ajetreo de la calle sin que nadie se percatara de que, ansiosas, llenas de la envidia cetrina que rezuma el encierro y provoca espinillas y acné, chismeaban desde sus balcones.

Vigilar sin castigar. Ver cómo podía yo ver ahora mismo a través de una de esas perforaciones en forma de estrella de la celosía —de afuera hacia adentro, flotando en exterior, sobre la calle, vuelta un fantasma de vapor callejero—, fisgar cómo Dany me abrazaba por la espalda, tal cual lo hacía las veces que no trabajaba de trasnoche y se quedaba a dormir en mi-casa-de-mi-abuela, la de las brujas. Durante esas madrugadas compartidas, yo no soñaba con ella… Pero en ésta lo hice, ¡vaya que lo hice!, y sentí desasosiego, ansiedad de telarañas, y desde mi ojo espía pude ver cómo Daniela olisqueaba mi peca Estrella, vuelta ella un felino enorme. Danna hermosa, delicada, un jaguar esbelto de orejas agujadas, precioso, de seda. Observar con detenimiento cómo sus labios se posaban sobre los míos, tersos, contundentes. Y esta vez, en lugar de recibir con mi boca un bofetón de aire caliente, tóxico y perfumado, sentí danzar su lengua en la mía, rasposa, hiriente como las garras con las que me arañaba la espalda. Trrrrrrr.

Daniela a cuatro patas. Una larga cola danzarina. Los *tatoos* de sus brazos vueltos el mapa de una constelación, la nebulosa Ojo de Gato NGC 6543 según san Google, manchas de ocelote por puñados, lunares que me respondían en guiños a la mirada que le clavaba desde el otro lado de la ventana. 400 cenzontles.

Abrí la boca.

—Si vas a comerte mi lengua, Daniela, hazlo de una vez —murmuré, tirada en la cama, retadora, desnuda como una lechuga lista para la ensalada, sublevándome por primera vez contra ella, aunque fuera en sueños.

Desperté con un sobresalto.

Miré hacia a celosía. No, mi ojo no me observaba allí, desde afuera. Aunque Dany sí que estaba abrazada a mí por la espalda. Entre nosotras había de separación una pijama de gatitas rosas que habría evitado que me arañara la espalda. Me toqué la boca: aún sentía el gusto rugoso de mi sueño.

—Vale —me dije en un susurro.

El reloj marcaba con sus dígitos rojos luminosos las 5:55 am. Si sumaba los tres cincos, tenía quince. Si sumaba el uno y el cinco, tenía un seis. Y lo que seguía del 5:55 no era el 5:56, sino el 6:66, avanzando uno de uno en uno. —¡Rayos, qué estupidez estoy pensando...!

Seguía borracha de sueño. Con el nuevo horario de verano, faltaba poco para que el Señor Sol amaneciera. Debía recibirlo con una canción. Sí, quizá el viejo Mahler: *Canciones para niños muertos.*

Me senté sobre el borde del colchón. Mis pies se abismaron en un hueco oscuro, tan profundo que me dio desconfianza bajar de la cama.

¿Flotaba?

No, más bien me estaba orinando. Daniela dormía como una chica en coma, lo sabía a ciencia incierta por sus suaves ronquidos de aserradero liliputiense. Debía incorporarme de prisa o me iba a reventar la vejiga; pero, ¿por qué? Ese día había tomado cero líquidos. Me deshidrataba.

Sed. Moría sed y moría de ganas de orinar: una paradoja.

Me levanté y, en un acto reflejo, tomé el celular y lo activé en la oscuridad como una primera reacción propia de nuestra civilización, una actitud millennial tan básica como sentarse a comer con el cel sobre la mesa o chatear con tu amiga sin importar si está sentada frente a ti. Sí, insisto en ser una niña anticuada; aun así, estoy marcada por mi tiempo. Generación Z. *Dragon Ball*. Pokémones deambulando por las calles junto a tanquetas militares. *Plantas contra zombis*. Sirenas de ambulancias y patrullas ululando a toda hora por las calles.

Abrí mi Tinder de camino al baño. Le eché un ojito a la abuela, entreabriendo su puerta: seguía dormida en la misma exacta posición en la que la habíamos dejado. Tal parece que entre más grande es uno, entre más enfermo y echado a perder, los movimientos en la cama disminuyen rumbo al cero absoluto, al contrario de los bebés sanos que bien pueden amanecer de cabeza y torcidos como la mujer elástica a pesar de enrollarlos con capas de cobijas como si fueran tamales vivientes, caramelos chupados y vueltos a envolver en su celofán, momias egipcias de infantes muertos. Los *Kindertotenlieder* del anticuado Mahler:

Nun will die Sonn' so hell aufgehn, Als sei kein Unglück die Nacht geschehn. Das Unglück geschah nur mir allein, Die Sonne, sie scheinet allgemein. Du mubt nicht die Nacht in dir verschränken, Mubt sie ins ew'ge Licht versenken. Ein Lämplein verlosch in meinem Zelt, Heil sei dem Freudenlicht der Welt! «Ahora el sol se levantará tan radiante como si la noche no hubiera traído desgracia. La desgracia me ha ocurrido sólo a mí, mientras que el sol brilla para todos. No debes encerrar en tu abrazo la noche, sino sumergirla en la luz eterna. Una lámpara se enciende en mi morada, ¡saludad a la alegre luz del mundo!»

Este *lieder* lo medio tarareaba mientras, sentada en el WC, mi lugar de reflexión por excelencia, revisaba el perfil de Arinbjörn. ¿Cómo se pronunciaba su apellido, como el alemán de Mahler? ¿De dónde venía? ¿Por qué escribía tan bien y tan demodé el español? Ardí en unas ganas insensatas por buscarlo en el WhatsApp…, a Arinb, no a Mahler. ¿Ganas, deseos insensatos, ocio del más vulgar? ¡Rayos! Arinb estaba en línea. ¡Qué putos nervios! ¿Qué carajos hacía él despierto a esas horas?

Y así como yo sabía que él estaba conectado, Arinbjörn sabía que yo andaba por ahí, rondando.

Y ahora él fue quien tiró la primera piedra.

Hola.

...

Salí asustada del Whats. No había más que hablar. La cita sería al siguiente anochecer en el Hilton de Santa Fe. No había más que aclarar, ¿o sí?

Él sabría que yo había leído su «Hola» por la doble palomita teñida de azul en su *tablet*. «Me importa un carajo lo que pienses, Arinb», murmuré, aunque el calor de mi espasmo de panza indicaba lo contrario. Y fui de nuevo a Tinder: navegando allí, él no sabría si lo estoqueaba.

Wow! Estaba buenísimo, elegante, misterioso como aullido de lobo hambreado, allá por la madrugada, aunque me daba la impresión de que algo no checaba en esas fotos: un yerro, una variante indeterminable en la ecuación, dos piezas ajenas de un rompecabezas copulando por la fuerza, como un jabalí apareado con una mariposa en el desierto del Sahara. No. Quería, ¡debía!, explorar a fondo su sonrisa fantástica, el dije de lapislázuli cayendo con levedad desde la punta de su barba, los mobiliarios apenas sugeridos detrás de él. Como en el iPhone de la prehistoria no puedes hacer zoom a las imágenes Tinder de tus pretendientes, le tomé fotos a la pantalla. Chic, chic, chic. *Screenshots.*

¡Sí! Pero antes de que pudiera fisgar esas fotografías, escuché un rasguño, chirrrrr, tras la celosía del baño. El corazón me explotó, fueteándome el pecho con esquirlas de miedo, y ardían. Y se detuvo… el mundo se detuvo con mi corazón.

Otro rasguño. Chirrrrr. Mi oído hiperacúsico.

¡Mierda! Una lágrima me resbaló por la mejilla vuelta un gemido grave, de *trash metal*, perteneciente a una Daphne mil veces más vieja que yo.

—¿Quién anda ahí? —logré articular con mi boca de papel, pero la pregunta era, más que trémula, estúpida, ¿quién iba a estar en la planta alta de casa de Santajuana de los Mataderos, arañando la ventana del baño cortada a plomo, cuatro metros arriba del suelo? ¿Era otra vez yo, espiándome desde los sueños, al otro lado de la ventana? ¿Seguía dormida?

Otro chirrrrrrrrrrrrrrrr, esta vez más largo, suma de los anteriores, me respondió en un diálogo de fantasmas. «No, niña, estás despierta.» El pánico hizo que me orinara en los pantalones de la pijama: Kitty empapada, llorosa y amarilla.

Y luego nada más que el silencio. El odioso silencio, algo impensable para mí. Y mi corazón se volvió a encender con un tum, tum, tum de mazazos.

Pasaron quince minutos y yo seguía allí, sintiendo cómo la orina bajo mi pantalón se enfriaba hasta volverse un insoportable lago de escarcha.

Un chirrrrrrrrrrrrrrrrrrrrrrrrrrrrrrrr triple que nadie más que yo y mi oído maldito podían escuchar fue la señal de salida: temblando, me puse de pie sobre unas piernas de esparrago en lata y caminé hacia la ventana. Lo demás fue morderme los labios, masticarlos. Abrir de golpe la celosía. Tragarme un grito de pavor ante lo inminente.

«¡Lo que vaya a matarme que lo haga de una puta vez!»

Y…, ¡rayos!

Por supuesto…, por supuesto no había nada ni nadie tras el batiente de la ventana. La calle seguía vacía. Intacta. Me eché a llorar, desesperada, inválida, en el más absoluto abandono, mientras me quitaba los pantalones y calzones orinados.

Pero no, ¡no! De pronto, al fondo del callejón, montado en una Harley Davison de murmullos rugientes, apareció un chico musculoso y brutal, rasurado hasta la raíz de la cabeza en tatuajes indescifrable a la distancia: era el Señor Coyote, quien se apostaba bajo una luminaria para hacerse evidente a la vista de cualquiera, desafiante y seguro pues hasta el más cabrón de los rudos se atemorizaría con la pinta del guardaespaldas de Daniela. No supe si sentir alivio por esto o agarrarme a trece uñas de un último rastro de pavor, pues era claro que él velaría por nosotras el resto de la madrugada que ya moría.

Suspiré.

Liberarme del yelmo de miedo que me tenía aterida de cuerpo a conciencia hizo que mi atención vagara, ya no a través de la intangible materia de los sueños, sino por un par de piernas concretas y desnudas, mías pero ajenas, que me hormigueaban, contra un rostro que me ardía con el regreso de la sangre al cuerpo —¡vaya expresión!—. Con el estómago vacío… y la espalda, la espalda que me escocía. Me escocía.

De perfil al espejo, levanté la camisola de mi pijama.

¡Mierda! Tenía allí tres arañazos frescos que un poco más y me habrían abierto la piel en canaletas.

V

Daniela no tuvo que insistirme mucho para quedarse de guardia en casa, con la abuela convaleciente, bajo la contundencia de una pesada razón dada a la ligera para justificar la primera noche de mi vida fuera de casa. La verdadera explicación, pensaba yo, no la conocía Santa, ¿o sí, y se hacía de la vista gorda? Ella tenía tan claro como yo, quizá más, que no nos quedaba otro remedio que el de intercambiar por monedas de oro sólido cada una de mis pecas evanescentes, cada uno de los pliegues blancos de esta piel mía, odiosa de tan sensible, un Lunar Estrella, mi himen intacto, *técnicamente* ileso.

—Ahora vengo, abue —le declaré a Santa con una solidez que no dejaba espacio para que me respondiera con alguna necedad temerosa—. Dany se va a hacer cargo de ti.

Abuela se retiró las mangueritas de oxígeno de la nariz en un gesto de beata santificada, hizo una señal para que me acercara y me dio un beso en la frente.

—Fuerza, Daphne, ¡fuerza! —me susurró al oído, y, obnubilada, arrojé por la borda cualquier rastro de celos que le tuviera a Daniela. De ahora en adelante, sería yo quien se hiciera cargo de nuestras vidas.

—Sí, abuela Santajuana de los Mataderos. —Por respuesta, estiró la mano para que Dany le diera uno de sus cigarros sin filtro, se colocó de vuelta las mangueritas, tosió, encendió el tabaco y aspiró con fuerza placentera—. ¡Ahhhh!, dijera Mark Twain: no fumar mientras duermo, no dejar de fumar mientras estoy despierta, y no fumar más de un solo tabaco a la vez.

Yo sabía que fumar con un tanque de O_2 al lado era una de las clásicas bravuconadas de la abuela, pero nada había que hacer.

—Dany, cuida que esta vieja loca, no vaya a estallar con esa bomba de tiempo a su lado.

La tres reímos.

La risa no duró más de cinco segundos, pues Daniela nos mandó callar, alzando la mano en orden militar al ver en su cel el mensaje de que Señor Coyote se estacionaba frente a nuestra casa-de-las-brujas. Entonces, ¿yo estaba al mando?

No. No lo estaba.

Daniela había sido brutal.

—¿Sabes? Hay algo raro en todo esto —le había dicho apenas despertó, luego de esa noche de sueños intranquilos, antikafkianos.

—Daph, pelirroja de mi corazón —murmuró, tras un abrazo lleno de cariño—. Soy tu mejor amiga, ¿verdad?

—Sí.

—Lo sabes, wey: puedo ser un bombón por las buenas, pero cuando se trata de deudas, me transformo en una bestia peluda. Igual y esos rasguños que te hice en la espalda, neta sin darme cuenta, son un adelanto, un *preview* amoroso que mi inconsciente soñador te puso allí como advertencia, así que no te confundas.
—Se lamió las uñas, degustándolas con cara de extrañada—. ¡Qué *random*! ¿Estás segura de que yo te hice esos surcos en el lomo?

—Entonces, ¿quién?, ¿yo misma? —protesté.

—Igual y sí, pero no me cambies de tema.

—Pero si yo no...

—¡Daphne! —soltó mi nombre al aire en son de un «cállate», y yo suspiré largo, abnegada, tratando de calmar a la adolescente de las piernas tatuadas.

—Okey..., ¡vale! Te voy a pagar tu dinero, todo, no tengas dudas de eso —respondí con la decisión de una docena de esferas cayendo del árbol navideño, intentando engañarnos a Dany y a mí de que cada tema estaba en su lugar, resolviéndose por sí mismo, como lo hace el futuro de una larva de mosca en un charco de estiércol.

—Muy bien, batichica. Me debes sesenta mil con todo y descuento. Espero tenerlos de regreso en la madrugada, y así —dijo con crueldad, mientras subía la lengua desde sus manos hasta el nuevo tatuaje que se le inflamaba en un brazo: ojos de lince. Soltó una carcajada—. Es un hecho: ese billete lo ganaría yo en veinte cogidas y, ¡qué güeva! En cambio, tú, pequeña, te vas a ir de sobra con eso en una sola noche: negocio redondo, casual.

—¿Y si Arinbjörn se arrepiente a la hora de la verdad? —le pregunté ansiosa.

—Nel, wey. Tendrás que convencerlo, bajar tu tarifa hasta sesenta mil al menos, extorsionarlo, robarle su tarjeta Visa Diamante, chantajearlo con mi jefe de la policía, te lo presento. Usa tu ingenio. Y todavía más cabrón, antes de las seis de la tarde tiene que haberte garantizado el adelanto. Ya sabes, treinta mil: diez depósitos de tres, mil vía Oxxo a tu tarjeta de nómina.

—Sí, ya quedamos; de cualquier manera, está cañón: él no sólo es un cliente nuevo, sino el primero. Puede ponerse loco, violento, no sé. Yo no cargo conmigo, y menos sé usar, una Pink Lady, ¡mierda! —estallé y me dejé caer en el borde de la cama: aún ésta seguía siendo la boca de un abismo.

Danna se sentó junto a mí y pasó su brazo por mis hombros y espalda, justo donde terminaban mis arañazos. Pinche escuincla: como a un dios cruento, la amaba y le temía. La envidiaba, ya lo he dicho hasta la saciedad, pero, por fin, concluí como un alivio paticojo, comenzaba a odiarla.

—Ten siempre listo tu cel para marcarme en caso de que el Ari se quiera pasar de la raya. —El aliento de Dany olía a marihuana, sabrosito—. Puedes dejar prendido tu Periscope, abrir un *videolive* en tu Face, a la sorda. Es más, te presto al Coyote. Él te va a llevar a Santa Fe en su Harley, y va a estar cerca, muy cerca, por si llegas a necesitarlo.

—Sí, Dany —afirmé instalada en el desencanto—. Gracias.

Avanzada la mañana, Daniela se fue a la prepa y a ganar dinero... mucho, en el recreo. Yo le di de desayunar a Santajuana plátano machacado con leche condensada, me tiré de cabeza en una siesta, esta vez limpia y amable, sin fantasmas asomados por las ventanas ni jaguares hiriéndome la espalda, y salí al Starbucks a ganar dinero... poco y aburrido, anotando el nombre de mis clientes habituales en sus vasos de papel encerado, para hacerlos creer que eran especiales. Idiotas. Más que idiotas, como doña Ángela, esa gorda puta pequeñoburguesa de pelos oxigenados que tronaba los dedos en mandato con sus uñas de acrílico y me exigía que no le hablara de tú, que me refiriera a ella como doña, que dejaba su mesa como vómito de perro, un vómito que me tenía que tragar si es que no quería perder mi empleo.

Fuck off!

Y llegó la más larga de todas las noches de mi vida. La definitiva.

Yo me había puesto un traje de Morticia y botas de suela doble, subido el negro de mis labios y esponjando mi cabellera roja, pero Daniela me mandó cambiar mi atuendo por uno neutral que había escogido milímetro a milímetro de su guardarropa para mi noche inaugural. Un maquillaje fino de niña bien que me aplicó en menos de treinta minutos, cabello muy peinado, aretes de argolla. Retocó mi Lunar Estrella con una crema deliciosa que lo hizo más brillante y notorio: si antes fui pisoteada en bullying por el «¡Ahí va la niña a la que le cagó el ojo un pájaro!», ahora su aura púrpura era mi mayor condecoración.

—Este saquito es *cool*, muy discreto; sí, aunque de lejos se nota que es Prada. Me lo cuidas, ¿eh, idiota? —Yo sólo asentí con la cabeza. La verdad me veía súper guapa con esa ropa cara y mamona. «Sólo por una noche», me dije con menos seguridad de la que me creyera capaz en una situación así—. Con él pasarás desapercibida cuando entres al Hilton. Ese hotel es tan enorme y generoso que podrás perderte sin mucho esfuerzo en la masa de burgueses que lo frecuentan. Esta noche serás una de ellos, por más que los desprecies. En este bolso Mario Hernández, vas a llevar tu trajecito darketo y tus pinturas de emo demodé del tianguis del Chopo. Ya cuando estés en el cuarto de Ari, te cambias y, casual, le chupas la sangre, tú, Carmilla de cuarta.

Wow! Treparme en la moto del Coyote fue una experiencia genial. La vibración profunda del motor —listo para arrancar— apretada entre las piernas, me subía por el pubis hasta la garganta. Sobre el saquito Prada, me puse una gruesa y holgada chamarra de cuero y, con unos guantes armados con casquetes de acero en los nudillos, cubrí mis uñas esmaltadas en un cuidadoso rojo cereza que hacía juego con mis labios. Mi peinado lo había planeado mi mejor amiga para que al ponerme su casco no se me desgreñara. Con mi cabeza dentro de aquella cápsula, todo lo que percibía era un delicado aroma a pelo de gato y el fuerte aliento de Daniela. A pesar de mí, esto me excitó junto con el ronroneo de la motocicleta y el abrazo que le di al torso poderoso del Señor Coyote para no caer en las cerradas curvas que nos llevarían a Santa Fe.

El casco era una maravilla: ultraligero, color azul eléctrico siglo XXII, equipado con un par de nano bocinas mucho más eficientes que cualquier par de audífonos profesionales y que generaban un sonido envolvente que, no sólo te lamía los tímpanos, sino golpeaba la sutura de convergencia de los huesos parietales con el frontal de tu cráneo. Tum, tum, tum. Conecté mi iPhone con el sistema de audio en mi cabeza a través de bluetooth. Si había algo parecido a la telepatía, era esto. Eché a andar mi *playlist* especial para esta noche. Por supuesto comenzó con la voz de Anne Marjanna tasajeada por el tañido de campanas luctuosas y la batería marcial: tum, prah, tum-prah. Lacrimosa, por supuesto. Entonces se sumaría Tilo Wolff a rezar, con toda la tristeza del mundo a cuestas, su «Crucifixio»: *Ich will betend vor dich treten/bin gekreuzigt am pfal der liebe/Christi blut in meinen tränen/sieh' mich bitten.* Quiero rezar ante ustedes, crucificada en la estaca del amor/ sangre de Cristo en mis lágrimas/ escucha mi ruego.

Sangre de cristo en mis lágrimas: esa era yo.

Estaba lista.

Coyote arrancó sin brusquedad. Por la ventana de Santajuana, se asomaban dos brazas atizándose, expandiendo su rojo globular como dos estrellas agónicas: un Gitane y, sin duda alguna, un porro. ¡Pinche Daniela! ¡Pinche abuela!

El despegue gentil del Coyote no fue más que un engaño, pues al tomar por avenida de Los Caídos, aceleró de manera brutal, una flecha disparada por el arco de una guerrera, con el motor de su *bike* bramando por venganza. ¡A un lado, hijos de puta, que llevamos prisa!

Él no llevaba casco, retando a los policías militares y sus narices por las que se cruzaba muy orondo, reventando el absurdo límite de velocidad urbano de cincuenta kilómetros por hora: no creo que hubiera nadie en el planeta que se atreviera a intentar siquiera detenerlo. Subí dos rayitas el volumen de mi iPhone, lo suficiente como para aislarme de ruido de la Harley y mirar transcurrir el paisaje deprimente de mi ciudad natal. Era como si viera una película en la pantalla de mi computadora, un marco estático que registraba el transcurrir de edificios, autos y gente: el maldito mundo. Pero el mundo era quien estaba estático, y yo corría hacia lo desconocido. La música de esa vieja banda, Santa Sabina, ahora era el *soundtrack* de mi viaje y la diosa Rita Guerrero era quien cantaba en un quejido sobrecogedor, rico: *¿Cuál es la orilla de la vida humana?* Y yo estaba por cruzar la línea fronteriza. Planté mis manos en los pectorales de Coyote: eran dos ladrillos de pezones piedra, tapados apenas con la playerita negra sin mangas de Misfits, su eterna calaverita chimuela, de pupilas imposibles, sonriente, simpática hasta la repugnancia. *¿Por qué se quiebra por la sed de sangre?* La mascarilla polarizada del casco teñía de rojo carnicería el ocaso rumbo a los aires ofensivamente burgueses de Santa Fe. El sol era lo que quedaba de un corazón esférico. Las venas me hervían como papas a la francesa en una freidora del McDonald's. Las sienes palpitaban, tum, tum, tum, y la sed partía mis labios cubiertos con ese lindo *lipstik* Rouge In Love, de Lancome. *¿Quién me ha ordenado gobernar la noche con esta eternidad a cuestas?* La luz del atardecer murió decapitada de golpe, ¡cluig! En los fragmentos de claridad contaminados por los postes chimuelos del alumbrado público, pude al estudiar fin, con detalle obsceno, dermatológico, el *tatoo* que llevaba en la cabeza el Señor Coyote: ¡wooow!, un precioso guerrero jaguar en amarillos, naranjas y verdes sucios, alzaba su amenazante mazo incrustado de hojas de obsidiana. Del hocico del ocelote, abierto en un gruñido salvaje, asomaba como en parto el rostro de un combatiente tenochca con una cinta de maquillaje marrón bajo los ojos. La piel del jaguar se extendía por todo el cuerpo como si fuera la carne misma del guerrero; las patas desolladas del cuero moteado y amarillo reventaban en sus garras afiladísimas, y, como flores, de estos desgarrones brotaban las muñecas y los tobillos del mexica. Llevaba el jaguar un tocado de plumas y un escudo circular seccionado en gajos y más y más plumas. *Yo iba a morir en el temor divino.* Frente al guerrero jaguar, se alzaba un dios murciélago de grandes orejas terminadas en punta, como alfileres de maguey, hocico amenazante con colmillos aserrados, y que también amagaba con su mazo. *Pero él quería la savia de mis venas.* De la mano libre del Señor Murciélago colgaba la cabeza de un perro que lanzaba un grueso chorro de sangre erizado con cuchillos de pedernal y cascabeles concéntricos: frutos de muerte. El cuerpo perruno, cubierto con plumas, dejaba ver en una transparencia su corazón. Su corazón, su sangre en vómito, rojo sobre rojo. No, no era un perro, sino un coyote. El murciélago, triunfante, coloreado en azul y púrpura desgastados, estaba parado en el alcázar de un templo de escalinatas, torreón con grecas, y así, casual. Un cuadrado con casillas enmarcaba el *tatoo*: cabezas de mono y conejo, calaveras, serpientes, águilas y máscaras de Ehécatl en miniaturas geniales. Por los extremos superiores de la derecha e izquierda, se abrían huecos por donde salían huellas de pies humanos que, como una corona que habría sido ridícula de no ser por los cabellitos erizados de una calva morenísima, de tezontle, seguían hasta la frente de Coyote, ¿qué había allí? ¿Qué vaticinaba ese camino de pies? Y me llené de una urgencia incómoda, ¿qué jeroglífico, qué maldita idea anclada como un tumor había en la frente de la cabeza de mi piloto?

Rita Guerrero seguía cantando: *No sé vivir y sé que soy un ángel abandonado a su soberbia. Mi maldición: andar sin luz, soñar el sol.* La motocicleta dobló a la derecha por un atajo de terracería y lodo, muy *random*, piedras y baches del tamaño del Cañón del Colorado, sin alumbrado público, sin casas y ni un carajo. La noche era el hocico negro de una serpiente, y me tragaba, ¡ñam, ñam! ¿Había tomado el Coyote Perro un atajo o me llevaba a una casa de seguridad para arrancarme la cabeza como en su tatuaje? *Nocturno dios, no hay más credo para mí. Nocturno dios, piedad: déjame morir.*

Tras una loma pelada, se abrió el lago de plata encendida del centro financiero y comercial de Santa Fe. Deslumbrante, cegador como una lámpara de alógeno disparada a tu pupila izquierda, desde aquella altura, cubierto por una concha de oscuridad furiosa, sin luna ni estrellas, ese mundo aislado se veía hermoso, debo confesarlo. El Señor Coyote levantó la mano para señalar un edificio robusto, cubierto de ventanas relucientes como mercurio, de una arquitectura perpleja hecha en cubos encontrados, muescas de Jenga desfundada y un puente que unía dos naves, una en ele y la otra en jota. Era el Hilton. Allí iba a perder mi virginidad a cambio de trescientos mil pesos. Mi cabeza era una olla exprés a punto de reventar.

—Mamá —gemí, pero mi madre era una zorra…, menos: una cerda, un gusano que nos había abandonado a mi abuela y a mí, y ahora yo me tenía que hacer cargo de las cosas. Me mordí el labio inferior más y más hasta lastimarme de verdad. Un charquito de sangre me empapó la lengua, tragué un bolo denso de mí misma y canté a gritos junto a Santa Sabina: *Rojo elixir en mi boca. Vida eterna, y Dios duerme. Déjame beberte, sufro sed de saber por qué estoy aterrada.*

Apagué con mi cel la voz de Rita Guerrero.

No me había dado cuenta de que temblaba sin control en un ataque de Parkinson prematuro, de que sudaba igual que si estuviera metida en un sauna, hasta que Coyote me agitó por un hombro. No dijo palabra, sólo me miró, interrogante, con sus ojos de carbón para carne asada, y se colocó un gorro de estambre: no pude ver el *tatoo* de su frente. Asentí bajo mi casco ultraligero que ahora pesaba más que una losa de cantera, la del Pípila, y arrancó en el estrépito de su Harley Davison para bajar en zigzag rumbo al Hilton.

Adrenalina. Adrenalina rica.

Tras nosotros, en una hondonada oscura, pestilente, quedaba una zona de pobreza extrema, barracas podridas y hacinadas alrededor de una represa de agua que desde la altura parecía una gelatina de lodo. De reojo vi un convoy de soldados parase frente a una casa en obra negra. Los militares fueron directo a la puerta y la tiraron con un ariete de acero. ¿Una casa de seguridad de alguna célula guerrillera? Flashazos silentes de disparos dentro de la construcción, ¿por qué mis oídos de tísica no los escucharon? De pronto todo era silencio.

La pesadilla del mundo real quedó atrasito, mordiéndonos los talones al Señor Coyote y a su pasajera…, y ahora venía la de lo inmaterial, de lo *random*, la de mi carne de novicia rebelde.

Fuck!

Al arribar a la zona de confort de Santa Fe, con sus laberintos de callejuelas futuristas y desniveles fantásticos, yo, Daphne de los Mataderos, como si regresara de un maldito sueño del que me era vital, vital acordarme porque en él murmuraba un secreto que bien podría salvarme de perder la poca razón que me quedaba, comencé a repasar por la cabeza hueca que llevo sobre el cuello los acontecimientos que me habían traído a este punto ciego de tiempo-espacio: Daniela en el concierto de Stigmata VII; el ingreso de Santajuana en el ABC y el veneno de sus Gitanes; darme de alta en un Tinder no para llenarme de *likes* y alimentar mi narcisismo, sino para conseguir «dinero fácil y divertido»; la galería de fotos de Arin… Arinbjörn.

—¡Espera, pendeja! —me recriminé, con la repentina bofetada de un grito, de un alarido salido del revoltijo de vísceras arrebujadas en mi pecho—. ¡Pendeja! Sus fotografías… ¡Mierda!

En las volteretas de la Harley del Señor Coyote, logré sacar, con la dificultad de un malabarista manco, a una mano, mi cel del estorboso bolso MH. Levanté la careta del casco y encendí mi *fon*. Bastó con abrir mi carrete de fotos y dar doble clic a un par de ellas para regresar, de un putazo, del engaño. Sí, allí estaba suspendido el estúpido y confuso secreto que yo misma mal murmurara en el caracol de mi oreja, el porqué de la inquietud que me provocaban las imágenes Tinder de Arinb. ¡Rayos!, apenas y de golpe me daba cuenta del maldito truco que había en ellas, una trampa yo que misma guardara bajo la manga para hacerme perder la partida: el rostro del aristócrata había sido añadido en un cuidadoso Photoshop a los cuerpos que lo sostenían sobre sus cuellos, allí, en sus mansiones de lujo y yates nocturnos. No, no era un filtro de Instagram o un truco tonto de Snapchat. Lo había notado desde el principio, ¡sí!, y, aun así, había decidido pasarlo por alto, fingir que no me daba cuenta del fraude. ¡Mierda! ¿Por qué había hecho yo algo semejante? «¿Qué te pasa, Daphne, ¡qué te pasa, estúpida?»

Me estaba volviendo loca por decisión propia. ¿Qué carajos quería demostrar, a quién? ¿A Daniela, a Santajuana de los

Mataderos, a Arinbjörn…, a mí? Eso lo iba a averiguar ahora mismo, ya que la Harley del Señor Coyote se había estacionado en la plazoleta que llevaba al lobby del Hilton.

Bajé decidida de la motocicleta, arrojé el casco a mi jinete de piedra, la chamarra y los guantes, y caminé rumbo al matadero.

VI

Los altos muros del lobby del Hilton le dieron a mi bienvenida un aire frío, ¡fuuuu!, de paleta helada de grosella, más abandono, más incertidumbre que otra cosa. Pero, ¡vaya!, me gustó esa sensación: ser la criatura más vulnerable de la existencia.

La sobria y amplísima belleza del lugar me erizó la piel, sobre todo cuando imaginé que una lámpara hecha con una maraña de tubos cromados, ordenada en cuidadosa secuencia fractal sobre una sala minimalista, caía encima de mí con sus puntas luminosas: una lluvia de flechas. Más que un lobby, aquello parecía una galería de arte moderno. ¡Bah!

Caminé sin rumbo, casual, por la elegante soledad de medianoche del hotel hiperburgués, yo: la hija de la clase obrera, la tataranieta de una curandera nahoa. Una dependiente rígida, de pelo muy recogido en chongo y acodada en el mostrador como una garza pedante, me miró con dulzura servil y alzó la mano hacia el fondo del recibidor: sabía que yo llegaría de un momento a otro y, así, cumplía con el protocolo exagerado de lanzarme como una pelota de beisbol al cácher.

Fui hacia allá siguiendo un rastro de flores, flores que desconocía, de un regusto a frutas y sal. ¡Mmmm! En una sala contigua, de sillones enormes de cuero blanco anegados con los cojines más suaves del mundo —sí, mi mundo—, una chica hermosa de cabellera larga y oscurísima, semilarga, más bien, pues estaba rapada con un dibujo cuidadoso de anillos en espiral en los rumbos de su sien izquierda, ella, aguardaba sentada con un traje de noche de falda corta y botas sostenidas en tacones sólidos. Su vestido parecía una cota de malla medieval salvo porque, en lugar de nudos de hierro retorcidos, estaba cubierto por lajas pulidas de cristal negro, relumbrantes. Era perturbador que estuviera con las piernas abiertas y masticara un chicle con la boca abierta, lo que confirmaba que era una de esas personas que lo vulgar las vuelve más elegantes, mucho más que la propia capa de Caperucita Roja… en el bosque del Lobo Feroz. A ambos costados del largo sillón, estaban parados dos guarros musculosos, jóvenes, sin duda gemelos, con la misma estatura, quizás un poco más de los dos metros, de cabello blanqueado recortado al ras, como personajes de Marvel Comics, con trajes angulosos, de negro impecable y gafas oscuras (¿a esas horas de la noche?), las manos enlazadas sobre sus braguetas, igual que agentes de seguridad de la Casa Blanca. Pensé por un instante en el error que había sido no aceptar la Lady Pink de Daniela, pero de inmediato rectifiqué, porque intentar usarla contra aquellos roperos sería más estúpido que estrellar mis colmillos contra una barra de acero para comprobar si mi calcio estaba a buen nivel.

Arinbjörn me había dicho que no tendría que esforzarme por subir a su suite, pues un grupo de bienvenida me llevaría hasta él «En cojines de seda». «No digas tonterías», le reclamé malhumorada. No exageraba.

—Hola, Daphne —me dijo la guapa en una pronunciación exagerada y cuidadosa, a pesar de su acento europeo, con sus rasgos afilados, de piedra preciosa, y labios carnosos. Cuando me acerqué a ella, se puso de pie con un movimiento suave y elegante. Recordé a Daniela: esta chica era lo contrario a ella—.

Soy Brünhild. —¡Rayos!, otro nombre esculpido en hielo islandés.

Le extendí la mano y ella, sorpresivamente, la tomó para girarla y besar su dorso. Una sensación de humedad helada me invadió de los dedos al útero.

—Hola —alcancé a mascullar en un castañeteo de dientes y boca reseca. Los labios estaban a punto de desmoronárseme: icebergs en pleno calentamiento global.

Brünhild tronó los dedos, y uno de los guarros puso sobre mis hombros un abrigo negro que me quedaba a la perfección. ¿De dónde había sacado esta maravilla que de inmediato me llenó de un calorcito suave? El otro guardaespaldas me dio un vaso de agua en el que flotaba una rama de yerbabuena y un hielo con una fresa en el centro.

—Gracias. —Y bebí desesperada de aquella acidez dulzona. —Otro vaso, por favor.

La chica observaba con interés de médico mi rostro. Yo plegué mi labio para atraparlo con los dientes y ocultar la herida que me hiciera en mi reciente pesadilla: ¿la mordida bajaría mis bonos de esta noche de sexo a la carta? De cualquier manera, en realidad ella observaba mi Lunar Estrella. Me sentí cohibida, era evidente, por lo que ella salió de su hipnosis con un ligero sobresalto.

—Soy la hermana de Arinbjörn. Ven conmigo, yo te llevaré con él.

De golpe sentí una aproximación al alivio: Brünhild era una copia en femenino de Arinb, más joven, ¿su hermana o su hija? Quizá yo había reaccionado de más, *overacted*, con el tema de las *pics* sobrepuestas en Photoshop; aunque cabía la posibilidad de que las fotos fueran de hace un siglo y me encontrara a un hombre bien diferente al que me citara aquella noche para desflorarme.

¡Desflorarme! ¡Mierda!, ¿acaso rasgarme los adentros con su hermana viéndome desnuda, abierta yo de cuerpo para recibir a Arinbjörn en mi «vulva asustada», diría Sherezada en *Las mil y una noches*? ¿Íbamos a hacer un trío?, o peor, ¿un quinteto con sus marranos tirando de mis miembros para arrancármelos como en el potro de la Inquisición? ¡Santo martillo *random* de las brujas!

Todavía a tiempo de echarme a correr, lanzar un chiflido de sos al Señor Coyote y regresar a mi casa con las manos vacías.

Las manos vacías. Sí, pero, ¿y la abuela, la deuda?

Brünhild me veía expectante: sabía que yo estaba dudando; aun así, no trató de aplicar presión sobre mí: en efecto, ella era el lado opuesto de Daniela. Daniela que me partiría en pedacitos si llegaba sin sus treinta mil pesos restantes: Arinb había depositado en mi cuenta de Oxxo un adelanto jugoso para comprometerse a fondo, y el dinero se lo había dado íntegro a Dany… y ella estaba cuidando en ese mismo instante a mi abuela, fumando yerba una, tabaco la otra.

—Vamos —le dije, y ella me contestó con el silencio dulce de su sonrisa.

Los guarros elegantes se habían quedado custodiando la puerta corrediza del elevador, al cual entramos Brünhild y yo, lado al lado, como si fuéramos un par de estadistas amenazadas de muerte. Este ascensor no era de los huéspedes comunes y sólo llevaba al piso ocho activado con una tarjeta con chip que mi compañera de viaje llevaba colgada del cuello. En la elevación no dijo nada, sólo se puso delante de mí, dándome la espalda, y me tomó de la mano: estaba helada, más que yo. Mi primera intensión fue rechazar este gesto ¿fraternal?; pero apreté sus dedos para darles un poco de calor. El silencio se rompió al lanzar ella un, ¡fffffh!, largo suspiro, apenas llegamos, de una suave sacudida, al octavo piso.

Las puertas se abrieron.

Panic atac. ¡Tum, tum, tum!

Me recibió un perfume de flores, el mismo que me lamiera allá abajo, como el olor del pan recién horneado lame al muerto de hambre. Quedé inmóvil, sin decidirme a seguir el primer paso que dio Brünhild. Sin soltarnos de las manos, nuestros brazos se tensaron con la levedad del quien quiere convencer y no obligar a que le sigan.

El elevador no conducía a un pasillo por el que se repartieran las puertas de los demás inquilinos, sino que desembocaba de lleno a la tenue oscuridad de un *living* espacioso, amueblado con sillones y mesitas de diseños curvos y desequilibrados, sombras de un gusto cero común, muros sobrepuestos en ángulos agudos, recortados, ¡clac!, por trazos simulados de luz en diagonales, con una alfombra terminada en un diseño de vetas de madero, todo en colores cremosos, oscuros. En medio de este hueco de penumbras limpias, una silueta se recortaba al fondo como un agujero en el vacío: era Arinbjörn.

Levantó la mano derecha, bajó un poco la cabeza en señal sutil, y comenzó a sonar una música decadente, oscurísima: era un laúd cruzándose con los lamentos de una guitarra rasgada por una distorsión extrema y *feedbacks*, como si el guitarrista de Stigmata VII hiciera dueto con un músico medieval… ciego. La piel se me erizaba al tiempo que Arinb me extendía la mano. Se inclinó como en un saludo ridículo y afectado de la corte de *Game of Thrones*. Yo le tomé una mano de seda y nieve, ¡brrrrr, qué delicia!, y, a una orden sugerida en algún punto perdido de mi cabeza, me hizo girar con vigor en una voltereta de dos involuciones, ¡zas, zas!, imitando el baile antiguo de un castillo nórdico. Una danza cortesana en un castillo intacto o, ¿en ruinas? Yo trataba de escrutar en la oscuridad el rostro de este cabrón envuelto en un aura de fría tibieza, pero un velo de raso negro parecía enturbiar mi vista; en cambio, el camafeo de lapislázuli y plata de la barba y el *tatoo* rúnico de su cuello vibraban con claridad. ¿Sería éste el mismo Arinbjörn de las fotografías retocadas? ¿O era un anciano deforme, lleno de cirugías plásticas y prótesis dentales pegadas con Kola Loka a sus encías? ¿Un charlatán de mierda que me tomaba por sorpresa en su trampa para ratones?

—Las ropas que llevas puestas, mi querida niña, no van con las danzas de esta música —dijo con un acento similar al de Brünhild, melodioso y atemorizante, como si esculpiera cada una de sus palabras agripicantes antes de salir por su boca—. Ve con mi hermana a la recámara, ahí hay un guardarropa que te hará brillar en la oscuridad.

Quise decirle que llevaba en mi bolso un *outfit* gótico, demodé; pero no podía articular ni un octavo de mis ideas.

Arinbjörn me tomó por los hombros y lanzó dos besos, uno en cada mejilla, a la usanza europea, sin posar sus labios en mi piel. Distantes y fríos. Me sentí desvanecer. Él me sostuvo por los hombros y un rayo de luz le iluminó el rostro. Era él, sin duda alguna.

—Así es, mi niña —contestó una pregunta que no puede lanzar más que con mis ojos y boca abiertos en «o»—: soy Arinbjörn Adigaard, y tú eres Daphne, la virgen gótica, la chica del Lunar Estrella, la flechadora de los cabellos de fuego —dictó como si lo estuviera leyendo en una *tablet* remota plantada en su memoria.

Sentí una descarga eléctrica achicharrándome la vagina.

Brünhild, en su costumbre aprendida hacía apenas un par de minutos, me tomó de la mano para hacerme cruzar la sala,

ahora entrelazando nuestros dedos como un par de novios enamorados. Arin levantó una ceja para decirme adiós.

Viejo cabrón.

Colocados en cada extremo de un biombo calado en una madera
negra, preciosa, que separaba el *living* de la recámara, dos músicos
tocaban sus instrumentos. *Fuck!*, el que tocaba la guitarra eléctrica
era sin duda alguna Rotten Kid, el guitarrista de Stigmata VII.
En otra circunstancia habría lanzado un aullido de fan, le habría
pedido un autógrafo en las bubis y una selfi, pero verlo inclinar
su cabeza ante mí, como un siervo ante su reina, me desubicó de
norte a este. Al otro lado, estaba un hombre tañendo un laúd
enorme de trescientas cuerdas, ¡vaya, así me parecía!; su cabello
canoso y desgreñado caía sobre su rostro, como el de una bruja
perversa en espera de meterme de cabeza en una olla de caldo
de musgos y brea; aun así, también inclinó la cabeza en saludo
al sentirme cruzar hacia el dormitorio. ¡Rayos!, ¿era Jozef Van
Wissem, el compositor del *soundtrack* de *Only The Lovers Left
Alive?* La música de ambos pareció hacerse levemente luminosa,
aunque no lo suficiente como para hacer salir el sol en esa noche
de luna en cuarto llena.

Luna de tierra y un *pearcing* de plata.

Tras de sí, Brünhild corrió las hojas del biombo, ¡fsssst!, y quedamos aisladas frente a una cama enorme plagada de almohadas
apetitosas y sábanas blancas blanquísimas, pálidas, como jamás
las había visto en los dieciséis años de aburrida mi vida. *Wow!*
Mi primer impulso fue ir hacia la ropa de cama y acariciarla, sin
soltar la mano de Brünhild. Había una rosa negra de tan roja en
el centro del colchón, donde supuse debería depositar las abundantes gotas de sangre que la teñirían con mi virginidad rota: *el*

tesoro más preciado de una señorita. Pero esta nueva amiga, ¿o debía decir «mi cuñada momentánea»?, redirigió mis pasos hacia un clóset que ocupaba una pared completa, y me soltó para abrirlo de par en par y sacar varias cajas de madera pesada. Sin el contacto de la piel de su mano, sentí que la temperatura de mi cuerpo subía de golpe a las alturas de la fiebre. Entre hojas de papel de China que crujieron al desplegarlas, sacó un corsé de satín negro extendido en su parte baja con los resortes de un liguero. Brünhild lo tendió frente a mí como si fuera una bandera, y yo, dócil, comencé a desvestirme, con el corazón tum, tum y la descarga eléctrica en mi coño intensificándose. Boté el saquito Prada, la camisa blanca de Ermenegildo Zegna, mis pantalones Calvin Klein, el bra y las pantis Victoria's Secret. Quedé en pelotas. Mi concha marina estaba empapada. Apreté el manojo de vellos pelirrojos de mi pubis y tuve un pequeño, pequeñísimo orgasmo.

—¡Ah!

Brünhild me hizo levantar uno tras otro los pies para deslizarme unas bragas españolas de tela delicadísima, y que más bien parecían ungir con aceite la piel de mis piernas; me colocó el corsé negro y, dándome un beso de hielo en la mejilla, apretó sus agujetas por detrás de mi espalda. Mis senos, que siempre he considerado pequeños, pero bien puestos, me brotaron como dos naranjas ante la presión de las varillas del corsé. Después vinieron el par de medias caladas que ella enganchó con destreza a las cintas del liguero, guantes largos terminados en empuñaduras abiertas para dejar al descubierto los dedos; una gargantilla de encaje que puso sin más en mi cuello y que en el centro exhibía un dije de plata en el que estaba montada la calavera de un roedor, ¿neta?, engastada con diamantes en las cuencas de los ojos.

—Sí, Daph —me susurró al oído Brünhild—, son diamantes de Kimberly, Sudáfrica. Están manchados con la sangre de mineros negros muertos de hambre, ensangrentados como los componentes de tu móvil ensamblado en Vietnam, como las calles de tu ciudad y que ahora es mi ciudad. Nuestra ciudad.

La música de Rotten y Jozef subió de volumen. Mi garganta estaba más que seca y fui a tomar tres tragos de una jarra del agua aquella de gusto ácido, con más fresas encerradas en cubos de hielo y ramas de yerbabuena y romero, sobre una mesita junto a unas uvas del tamaño de un huevo de codorniz. «¡Rayos, ¿qué es esto?, ¿estoy alucinando?!» Pasé frente a un espejo de cuerpo entero y miré mis piernas blanquísimas cubiertas con aquellas medias con diseños de flores, el liguero tenso. Parecía una puta. Claro, es que eso era yo: una puta. Sonreí con los belfos llenos de orgullo: si mi madre me viera ahora mismo, se pondría de rodillas para pedirme perdón, y yo la haría lamer mis pies para darle una propina.

Me volví y, salida de la nada, sin que la hubiera adivinado a través del espejo, quedé frente a la chica de cota de malla y cristales negros. Extendía hacia mí un vestidito maravilloso salido de un manga nipón. Tenía un vuelo de tutú hecho de una compleja superposición de bordados y encajes con aplicaciones dispersas en terciopelo oscuro. Para abrir en flor las tres capas de falda hechas con velos y redecillas delicadas, giré sobre mis pies calzados en un par de zapatos sin tacón que, aun así, se equilibraban sobre una plataforma de curva piramidal. Me sorprendía que yo no cayera desde la altura de ese calzado irracional. Brünhild soltó mi cabello y el minucioso peinado de Daniela estalló en mis caireles rojos, libres, cuidando de no cubrir los largos pendientes con más diamantes lavados en sangre de Kimberly.

Regresé al espejo: estaba preciosa. Una virgen gótica. En el reflejo, no vi a Brünhild y me volteé sobresaltada a buscarla: el cuarto estaba más vacío que mi porvenir y mi cartera juntos, pero eso estaba a punto de resolverse. La música cesó y el olor a flores se hizo más fuerte: venía detrás de dos pesadas cortinas, como las de la abuela, sólo que limpias y alisadas, sin manchas de humedad ni telarañas de algodón. Caminé hacia ellas, las descorrí y frente a mí se abrió un ventanal enorme por el que entraba una luz tenue y azul: el espejo de agua de una alberca agitada, oblonga... ¿«oblonga»?, ¿de dónde llegaban a mi cabeza esas palabras rebuscadas? Sí, de las entrañas de la biblioteca de mi abuela, de las letras mohosas de Edgar Allan Poe: *Durante todo un día de otoño, triste, oscuro y silencioso, cuando las nubes se cernían bajas y pesadas en el cielo, crucé sola, a caballo, una región singularmente lúgubre del país; y, al fin, al acercarse las sombras de la noche, me encontré a la vista de la melancólica Casa Usher.* Pero aquí no era Nueva Inglaterra ni la casa de los Usher, con sus fumadores de opio y sus ventanas como ojos vacíos, sino la derruida Ciudad de México y un hotel ofensivo de tan buen gusto.

—¡Vale! —me dije con decisión gozosa, descorrí la pesada hoja de cristal, y, como si ésta fuera una barrera de silencio visible, se me vino encima una oleada de luces que me cegaron luego de mi larga inmersión en las penumbras. Sólo entonces, pude escuchar, a un delicioso volumen revienta tímpanos, los poderosos fuetazos de una banda gótica hecha y derecha, fantástica: guitarra estridente, batería a mazazos necios, teclados profundos, grasosos, un bajo que me rebullía la barriga con patadas de aire comprimido y una letra brutal. Era una rola emblemática de Peter Murphy: *They come on over, said the tripper to the was the ghost. Caught you real dead in, master of masters. I tell you daddy: Don't, to a place all full when the angels are alive. They believe in nature. I get so fear, I get so fear, I get so fear, I get so fear.* Esa letra la conocía y, andando a ciegas, medio traducía pedazos que alcanzaba a pescar en el aire. *El viajero habla al que era fantasma. Ven. Toma*

*tu verdadera muerte, máster de másteres. No, no en un lugar repleto
de ángeles vivos: ellos, los que creen en la naturaleza. Me lleno de
miedo, me lleno de miedo, me lleno de miedo.*

Y así era, estaba llena de miedo, trémula como el cuello de
una gallina a punto de ser degollada por una banda de hermanos
idiotas.

Entre gruesos hilachos de humo, como en un escenario de
rock, de pronto estaba en medio de una fiesta alucinante. ¿Allí
me iba a desflorar Arinbjörn?, ¿en medio de mujeres bellísimas
que desfilaban, entre el mareo de una borrachera marca diablo
o erguidas con elegancia, como si se tratara de un desfile de
modas, un desfile *Prêt-à-porter*, desnudas o calzadas en preciosas
bragas, ligueros y medias negras, eso sí, todas sobre zapatillas
de tacón, con la cara cubierta con antifaces dorados y negros, de
porcelana, elevados con varas sobre los ojos de estas bellezas
de revista, llenos de pedrería brillante, velos, encajes, y hombres
que se abrían los sacos de sus smokings y se besaban y acariciaban
sus tetas? Hombres hermosos, negros, rubios, asiáticos, de ojos
miel y azul miedo. Machos preciosos, animalescos, con las braguetas abultadas por erecciones groseras, como si viajaran en un
microbús, lanzando miradas obscenas a alguna joven desvalida.
Había meseros de filipina blanca y sirvientas uniformadas de
mucama que servían canapés de apariencia viscosa, coagulares,
que me daban asco, mucho asco, champaña y vino en copas
preciosas que de pronto alguien arrojaba al piso para pisotearlas.
Muchas parejas bailaban, acariciándose peor que gatos en celo,
bajo los efectos de alguna sustancia tenue y deliciosa. Había trajes
góticos con estallidos de pétalos de golas en sus cuellos, mangas
terminadas en escarolas de piratas, de aristócratas en Versalles;
casacas rojo vino, abrigos largos que parecían flotar de tan ligeros.
Carcajadas contenidas, murmullos, gemidos por allá y por aquí

de tipos que cogían o se mamaban con chicas hincadas o puestas en cuatro patas. En un corredor, una mujer estaba amarrada en perfecto *bondage*, colgada de una estructura tubular, y varios tipos orientales se masturbaban hasta venirse sobre a ella.

El miedo se me volvió una maraña de pelos atorada en la garganta: iba a vomitar... Y lo logré. Alguien ya me agarraba el cabello para no ensuciarlo: Brünhild, por supuesto. De inmediato, un mesero limpió la pequeña mancha de jugos gástricos en el piso de concreto pulido. *I get so fear, I get so fear*, cantaba alguien imitando a la perfección a Murphy. ¡Mierda! ¿Ese hombre calvo, rodeado de tres músicos estridentes era en realidad Peter Murphy? *I get so fear, I get so fear*. Arinb estaba de pie frente a mí, casual, con una copa de vino blanco en la mano.

—Date un trago, mi querida niña virgen —ordenó vaciando un poco de ese líquido amarillento y delicioso, frío, cetrino y refrescante, dentro de mi boca—. Enjuaga tu lengua y tu garganta. —Y yo seguí sus instrucciones al pie de la letra—. Ahora escupe. —Y un mesero ya tenía frente a mí una cubeta de plata para que lanzara allí lo que restaba de mi boca y entrañas.

¡Mierda! De pronto caí en cuenta de que los invitados a esta fiesta salvaje me rodeaban y hacían una caravana inmóvil, ridícula de tan seria y respetuosa. ¿Se inclinaban frente a mí o delante de Arinbjörn?

«Claro que ante él, idiota, ¿quién te crees que eres? Apenas una aspirante a putita, una muerta de hambre que va a vender caro, muy caro, pero barato, su cuerpo, su inocencia que sólo una noche valdrá trescientos mil pesos, una virtud perdida para siempre en la cañería de una ciudad injusta y estúpida.»

Me eché a llorar, y Arinb limpió mis lágrimas con un pañuelo de textura metálica, tocando con delicadeza mi Lunar Estrella, el cual besó, posando con suavidad sus manos en mi nuca.

—Daphne, querida virgen gótica, mi niña querida. No te engañes, esta reverencia es para ti.

Uno de aquellos hombres hermosos que nos rodeaban, se incorporó junto a Arinbjörn y abrió un maletín de aluminio: dentro había varios paquetes de hermosos billetes de quinientos pesos, limpios, recién horneados ve a saber dónde carajos.

—Es el resto de tu paga —dijo Brünhild, contundente y... ¿amorosa?

La música de pronto ya era otra: un sonsonete circular, como un dedgiredoo, esos cuernos de jícara, largos y enormes, que soplan los aborígenes de Australia y vibran en remolinos de frecuencias bajísimas. ¡Booooo ñiñi booooo! Tambores con aires vikingos, coros de mujeres búlgaras, la voz de Peter delante. «*Shit!*, ¿de verdad es él?», arpas celtas, instrumentos aparentemente desafinados, de una sola cuerda frotada con un arco que después podría ser usado para cazar un alce.

Me sentí mareada.

—¿Qué tenía esa agua que me diste?

—Un poco de mandrágora y cornezuelo de centeno, querida niña, pero sólo un poco. Una ligera introducción al veneno de los dioses.

—Yo no tomo drogas, no como carne de cadáveres ni bebo alcohol, Arinb.

—Eso se va a solucionar ahora mismo. Huele, huele con cuidado las frutas verdes de este Chablis de Borgoña, el caramelo agridulce, el recuerdo de una madera antigua. —Quise resistirme, pero ya no era dueña de mi flaca y mítica voluntad, y Arinbjörn, después de hacérmela oler, siguió derramando la copa de vino blanco en mi boca—. Ahora, este trago no lo escupas. Mantenlo en tu boca y frota la lengua contra tu paladar. Siente la sedosidad de esta miel de uvas maduras. Siente su acidez en el fondo de tu lengua, en las mejillas. Ahora trágalo.

Mi estómago se refrescó en un espasmo delicioso. «De lo que te has perdido, Daphne», me dije, y volví a tomar otro trago, ahora agarrando con tenue confianza la copa. Arinb se contoneaba, y los invitados que nos rodeaban agitaban sus brazos y manos con movimientos circulares. Brünhild, pegada a mí desde la espalda, acariciaba la tela de mis guantes largos. La piel se me puso de gallina, más blanca que nunca. Ari se repegó a mí, tomando a dos manos los brazos de su hermana, bailando con suave contundencia. El dije de lapislázuli quedó a la altura de mi boca y, sin proponérmelo, lengüeteé el rostro tallado en el camafeo: una imagen de falsa apariencia antigua hecha con el rostro de Arinbjörn, con una corona en la cabeza, bigotes retorcidos en aguja, de hípster trasnochado, con el cuello de un abrigo de piel peluda. Era un rostro como fotografiado en negativo, ¿fotografiado?

Cerré los ojos, tenía la carne erizada: los labios de Brünhild se posaron en mi cuello. «Chúpamelo», pensé decir y su lengua ya me hurgaba la piel. Una descarga de nuevo en el centro de mi vagina, en el cuello de mi clítoris, se esparció hasta la punta de los dedos de mis pies. Los dientes de Brünhild me mordían de menos a más, de más a mucho más, mucho más, y, con un movimiento brusco, tomándola por los cabellos de la coronilla, Arinbjörn interrumpió el mordisco que comenzaba a lastimarme en serio. Yo quería, necesitaba que me mordiera, y mi pretendiente besó en la boca a su hermana. Podía ver cómo sus lenguas jugueteaban en un beso que nada tenía de fraternal.

—*Wartezeit, die letzteren beträgt unsere Zeit* —le ordenó, y ella asintió con una mueca de impaciencia.

Scheiße! Yo no hablaba un carajo de alemán, pero pude entender qué decían mis anfitriones gracias a que había memorizado letra por letra decenas de canciones de Lacrimosa:

«Espera —le había dicho— el futuro es nuestro tiempo.»

VII

Allí estaba yo, flotando bocarriba en una quietud total, esa que los náufragos y desahuciados dicen que viene después de la tormenta, con una maldita certidumbre revotando en eco —¡eco!— dentro del vacío de mi cabeza:

—Mi futuro es cosa del pasado. Hoy. Mi futuro. El pasado...
—¿Dónde putas había leído esto? ¿Cuándo? —. Mi futuro es cosa del pasado. Hoy. Mi futuro. El pasado...

Música de laúd, *random* hasta el desatino.

Sobre mí, el peso de la soledad, del desatino de una huérfana arrojada a un bote de basura en una caja de cartón, en una calle desierta, a medianoche.

En el instante previo a que el Señor Sol despuntara tras el macizo de montañas de La Marquesa, todos había desaparecido sin dejar rastro, todos salvo Jozef Van Wissem, quien en la habitación de Arinbjörn y Brünhild tocaba con su laúd una melodía fantástica de tan lánguida y opresiva, de adiós, invisible, inaudible para alguien que no tuviera mi oído de tuberculosa. El agua caliente, vaporosa y azul de la piscina, había sido lo único que al final me quitara la envoltura helada que me entumió la madrugada entera; aun así, mi piel seguía erizada. Flotaba desnuda, sobre un agua tan densa que me sostenía sin esfuerzo en la superficie —Mar Muerto—, con tres suaves manchas de sangre disolviéndose con lentitud alrededor de mi cabeza, muñeca izquierda y pubis: una falda, un brazalete y una segunda cabellera que se extendía como la aureola de una virgen milagrosa, de República Dominicana, por supuesto, porque eso seguía siendo yo: una virgen… técnicamente hablando, *as usual.*

En una silla de playa, descansaban mi nuevo vestuario de holanes y encaje góticos, el de la chica-Prada que, con mi bolsa MH, era en realidad, ya lo saben, de Daniela, y el maletín de aluminio con mi paga de esa noche: doscientos setenta mil pesos. Los efectos de la mandrágora y el cornezuelo de centeno se habían extinguido sin dejar huellas de cruda en mi cabeza o estómago… ¿Mi estómago?, ausente.

¡Sí! Me sentía a gusto, recogida en mí, pues era un hecho que estaba a salvo de miradas indiscretas —¿de señorita provenzal asomada por una celosía?—: aquella terraza del Hilton estaba dispuesta de tal manera en su arquitectura futurista, que ninguno de los huéspedes convencionales había podido atestiguar el Sabbath de sexo iniciático que acababa de acontecer frente a sus narices respingadas por las cirugías plásticas, salvo los invitados que ya se habían retirado a sus recámaras para encerrarse tras la oscuridad de las gruesas cortinas del hotel.

La primera sangre que me rodeaba, cada vez más desleída, enredada en mis rulos, no era mía, sino de Arinbjörn: bajaba en vómito desde mi boca y mentón hacia el pecho en una delicada costra, y, en mi lengua, el sabor de la sangre permanecía con su gusto metálico. Usando la afiladísima uña de su meñique derecho, Arinb se había cortado la piel del pectoral hasta llegar a su pezón izquierdo, partiendo en dos su corazón.

Yo había seguido bebiendo el Chablis blanco toda la noche, acompañándolo con sorbos de esa agua con hielos de fresa que me emborrachaba aún más que el vino. Uno de los hielos lo había aguantado en mi boca hasta que la fruta se dejó machacar por mis muelas y, *wow!*, la noche estalló en luces multicolores, cascadas fluorescentes, y mis mandíbulas se apretaron y apretaron. Brünhild metió a la fuerza, entre mis dientes, una vara de orozuz, con su insistente sabor que me recordaba esas tiritas de dulce gomoso que la abuela me compraba cuando era una niña de cinco años.

—Esto es para que no te revientes los colmillos, querida —me aclaró—. Con el tiempo verás lo útiles que te son.

La fresa estaba amarga. Me saqué el palo de orozuz y escupí el bolo sobre mi mano: la fruta más bien parecía un coágulo del que brotaban girones de neblina magenta. En otro momento, habría vuelto el estómago, aullando de horror, mas ahora regresé la fresa a mi boca y, confiada, seguí masticando y la tragué con la ayuda del vino amarillento que, al pasar por mi garganta, tomaba la forma de una nube, de luz de estrellas, de *Veneno para las brujas*.

Me volví para ver a los invitados que hacía un momento me rodeaban, y ahora sólo había mujeres. Viejas desnudas, ancianas decrépitas de bubis largas y retorcidas, ya sin antifaces, de cabellos ensortijados como serpientes vivas, y me parecieron hermosas, hermosas porque eran el retrato multiplicado a la ene de Santajuana de los Mataderos, lanzando humo por sus bocas sin la necesidad de Gitanes ni mangueras de oxígeno. Bailaban vueltas medusas agitadas por corrientes de mar, livianas, ingrávidas, con la luna menguante despuntando por el horizonte.

Los músicos también eran ancianas en la noche de santa Walpurgis y, como si hubiese encendido mi iPhone con el *playlist* interrumpido en la loma alta desde la que viera Santa Fe, la diosa Rita Guerrero retomó su canción: *Me hizo su esclava por beber*

su sangre. No sabe de lo frágil de mi carne. Dice que no me en-
cuentro en el espejo y lo enmudece la belleza. La soledad es su
mansión nocturna. Viaja veloz al filo de la luna. Quiere llevarme
asida a sus espaldas, abandonados por la muerte, cantaba, y no
era más la voz de Rita, sino la mía; yo la que recitaba: *Nocturno*
dios: no hay más credo para él. Nocturno dios, piedad; déjanos
morir. Noche roja en sus ojos. Dios que duerme desangrado. Déjame
beberte. Tengo sed de saber tu razón de entregarte.

Me desvanecí.

Abrí los ojos recostada en la deliciosa cama de Arinbjörn, con
la piel de gallina y los pezones durísimos. El Lunar Estrella me
punzaba y rebullía: tum, tum, tum. Aún, así, por debajo de aquella
cascara de piel, era yo un malvavisco tierno, dulce, puesto a las
lenguas de la fogata de un día de campo, un picnic en el que
nunca participé, pues siempre fui una rata de ciudad, con el
mundo entero y sus diversidades fabulosas a la vuelta de la esquina, tan cerca y tan lejos, lejísimos de mi ciudad natal.

Tenía la espalda recargada, sumergida, en las geniales almohadas color nieve de la extra-king-size, y en las palmas de las
manos, yacían a todo peso dos piedras preciosas de rojo
crepuscular.

Sí. Abrí los ojos, ¿lo hice?, y me encontré a Arinb, también
desnudo, sentado a horcajadas sobre mi vientre. Sus ojos azules
estaban a centímetros de los míos, no observando mis pupilas
enormes, abiertas como ollas de hechicera —así las sentí—, sino
concentrados en el mapa violeta bajo mi ojo izquierdo. Ahora él
también era un anciano como las viejas brujas en el aquelarre de
allá afuera... y se veía tan guapo, con sus arrugas profundas y los
párpados caídos en un gesto de tristeza, calvo, de mejillas caídas.
Su cabello y barba de leche hilada, su dije de plata descansando

sobre mi pecho. Se apartó un poco de mí y habló con suavidad, como si murmurara una canción de cuna en su idioma germánico, y, aun así, hablaba en un español preciso y claro… o, ¿acaso mi cabeza vertía a mi idioma materno las palabras de un lenguaje que por fuera de mí sería incomprensible?

—Querida niña, virgen gótica, la que lleva el atlas del corazón de las estrellas bajo su pupila. Por fin has llegado. —Yo suspiré, quería besarlo, en verdad quería besarlo—. Vine a estas tierra, pues sabía que tu cabellera de fuego deambulaba por las arterias de esta patria rota, de esta ciudad agonizante. Yo no te encontré, tú me buscaste. Estaba escrito que así debía suceder. —El batir de unas hojas de papel crujieron a mi lado. Yo sabía que era Brünhild hojeando un libro de páginas de piel, pero no podía volear a confirmarlo: mis ojos pertenecerían a Arinb de ahora en adelante—. Yo no te percibí, Daphne, la que corona las sienes de Apolo, el flechador solar, tú eres quien abrirá por voluntad propia, para mí, las puertas de tu sangre, las de tu carne. —Pasó una de sus manos por mi pequeño seno izquierdo y, de pronto…, ¿quería yo que me lo arrancara de un trago?—. Y ya estamos aquí, en la noche del Walpurgis Rojo, el saturnal de las brujas.

Sí, era la primera madrugada de mayo. Luna llena.

Sonreí. Cerré los ojos, y, de golpe, sin tener indicio alguno de lo que estaba por suceder, mi cabeza se inundó con el eco de un rugido: era un ocelote escondido tras mis pensamientos más antiguos, devorándome desde dentro. Gemí aterrada. Tum, tum, tum. Por un segundo, mi embriaguez se detuvo: un instinto de supervivencia desconocido para mí trataba de advertirme sobre el monstruoso error que estaba a punto de cometer. Aunque era tarde para intentar dar marcha atrás. Apreté las piedras que tenía en las palmas de las manos: ardían. «Ha llegado el momento en el que Arinbjörn me desflore.» Y pensé en el dolor de mi himen roto como si fuera un trámite ofensivo por el que todas las mujeres del planeta, injustamente, tuviéramos que atravesar. ¡Rayos! Solté las piedras y lancé mis manos hacia el centro de Arinb. Me encontré con un pene hinchado, durísimo, como estalagmita de hielo. Me sacudí en un espasmo de hipotermia, tiritando, y abrí los ojos de nuevo cuando sentí una toalla húmeda y caliente posarse en mis sienes: Brünhild la había puesto en mi frente para reconfortarme, y vaya que lo había logrado. Me dio un beso en la mejilla y pasó su brazo sobre mis hombros. Ella también estaba desnuda. «*Cool*», me dije. Olía a flores, ella era quien olía a flores. Tenía sobre las piernas aquel libro antiquísimo que percibiera abierto en una página llena de signos, letras ilegibles y dibujos intrincados, parecidos a mandalas hechos en grecas románicas, calaveras bailarinas cubiertas de girones de carne desleída, y un grupo de mujeres vetustas abrazadas en torno a una hoguera en la que ardía una bestia de alas membranosas. En la página contigua podía ver el dibujo tosco, medieval, de una chica desnuda, cuyo cabello bailaba también en llamas, bebiendo sangre del pecho de un animal antropomorfo, un murciélago enorme, un vampiro que me recordó el *tatoo* de la pierna izquierda de Daniela, aunque los trazos y proporciones eran disímbolos de punta a punta: prehispánicos aquéllos, europeos éstos, ambos representación del miedo en su estado más puro.

—Sí, Daphne, el que ves en estas hojas es el Señor de la Noche y arderá en una pira de Sabbath Negro si no bebe la sangre de una doncella —dijo Brünhild sin mover los labios.

—Y yo soy esa doncella —murmuré. Estaba perdida. Quise escuchar al ocelote rugir dentro de mí, empuñar la Lady Pink de Daniela y volarle a Arinbjörn y Brünhild las malditas cabezas, ver la Harley de Señor Coyote irrumpiendo en una tormenta de vidrios rotos por la ventana de aquella suite, y lo único que alcancé a hacer fue abrir en escuadra mis piernas. Solté una mano del pene de Ari y la pasé por debajo de mi nalga: estaba empapada.

—Sí, querida niña —apuntó Arinbjörn con una voz al punto de mercurio, distorsionada por las sustancias que atacaban cada vez con más ímpetu dentro de mi cuerpo—. Tú eres la virgen de tierra nocturna, la elegida. La doncella perpetua. Un sol nocturno de tierra.

La muerte.

Pensé en la muerte —mi muerte— de la forma más lúcida y concreta que jamás hubiera tenido. Gemí de nuevo, angustiada, furiosa, con profunda resignación.

—Me van a desangrar como una puta cabra de rastro, ¿verdad? —pude articular al fin mis pensamientos, con torpeza, y antes de que pudiera continuar con mi reclamo, una nueva oleada de mandrágora y cornezuelo me sumió en un abismo de quietud y silencio. Una descarga masiva de dopamina y ¡fuaaah! Sí, Dany tenía razón: esto era la gloria.

Sonreí. Sabía que caminaba, descalza, sobre el filo de una navaja: la idea me reconfortó a pesar de que el terror y la certeza de la catástrofe estaban a unos centímetros de mí.

—Sí —me respondió Brünhild y lamió el lóbulo de mi oreja—. Tu sangre… Pero no como a una puta cabra sino como a una diosa puta. Tu sangre a cambio de la gloria más que de un maletín lleno de dinero. ¿Estás dispuesta a hacer ese trueque?

Yo me volví, afirmé con un movimiento de cabeza milimétrico y la besé. Mi lengua hurgó dentro de su boca y de golpe encontré dos colmillos largos y agudos, no estaba allí hace un par de minutos. La aparté de mí con suavidad para pedir un poco de clemencia.

—Háganle llegar ese dinero a mi abuela, está enferma. Con eso pagará una deuda mía y prolongará, un poco más allá de mí, su vida.

—No, Daphne, mi niña querida —respondió Arinbjörn, acariciándome las mejillas por las que corrían cascadas de lágrimas—. Tú no morirás. Nunca. Vendrás con nosotros.

Los ojos de mi hombre ya no eran azules, sino amarillos. Se elevó sobre sus rodillas y puso su pecho delante de mi boca, apretó su pectoral y clavó su pezón izquierdo en mi boca. Yo comencé a succionar mientras pensaba en un caramelo mezclado con los restos de orozuz y fresa que aún nadaban en mi lengua. Coloqué su verga de nieve entre mis bubis, apretándola con fuerza. Y de golpe, ¡rayos!, empecé a mamar un líquido espeso, de sabor ferruginoso: sangre de vampiro. Había sentido cómo la uña del meñique de Arinb se había abierto paso entre mis labios, cortando su piel. Intenté apartar la cara, apalancada por el terror, pero me tenía prensada la nuca, jalando mi cabellera. Quise escupir: la sangre de mi amante entraba a borbotones por mi garganta, el aire estaba paralizado en mi paladar, así que no tuve más remedio que tragar si no quería morir ahogada. El plasma entraba con dificultad, era una plasta que se estiraba en ligamentos que no terminaban de reventar. Brünhild estaba aullando en una mezcla de terror y lujuria, y la sangre de mi amante comenzó a arder en mi estómago, y el ardor ya se expandía desde mis entrañas a cada uno de mis tejidos y huesos, brotando por cada uno de mis poros benditos, por la punta de cada uno de mis malditos vellos. Lo podía sentir con absoluta claridad: un hormigueo que avanzaba, royéndome en hilos que se disparaban fuera de mí hacia el arriba y el abajo, a los lados y a ninguna parte, tensándose hasta mantenerme suspendida en el aire, atrapada en una telaraña cósmica.

Mis colmillos comenzaron a arrancárseme de las encías, a crecer como varillas de acero, y mordí a lo salvaje el pezón de Arinbjörn, quien gritó de dolor y me empujó la cabeza hacia atrás. ¡Mierda! Él había envejecido más, mucho más, y ahora no era hermoso, sino un espantajo repugnante, con la carne chupada, apenas sostenida por huesos y sacos de piel cuarteada. Sus ojos eran un par de hoyos negros, profundos y húmedos, y el dije que colgaba de una barba larguísima y quebradiza era un escarabajo atrapado en un pendiente más mugre que plata. Un mentón prognata, desmesurado. La nariz, en carne viva, era chata como la de un cerdo. Mas, su pene seguía erguido y amenazante, y, con lo último que le quedaba de fuerzas, se acomodó en medio de mis piernas siempre abiertas en escuadra y, ¡rayos y mierdas!, empujó su verga por los labios de mi vagina y dio un golpe salvaje.

¡Ah, qué dolor tan nuevo, tan absoluto y violento, lastimando a fuetazos un punto de mi cuerpo que desconocía, muy adentro, y que sentí salir de mi boca en un aullido de carne! ¡Ahhhhh!

Arinbjörn, Brünhild, la sangre en mi boca, mis colmillos de bestia, la ebriedad alucinante, la cama preciosa, la noche, Daniela, Santajuana de los Mataderos: todo, memoria y realidad, había desaparecido. No había en mi vida otra cosa más que dolor, un hierro al rojo vivo cauterizando mis adentros, partiéndome en dos, y que ahora se concentraba en mi cuello, porque Arinbjörn Adigaard succionaba, ávido, desesperado, la sangre que brotaba a chorros de mi cuello roto, partido en dos por mi vena yugular.

VIII

Cuéntame, idiota!!! Cómo te fue??? Te
tardaste un buen.

Todo estuvo cool.

Y el dinero?

Me pagó completo.

Do babes, neto?

Neto.

A güevo!!! Y...?

Se portó muy bien. Hasta hubo una
fiesta en mi honor con banda en vivo.

Por eso me tardé.

Qué??? Cogieron en público???

Nop, se acabó la fiesta y nos fuimos
solos a su suit de híper lujo.

Qué random!
Ya iba a mandar al Coyote para que se
metiera a los putazos para sacarte de allí.

Tranquis, Dany: misión cumplida.

Pinche Daph. Nos tenías con el Jesús en
la boca. Santajuana se las huele de que
andamos de putas; pero mejor se queda
callada.

No tenemos de otra, las dos lo
sabemos... Las tres.

Te dolió?

Sentí horrible al principio. No podía
concentrarme en otra cosa que no fuera
el puto dolor. Después todo fue rico.

Hubo mucha sangre?

Sólo unas gotitas. Arinb fue muy gentil.
Me va a seguir llamando. Eso dijo.

Chingón!!! Ese es el chiste: amarrar
clientela.

Voy para allá.
El señor Coyote, chido: siempre estuvo al
pie del cañón... bueno, al pie de su bike.
Es un buen dude.

Vale. Ttyl.

Sí. El Señor Coyote. Ahí estaba, mirándome de sesgo, mustio, desde el retrovisor de su Harley, como si estuviera comprobando algo, y... ¡Vaya!, yo seguía viéndome a través de los espejos. ¿Seguía siendo humana?

Arinb y su hermana habían colgado una enorme luna encima de la cama, sin duda para que, al tirarme bocarriba, luego del ritual iniciático del Walpurgis Rouge, pudiera verme de cuerpo entero, con aureolas fulgurantes de sanguaza en mi pubis, mi muñeca, boca y cuello. Y, sí, allí estaba yo, sola en el reflejo, con dos depresiones a ambos lados de mí, las cuales sostenían el peso de mis dos compañeros de alcoba, con el libro de las profecías abierto en la página donde el vampiro hacía beber de su sangre a una doncella de cabellos de fuego. Lumbre de hielo. Pero con apenas girar la cara, podía ver a mis dos amantes, mis dos amamantados, durmiendo a mis costados como un par de ángeles caídos en una tina de leche. Arinbjörn había vuelto, de su careta leprosa, a ser aquel hombre bellísimo que, ¡maldito tramposo!, yo había conocido en Tinder, más joven incluso, con el busto de su dije de lapislázuli acorde a su rostro renovado, manchados con mi sangre, teñidas su barba y su boca con mi tinta más profunda. Una boca delicada de la que aún emergían dos colmillos agudísimos. Dolorosos. Esas agujas hipodérmicas que me habían hecho conocer a fondo, milímetro a centímetro, una parte ajena de mi cuerpo: una línea mullida, un cable tenso que palpitaba bajo la piel de mi cuello, que pateaba en un ritmo nervioso de tan veloz, como una canción de Bauhaus. Tum, tum, tum. Toqué mi recién descubierta vena: chicoteaba a noventa vergajazos por minuto. Los dos horrendos orificios que la desvirgaran habían desaparecido. De pronto, regresando de un golpe de pánico, ése que deben sentir los padres cuando, en medio de un tumulto en el supermercado, pierden de vista a sus hijos un instante y, a los dos segundos, los vuelven a localizar, me llevé la mano al pubis, a mi vagina. *Fuck!*, el dolor, suma de ardores y mazazos, había desaparecido por completo. Esto, lejos de alegrarme, me sumió en un bofetón de conciencia. Hundí un dedo dentro de lo que supuse sería un encharcamiento de semen para localizar la inflamación y el dolor de vidrios rotos en mi útero, pero estaba intacto, indoloro, incluso la sangre y el esperma de mi macho cabrío —diría el marqués de Sade— eran ahora un polvo fino y abundante adherido a mi piel. *Fuck me…!*, en mi embriaguez, había olvidado ponerle a Arinb un condón en su cuchilla, ¿cómo hacerlo? Había eyaculado dentro de mí el muy cerdo, con un chorro de miel calientísima que, gracias al cielo —¿cabe esta estúpida expresión aquí?—, me alivió el dolor mala yerba y puntual que me había descolocado de toda la excitación previa a mi ofrenda virginal.

Antes de salir de la casa de Santajuana, había hecho cuentas por si ocurría cualquier accidente, y, en definitiva, estaba el final de mis días fértiles. ¡Mierda! ¿Podría quedar embarazada con aquel semen que al contacto con el aire se pulverizaba, concebir un bebé de arena?

Cuando Brünhild escuchó que su hermano se desvanecía en un hiperorgasmo, azul y escandaloso, ella también estalló mientras me desgarraba la muñeca para beberme y se masturbaba con la vehemencia del miedo. Jamás había visto, oído, sentido, olido o probado con mi lengua venirse a nadie en la vida, nadie que no fuera yo, por supuesto, y menos a ese nivel de estruendo. Los dos rodaron heridos de muerte y quedaron durmiendo *de profundis*, con sus bocas teñidas con mi rojo aún *más profundo*. Por un segundo, creí que yo también lograría llegar a las altas mesetas del éxtasis al sentir alivio en las profundidades de mi útero rociado, anegado hasta la inundación con el bálsamo de Arinb, como en la historia de aquel «parricida» chino del siglo antepasado al cual ejecutaron con el *suplicio de los mil cortes*, máximo castigo por atentar contra el emperador, el padre de toda la nación: un corte, un nuevo arrancamiento o una mutilación posterior e inesperada, siempre más dolorosa que la anterior en un paulatino aumento de intensidad, intensidad logarítmica, la cual anulaba las endorfinas del previo sufrimiento y que iba, desde la inserción de astillas en las uñas, hasta delicados o brutales cortes en los muslos y los pezones. Cuando un tristemente famoso Fu-Zhu-Li murió en esta ceremonia, mantenido por sus ejecutores quirúrgicos en una conciencia de absoluta alerta gracias al opio, viendo él cómo depositaban sus chuletas de carne, filetes de brazos y salpicón de piernas en una canasta de panadero, un fotógrafo inglés que hacía una crónica del avance de este suplicio monstruoso, *La sabiduría del dolor, fuck off!*, que duraría mil cortes exactos hasta la extracción definitiva del hígado, tomó una foto en el momento mismo en que el supliciado fallecía... ¡al fin! Su rostro era de un éxtasis profundo, de una felicidad aceitosa: la de la muerte que arrancaba al parricida de los dolores y el horror más grandes que se puedan soportar. El último corte, un segundo antes de matarlo, hizo vivir a Fu Zu-Li el Orgasmo Radical, el más milagroso y liberador que jamás nadie que sobreviva a éste podría relatar. Por un instante creí que yo repetiría el fuetazo de dolor de los mil cortes para liberarme de todo mal en un clímax milagroso. «Ya casi, ya caaaasiiii...» Pero, ¡paf!, me quedé impávida, hecha una idiota, viendo mi reflejo en el espejo enorme, sin emoción alguna en el alma o el cuerpo, tan sólo temblando de frío. Ni *Farabeuf*, ni *Rayuela* ni *Las lágrimas de Eros* eran para mí, tan sólo vibraban como libros muertos en el librero de mi abuela.

De pronto, delirando por una debilidad de muerte explicada por la extracción de sangre aplicada por mis amantes, cruzó una idea espeluznante por el vacío de mi cabeza: yo, algún día, tendría que encontrar ese orgasmo final: Eros y Thanatos cogiendo como cerdos: el rabioso instinto de conservación abrazado a carne abierta con la obsesión circular de la autodestrucción. Como pasó con ese cantante demodé de Inxs, a quien comencé a escuchar cuando supe que había muerto colgado de la regadera de un hotel mientras eyaculaba en una sesión de masturbación solitaria. Parece que se le pasó la mano, que lo suyo era una acción de entretenimiento interceptada por un accidente fatal. No, no quería morir él, tan millonario, tan guapo, famoso, y se fue de este mundo ordinario y repetitivo aullando como una luciérnaga macho. No, más bien la muerte lo llamó a cruzar la frontera. ¿El suicidio es el más grande acto de amor propio?

¡Rayos! ¿Qué mierdas era yo ahora? Un vampiro como Arinbjörn y Brünhild..., no, para nada. Cero, menos cero. Ellos se esfumaban en el espejo, y yo no, yo podía escudriñarme en esa imagen de virgen desflorada que me devolvía la luna sobre la cama. Qué lindo nombre para un azogue: luna. Y, ¡no! Eso no tenía sentido. Yo me había hartado a tragos de la última sangre del vampiro agonizante, él y su hermana habían vaciado mis venas hasta casi matarme, inoculándome sus virus infecciosos. Las heridas de mi cuello y muñeca habían desaparecido junto con el dolor de mi vulva. ¿Mi himen seguía intacto? ¿Me había vuelto un axolotl capaz de regenerar cualquier parte de su cuerpo que fuera mutilada? De haberme sometido al suplicio de los mil cortes, ¿habría sido posible recuperar mis pezones, mis brazos y piernas cercenadas? No, seguro que no: que dos pares de incisiones y un desgarramiento se hubieran recuperado a carne entera no quería decir nada más que eso. Apreté con mi pulgar izquierdo la muñeca de mi otra mano para sentir el pulso de la sangre que bombeaba mi corazón, si es que me quedaba algo, un par de gotas, y sentí mi torrente sanguíneo patear con la fuerza de la taquicardia. Mi sangre seguía siendo líquida y abundante a pesar de que la derramada no era ahora más que ceniza color añil.

Me arrebujé en la hermosa colcha y recogí las piernas sobre mí para abrazarlas, para abrazarme. Sentía la tibieza de mi cuerpo entero. Mi cabello ardía. Yo era la chica de las páginas del libro mágico de Brünhild, y la piel de Arinbjörn era como de agua helada, deliciosa y suave. Bajé a su pecho para besar su pezón izquierdo, sin ser ya un vertedero de sangre maldita. Me estremecí.

—Adiós, vampiro reencarnado —le murmuré en el oído, aún a sabiendas de que no me escuchaba. Me incorporé, tiritando de frío, y fui hacia el ventanal. En un rincón oscuro, invisible, Van Wissem seguía tocando su laúd místico, de belleza tenebrosa. No, él tampoco era del todo un vampiro.

La fiesta había terminado.

Cuando estaba a punto de correr las pesadas cortinas, una mano se cerró sobre mi muñeca con la precisión una pinza de metal. De golpe, salidos de la nada, los guardaespaldas gemelos estaban allí, montando guardia. En un movimiento veloz, uno manteó la cortina, asegurándose de que no entrara un sólo reflujo del Señor Sol a la habitación, y el otro me cruzó de un jalón sólido al otro lado del pesado ventanal, para cerrarlo como si fuera de papel, de aire. Afuera, ambos me escoltaron hacia la banca de playa donde estaba mi ropa y el maletín de aluminio con mis doscientos setenta mil pesos, mi paga completa menos los treinta mil que Daniela se había cobrado a lo chino. Pensé en vestirme de prisa para neutralizar el frío que me corroía hasta los huesos. Como al parricida chino y su borrachera de opio, el efecto del cornezuelo cedía, así que me di media vuelta y me lancé en un clavado nada sofisticado a la alberca. Tenía tantas ganas de hundirme en el enorme vaso azulado, que el contacto de su masa en la piel me hizo sentir algo más que alivio: la zambullida me brindó el momento de mayor felicidad que hubiera sentido hasta ahora. La virgen gótica se había convertido en una sirena, en un trozo de corcho a la deriva.

«Las historias bonitas nunca duran lo suficiente para las personas que no somos lo suficientemente bonitas», me había advertido la abuela Santa con su irritante ironía de palabras repetidas y de la que yo era heredera… Así pues, y según lo predicho, apenas el rey sol despuntaba un par de rizos de su cabellera dorada, atravesando a tajo la sierra del Pico del Águila, lanzó un rayo de luz compacto para rebotarlo a través de un ventanal polarizado y, ¡fuzzz!, la radiación trazó un tubo de neón en medio de la bruma y los vapores de la alberca, ¡arde, arde!, hasta dar de lleno en mi rostro. ¡Mierda!, la sensación fue de un fuetazo, una cuchillada quemante de insoportable sal en una herida a fondo, la interminable caída de una bicicleta en vidrios y hiel. Quedé cegada un segundo, «¡Dios mío, no veo!», y, asustada y vuelta un costal de dolor, giré mi cuerpo para hundirme en el agua que ya no era un apapacho tibio, sino una bofetada de cal y astillas.

Salí de un brinco de la piscina y, a resguardo, bajo la penumbra suave de una sombrilla playera, el frío de la madrugada me alivió la piel, desde los dedos de los pies hasta el fondo de la garganta. Entonces vino la confirmación del miedo: mi Lunar Estrella comenzó a punzar, a patearme la cuenca ocular izquierda. Ésa era una mala, muy mala noticia, dada mi estúpida condición médica. Uno de los guarros me esperaba con una toalla enorme y afelpada. A pesar de estar desnuda, no provoqué en él ninguna reacción lasciva: era un robot, un gólem sin alma, la caricatura de una caricatura.

Llegaba la hora de regresar del sueño de la mandrágora a la realidad de la ex señorita Daphne, la cortesana gótica, la putita oscura.

Con algunas migajas de la mesa de la emoción nocturna todavía en la mano, pensé en volverme a poner el corpiño de tirantes y liguero, la falda gótica con sus vuelos de tutú y las medias caladas; pero, ¿cómo carajos iba a regresar vestida así a La Casa de las Brujas? ¿Le contaría a Daniela lo que había pasado, de principio a fin? No, claro que no, ¡vaya estupidez! Me tomaría por una loca, por una enferma sin retorno y quizá hasta me pegara un par de tiros en la cabeza con su Lady Pink, después de cobrarme lo que le debía… O peor, trataría de comprobar mi historia. ¡Rayos!, ¿qué mentira debía contarle? Ella era mi mejor amiga, sin duda; sí, y la amaba en las fronteras del odio y el rencor, tal y como se ama y odia a una hermana; sin embargo, ¿cómo confesarle que me habían desvirgado un vampiro y su hermana incestuosa? ¿Que me había desflorado de un vergajazo al rojo vivo y, aun así, quizá seguía siendo virgen? ¿Que había estado en un Walpurgis medieval con brujas chupadas como ciruelas pasas, bebiendo sangre podrida al son de Peter Murphy? No, ni siquiera le contaría que me había embriagado con fungosidades de centeno, Chablis, agua de romero y un puñado de coágulos de fresa.

¡Mierda, mierda! Conforme se acercaba el momento de dejar aquella terraza paradisiaca del Hilton, una esfera de miedos enredados como pelos en la garganta de una coladera se me arrebujaba por los adentros. La verdad, no me quería ir de allí, pero estaba metida en un cataclismo monumental más peligroso que dejar a un bebé con una motosierra automática en las manos, un desastre del que no había vuelta atrás.

No, yo no era una hija de las sombras como Arinb y Brünhild, nosferatus del mundo moderno, hermosos, divinizados; sin embargo, el sol me lastimaba ardoroso como una plancha al rojo vivo… Y, *fuck!*, mi himen y útero quizá estuvieran igual que como cuando llegaran aquí. Mi ginecólogo podría sacarme de dudas: «¿Oiga, doctor, un vampiro me desgarró por dentro en un duchazo de sangre, ¿podría decirme si *mi tesoro* sigue intacto, ¿tecni-ca-men-te virginal?». *Random*, todo era tan *random* y amenazante. Yo seguía siendo la misma doncella Tinder de hacía unas horas: virgen antes del coito, virgen durante el coito, virgen después del coito. Casual, como María de Guadalupe: virgen antes del parto, virgen durante el parto, virgen después del parto. Pero no, no debía cantar victoria, Arinbjörn Adigaard había inoculado algo de monstruo en mi sangre.

¿Por qué carajos él no me había convertido del todo a su estirpe? Era claro, sería su ordeña cada que lo necesitara, o cada que se le antojara al muy hijo de puta. ¿Qué iba a ser ahora de mí, ¡carajo!, un híbrido, una esclava mestiza? Tenía una maleta llena de dinero y podría largarme con la abuela, huir de Arinb y Brünhild, de Daniela y del Señor Coyote; sí, ¿a dónde? Al final, doscientos setenta mil pesos no nos durarían nada, serían inútiles cargando a una anciana moribunda sobre mi espalada, o, ¿más bien sería ella quien me llevaría a cuestas?

Y allí estaba yo, temblando, con un par de ojos incapaces de enfocar nada. Los cerré con fuerza hasta sentir cómo dejaban de bailotear dentro de mis párpados: una humedad mayor a la del agua de la alberca untada a mi cuerpo comenzó a chorrear por una de mis mejillas. Abrí los párpados y asomé mi rostro para escrutarme en el reflejo de la piscina. Y así fue como, para chapotear en una corona hermosa, vi caer una gota de sangre desde mi Lunar Estrella hasta el agua, ese lunar que era una bomba de tiempo a la espera de reventar en lo que tarde o temprano me había reservado el destino: cáncer.

IX

Con un contundente fajo de billetes a resguardo en una bolsa secreta de mi *backpack* Kitty, más una sensación parecida a la impaciencia de la emperatriz María Antonieta en su mazmorra de La Bastilla, yo, Daphne de los Mataderos, con un dolor de cabeza que aturdía y labios resecos, esperaba mi turno para ir al corte de guillotina que implicaba entrar a consulta con mi oncólogo de cabecera, el doctor Mendiola. La hoja de acero, cayendo sobre mi cuello, sería el inevitable diagnóstico de que un melanoma punzaba en los tejidos escamosos de mi Lunar Estrella y que, a esas alturas, sin duda, mi sistema linfático habría lanzado quién sabe a dónde un puñado de paquetes metastásicos... en pocas palabras: cáncer de pies a cabeza.

Que de un instante a otro mi Lunar Estrella reventara en un tumor maligno, hacía que un remolino de ideas vueltas genes enfermos se estrellaran en andanada contra las paredes de mi cráneo. ¡Tac, tac, trac!, las ideas, ¡tac, tac, trac!, como piedras dentro de mí, independientes de cualquier migaja de voluntad. Mi piel, mis carnes, mis tripas y mi sangre habían mutado, ahora eran otras: el ADN se me había desmadrado en un segundo por el flujo e influjo de la sangre podrida de Arinbjörn, por los colmillos de él y su hermana. Ahora yo era un vampiro de segunda —ni siquiera eso— atrapado en el cuerpo de una chica asustada, y mi piel, mi piel humana, no era lo suficientemente gruesa como para proteger de los rayos del sol a la criatura que me habitaba: una humana transgénero.

De chica, un mediodía de agosto, con un sol de los mil demonios cayendo a plomo sobre el mundo, había decidido cambiar mi color blanco lechoso de piel por un bronceado instantáneo cocinado en la azotea de la casa. Me había untado los brazos, el vientre y pecho con Coca Cola para acelerar el rostizado. Una estupidez desesperada, como lo eran todas las irremediables estupideces de mi historia personal. La piel me hirvió bajo ampollas del tamaño de un durazno. Por la noche, la fiebre me mantuvo alucinando anemonas y demonios que flotaban en el aire, rostros gatunos fundidos en aceite, membranas de ala de murciélago, lluvias de flechas. Voces en mi cabeza, ininteligibles.

Tres meses después, cuando regresé a la escuela, mi color de piel era el mismo blanco de siempre, sólo que ahora multiplicado, por sí mismo, a la ene potencia. Piel de nieve radical, caliente, aderezada por un puñado de cicatrices sonrosadas, mis pecas y vellos rojizos, islas desmenuzadas que sumaban puntos extra a mi reputación de criatura repulsiva. Pero, no: más que piel, la tela que cubría mis carnes y huesos era una película quebradiza que fragmentaba en cristales diminutos los rayos de mi nuevo —mortal— enemigo: el Señor Sol. En esos días fue cuando emergió mi Lunar Estrella desde el fondo de mí, de más adentro de mis huesos y médulas, de más adentro de mis células y cadenas de carbono, en los abismos del ADN: dos malditas copias de las variaciones de un gen que me da este color de zanahoria ensangrentada, el maldito, el amado MC1R. Aunque también, en sentido inverso, mi Lunar de Amor era un testimonio de la carne viva que aún latía bajo las ampollas que me invadieron luego de la combustión de mi piel, una advertencia.

El *bullying* en la escuela fue al alza, incluso entre las chicas y chicos aún más débiles que yo, entre los que eran golpeados y humillados en público; sí, la crueldad se reorientó a la chica del lunar-monstruo bajo de su ojo. Yo lo odiaba, odiaba mis pecas, mi piel, su olor y tacto distinto a las demás pieles y, antes que nada, mi cabello. Mi cabello de lumbre. Pero no hay mal que dure cien años, y, a la hora del recreo, ese 6 de julio, yo estaba bajo la sombra de un árbol que había ganado la batalla por crecer en una esquina abierta, allí, en el asfalto del piso del patio. Su sombra densa me apartaba de los enemigos *bully*, del Señor Sol y de sus lenguas. Esa mañana leía *Los cantos de Maldoror* mientras me daba un sándwich de crema de cacahuate con mermelada de fresa, preparado a la carrera por mi Santajuana de los Mataderos. Pan blanco, asqueroso de tan níveo, albo... qué bonitas palabras: *like me*. La mermelada: coágulos sobre *fondue* de carne que era la crema de maní. Sí: el autor de esos cantos que devoraba con un emparedado, Lautréamont, me ponía mal, deliciosamente mal. De pronto, una niña delgada y disminuida se puso delante de mí. Se llamaba Leonora, como la amada de Poe en *El cuervo*. Lloraba y sorbía sus mocos con vergüenza, con culpa. Masticaba un chicle. Ésta fue la señal: tras Leo, aparecieron Camila y su banda de Hienas, divertidas de tan serias, con litros y litros de maldad translúcida en sus miradas, como pupilentes malévolos de *cosplay* asiáticas. Y, tras ellas, media escuela fue apareciendo en un cortejo de chismorreos murmurantes, temerosos; incluso Ana Lucía, la prefecta Tronchatoro, gorda y machorra, la encargada del orden en la escuela, estaba a la expectativa de lo que iba a ocurrir.

Leonora era una chica asustadiza a la que yo le tenía un cariño distante, digamos más bien piedad, y respetaba en su dolor y pequeñez. Ella podría haber sido el vaso en el que yo escupiera, sin violencia, el rencor vengativo que me inoculaba en el alma la persecución a la que me sometía Camila. Camila la guapa, la que tenía las mejores calificaciones, la consentida de Ana Luisa, la amada por todas las maestras y la directora del colegio. La pretendida por los chicos más guapos. Camila.

Y ella fue quien le alzó la ceja a Leonora para que diera inicio el ritual de iniciación: el primero de mi vida, esa vida que tenía antes de ser puta. Las Hienas sacaron, una por una, chicles de sus bocas y llenaron el hocico de la desvalida de gomas de mascar ensalivadas, sin más sabor ni aroma que el de sus muelas careadas. La pequeña abría la boca y las Hienas ponían sobre su lengua, como una hostia bautismal, los chicles. Medio mundo reía, salvo Ana Lucía, que era la otra mitad del mundo y nos miraba con lascivia, restregándose las gordas piernas a través de sus panti-medias color carne. Yo cerré el libro y puse sobre él mi sándwich.

—¿Sabes qué, pendejeta cara pálida? —me espetó Camila—. Me cagan tu cabello, tus ricitos rojos de perra roja de lunar de grosella rojo... «Pelo a la cintura, gata segura.» —Risas—. Vas, Leonora —le ordenó a la pequeña con falsa cortesía—, haznos el honor.

La niña me miró con ojos de piedad y miedo.

—Perdóname —balbuceó, chapaleteando su voz, a lo bajito, con la boca inundada de baba y *goma de mascar*.

Yo estaba clara de lo que seguía en el guion de aquella puesta en escena. Bien podía resistirme y golpear a la disminuida para luego ser aprendida, sin remedio, a cuarenta uñas de Hiena, pateada y abofeteada hasta ser sometida al castigo designado bajo la anuencia de la prefecta. Me puse de pie, agaché la cabeza, para que el cabello ocultara mis lágrimas y Leo pudiera trabajar con libertad sobre mis rulos. Ella escupió el bolo pegajoso sobre

la palma de su mano derecha y comenzó a aplicarlo sobre mi greñero, a amasarlo, extendiéndolo desde las raíces hasta las puntas como si fuera un tratamiento capilar, ¡y vaya que lo era!
Risas salvajes.

Leonora, dueña de un poder brutal que crecía en su alma como el deseo de venganza contra Camila, una larva pulposa de maldad, me tiraba del cabello con la fuerza de una yegua desbocada, salvaje: ella, la niña delgadita, volvía real un deseo, un anhelo criminal capaz de realizarlo en el mundo de lo que se toca, de lo que se huele, y no sólo en el paraíso de los sueños y las pesadillas. Ella, la niña desvalida, me hacía sangrar el cuero cabelludo, arrancándome mechones de pelos. La adrenalina y el odio le habían dado un poder sobrenatural.

—¡Puta, puta, puta! —comenzó a gritarme, anticipándose al futuro.

¡Rayos! Yo apretaba los dientes, mordiendo el mar y las montañas del mundo entero para ahogar ciento un quejidos, mil gritos, un millón de aullidos, y repetía en mi cabeza, ¡tac, tac, trac!, el versículo de Lautréamont que acababa de leer con mermelada y mantequilla de cacahuate, para lanzar mi conciencia a otro espacio, lejos del patio de la escuela, a otro maldito tiempo. *Mis pies han echado raíces en el suelo y forman hasta la altura de mi abdomen una vegetación viviente, repleta de parásitos innobles, que todavía no llega a ser planta y que ha dejado de ser carne. Sin embargo, mi corazón late.* Pero era inútil mi rezo: allí estaba yo con ese dolor negro, fantástico, cuya esencia era idéntica al sufrimiento de mi piel asada apenas hacía tres meses por el Señor Sol. Así, con *Los cantos de Maldoror* y sus versos malditos, yo era más real y contundente bajo la sombra de ese árbol cuya sombra eran mis pies, con mi corazón latiendo a mil por hora.
Risas brutales.

Leo dio tres pasos hacia atrás, mirando en sus manos los pelos pringosos que me había arrancado. Su sonrisa triunfal, de Mal Radical, se extinguió cuando por fin levanté el rostro y grité un ¡ay! a todo pulmón.

Las risas cesaron.

Leo y Camila quedaron perplejas cuando comencé a recitar las palabras furiosas que, con voluntad propia, resonaban en mi cabeza:

—Mis pies han echado raíces en el suelo y forman hasta la altura de mi abdomen una vegetación viviente, repleta de parásitos innobles, que todavía no llega a ser planta y que ha dejado de ser carne. Sin embargo, mi corazón late. Sin embargo, mi corazón late... late.

Ana Lucía había desaparecido. Mis enemigas de clase seguían absortas, ¡pendejas de mierda! La escuela entera era un puro silencio. Avancé hacia la pobrecilla de Leonora que había vuelto a ser esa escuincla desvalida y muerta de miedo de quien la humanidad entera abusaba.

—Perdóname —balbuceó lento y claro, ahora con la boca libre, como para que pudiera entender cada una de sus palabras—: yo no quería. Si no lo hacía, Camila... Camila...

Lautréamont murmuraba a través de mí, de mi suplicio de chicle y pelos, y me dejé llevar por *algo parecido* al gozo.

—Me jodiste, Camila —le dije en voz bien alta y clara, girando sobre el eje de mis pies—, ¡bien por ti! Pero, ¿sabes?, mi corazón late. Sobreviví al Señor Sol, sobreviviré a esto. En cambio, tú... —Levanté el dedo y señalé al cuello de la Señorita Suplicio—. Tú, Camila Gómez Estrada, hoy en la noche vas a estar muerta. —Me volví hacia Leo, y también la señalé directo al ojo izquierdo—. Lo siento Leonora, sé que eres una víctima, que no es tu culpa, pero también hoy *tú* vas a morir.

¿Yo dije eso?

Leonora intentó salir corriendo, pero Camila, con una sonrisa de pura delicia, la apañó por el cuello de la blusa, apretándole el pescuezo, y le arrebató de un tirón los mechones de cabello que flotaban en las palmas de sus manos.

—¿A dónde, chiquita? Tú ya eres parte del club, así que no vas a ninguna parte sin mi permiso.

La víctima se agitaba como pez dorado fuera de la pecera. El cinturón de curiosos se disolvió en medio de un aire de repugnancia y desaprobación. Camila había ganado un trozo de mi cuero cabelludo, pero había perdido la batalla. Escupió al piso, se dio media vuelta y dijo al vuelo:

—No voy a descansar hasta que tenga en mi mano izquierda la piel de esa pinche mancha de regla que tienes debajo de tu ojo, ¡puta!

En casa, abuela cortó al ras el cabello que me quedaba y lo guardó en una caja que, hasta el día de hoy, tiene escondida sólo Dios sabe dónde.

—Abu, regrésame mi pelo, aunque esté lleno de porquería. Es mío, lo necesito.

—A ver, niña, cuando pierdes un dedo, ¿sigue siendo tuyo?

—Claro, siempre será mi dedo, aunque se pudra y quede en puro hueso.

—Como propiedad, ése aún te pertenece, sí —me explicó Santa con un lindo tono didáctico—; pero, como parte de ti…, no es tuyo, ya no te ayudará a sostener un vaso de agua, ya no llevará anillos que te gusten o te coloquen tus enamorados, no podrás rascarte con él ni pintarle la uña en bermellón nacarado. Este pelo horrendo de chicle ya no te va a crecer en la cabeza, no lo cepillarás para que relumbre de bonito, rojo y feliz.

Déjalo ir. En una de esas regresa; pero ese tiempo aún no es. Ahora, a esperar a que llegue la noche con noticias.

—¿Qué noticias, abuela?

Y se dio la vuelta sin decirme nada, con el atado de pelos en sus manos. En esos días aún caminaba. Santajuana de los Mataderos.

A las 11:37 pm, Ana Lucía, *la peor señora del mundo*, la prefecta cómplice, Tronchatoro, llamó a casa en estado de shock. Mi abuela contestó.

—¡Las dos están muertas! —gritó desde del viejo teléfono analógico, ahogada en gritos y llanto, *llanto*, golpeándose la cabeza con el auricular, mientras la abuela levantaba la bocina para que yo escuchara a la perfección—. ¡Su nieta es la culpable, maldita bruja! ¡Ella las mató!

Hacía un par de horas, habían encontrado el cadáver de Camila envuelto en un mandil de sangre. Ella había llevado a su casa a Leonora para hacer la tarea y subirla a su cuarto. Allí la desnudó de la cintura hacia abajo, y, mientras se la cogía como a una muñeca de plástico, la chica débil desenfundó por debajo de su manga un exacto, sacó la afiladísima navaja *made in China*, y le llevó, de un sólo tajo, ¡chas!, media garganta a su enemiga. *Cool*. Camila ahora tenía dos bocas, las dos sangrando por igual, las dos enmudecidas, incapaces de hacer vibrar sus cuerdas vocales. La cama estaba revuelta, por lo que suponemos que la agonizante luchó para ponerse de pie; pero las huellas de las manos de pinza en los brazos de Camila, indicaban que la chica débil la apañó con fuerza de gorila hasta que la jefa de las Hienas dejó de moverse. Todo en absoluto silencio. Y así, con las dos de pubis a cielo abierto, para que no cupiera duda de lo que había ocurrido allí, Leonora tomó un lindo cinturón de cuero Chanel de Cami y se colgó de un tubo con el que la occisa entrenaba para exaltar sus hermosos deltoides. Leo había tenido el cuidado especial de poner en su puño, apretado a la mayor presión, un mechón pelirrojo que había arrancado de mi cabeza. ¿Dónde habrán quedado esos pelos siniestros, en la morgue?

La madre de Cami las encontró después de un rato, cuando no bajaban para cenar. Su grito debió romperle las cuerdas parlantes.

—¡Daphne las mató, ella tiene que pagar por esto!

—No, mi señora. Usted fue quien las mató al permitir que lastimaran a mi nieta, ahora usted va a tener que cargar con esto toda su vida —le aclararía para colgar con suavidad.

Yo estaba en shock, con una culpa monstruosa abofeteándome. Era absurdo: yo no las quería muertas, ¡claro que no!, era demasiado alto el castigo por haberme dejado con el cabello masticado; pero las había maldecido y no había nada más qué hacer que acudir al entierro de las dos. ¿En verdad, yo las había matado con mi amenaza? Pensé en mi sándwich de cacahuate con fresa y, rebosante de horror, a llanto incontrolable, con un nudo de asco en el estómago que por supuesto vomité, recité el salmo de *Los cantos de Maldoror* que me rebotaba y rebotaba dentro de la calabaza hueca hasta que caí fulminada por un desmayo que me alivió, por un instante, con la inconsciencia: *Mis pies han echado raíces en el suelo y forman hasta la altura de mi abdomen una vegetación viviente, repleta de parásitos innobles, que todavía no llega a ser planta y que ha dejado de ser carne. Sin embargo, mi corazón late, mi coraz...*

De golpe, con el pecho encogido en un ¡zas! prieto, ocho años después de aquel 6 de julio, sorprendida, me volvía a ver a Daniela, quien recitaba, como si cualquier cosa, a Lautréamont junto conmigo.

—Sin embargo, mi corazón late —culminó, para sacarme la lengua atravesada por su hermoso piercing de brillante.

—¡Rayos, Danna!, ¿cómo sabes qué estaba recitando eso dentro de mi cabeza? —le reclamé, tartamudeando.

—Casual, wey —me contestó, mientras levantaba el ejemplar de mi abuela de *Los cantos de Maldoror*, abierto en el Canto IV—, estabas hablando sola, a media lengua, como loquita. Y, mira lo que son las cosas, justo ese pedazo que recitabas es el que yo estaba leyendo.

—Pero, ¿quién te dijo que te podías llevarte ese libro de casa, pinche Daniela?

—Santa fue la que me dio permiso —me contestó con ese tonito de superioridad tan suyo, y que cambió de tono al tomarme de la mano—. Estabas pensando en Camila y Leonora, ¿verdad?

Sí. El memorial de ellas me regresaba en letras de oro y sangre en ciclos más o menos regulares, como un recordatorio de que una debe tener cuidado con sus deseos, porque pueden cumplirse, dijera el maldito refrán chino. Desde aquellos días, se le bautizó a la «mansión» de la abuela como la Casa de la Brujas. Y yo me asumí como una. Y comencé a vestirme de negro y gazas desgarradas, con las uñas y labial en negro gótico. En la escuela seguí aislada: ahora porque me tenían miedo. Yo, fingiendo desdén, no hacía más que ocultar un costal de culpas que me roían por dentro como un perro al hueso de los tuétanos: alguien había logrado colar en el Facebook póstumo de Camila la foto de Leonora colgada. Duró apenas unos minutos, pero alcancé a bajarla a mi computadora. Dany la había visto: las piernitas flacas de Leonora, su monte de Venus apenas cubierto por un vello ligero, de niñita. Los ojos desorbitados, la lengua de corbata plisada, el mechón pelirrojo en su mano, ensangrentada Leonora de pies a cabeza. *Nevermore*. Cada vez que veía mi *screenshot* de esa foto, un grito me bullía por el esófago. Nunca más he vaticinado muertes o desgracias. Mi oído hipersensible quizá escuche murmullos que vengan desde el futuro, pero yo los ignoro o, más bien, no sé interpretarlos. Mejor para mí.

Sin embargo, aquel mediodía de cabellos devastado, un vacío mudo chupó todo el aire de mis tímpanos y mi odio se mezcló con un silencio absoluto, mal parido: el que precede a lo inevitable... Y escuché una voz que me dijo «¡Mátalas, mátalas!», y la única manera de hacerlo, de pretender hacerlo, fue maldecirlas. ¿Yo dije eso, «¡mátalas!», o fue alguien más susurrándome de cerca, del otro lado del mundo? Yo no predije el futuro de Camila y Leonora, sino que lo decidí. La pequeña se había llevado una larva en el corazón: «Lo siento Leonora, sé que eres una víctima, que no es tu culpa, pero *tú* también vas a morir». Hace poco en un estúpido anuncio de whisky plantado a media calle, había una frase de Abraham Lincoln que me quedaba como mis anillos de bruja al dedo: «La única manera de predecir el futuro es creándolo»; sí, y a Lincoln lo mataron viendo una obra de teatro, tragando moscas en un futuro previsible que él no supo dilucidar porque se le fue de las manos, porque nuestro futuro lo crean otros. *Fuck off, bang!*

Sueño dentro del sueño.

Double wake up!, con Dany a mi lado, siempre a mi lado.

Ahora quería, reuniendo hasta la última de mis fuerzas en la sala de espera de la clínica oncológica, escuchar un bisbiseo venido del futuro para que *yo* decidiera qué iba a pasar conmigo, con mi Lunar Estrella, ahora vuelto un tumor canceroso: ¿me lo amputarían para dejarme una depresión repugnante, más hueco que cicatriz, entre la mejilla y el ojo? ¿El cáncer me había infestado ya una *buby*, mis pulmones, los ovarios? ¡Rayos!

Cuando cerraba con fuerza los ojos para tratar de escuchar algo, sentí unos labios frescos alunizar en la comisura de mi boca.

—¡Pendeja —le reclamé a Daniela—, me sacaste de pedo!

La recepcionista, vestida de trajecito sastre, nos observaba con cara de azoro. Dany alzó las cejas y le dijo con una pura mirada: «¿Algún problema, perra?». La mujer desvió los ojos y habló con acento nervioso:

—Señorita De los Mataderos, el doctor Mendiola la espera.

—Todo va a salir bien —me dijo Danna, no con mucha seguridad, para sacar de inmediato un fajo de treinta mil pesos que agitó frente a la cara de la recepcionista—, ¡ah!, y gracias por regresarme el dinero que me debías, puta —y reventó en una risotada mal plan.

—Sí, abuela —le repetí con crueldad, con ganas de vengarme en alguien más vulnerable que yo, ya saben a qué me refiero: Leonora, ayer; Santa, hoy—, es un melanoma.

—¡Mierda! —me replicó en un tono parecido al mío, echándome a mí y sólo a mí la culpa de este tropiezo, viéndose sola en un cuadro patético, abandonada en el futuro, tratando de sobrevivir al hambre y el enfisema sin mí. Pero esta mala emoción sólo duró un instante, y Santajuana se desmadejó en su silla de ruedas, al punto que dejó de toser. Soltó el Gitane de entre sus dedos, amarillentos y encallecidos por las quemaduras de la bella fumadora durmiente, mirándose en su espejo en lugar de a mí—. ¿Y no podría ser una…, un… no sé, algo?

Yo, por supuesto, estaba muerta de miedo, pero tracé en mis labios un octavo de sonrisa para reconfortar a Santa, y negué con la cabeza.

—Apenas me vio entrar a consulta, el doctor Mendiola lanzó un ¡fuuuu! y llamó a su enfermera para que preparara todo para hacerme una toma, ya sabes, abue, para la biopsia. Cirugía ambulatoria en menos de tres horas, ¡cuijjjj! —Hice la mímica de sesgarme medio rostro—. Se portó *supercool* el vejete Mendiola: sin preguntarme ni jota, me programó la primer quimio para dentro de tres semanas. «No te preocupes ahora por el dinero, eso lo iremos arreglando», me dijo, y claro, yo acepté. No le dije que tenemos debajo del colchón doscientos cuarenta mil pesos: ese dinero es para una emergencia.

—¡Esto es una emergencia, Daphne!

—Abu, tú sabes a qué me refiero. —Santa guardó silencio, y yo tomé, de un trago, una jarra de aire con las trazas del Gitane muerto en el piso—. La biopsia en realidad es para tener el protocolo de tratamiento justo a mi medida. Y la semana entrante voy a que me hagan un PET. —Tomografía por emisión de positrones, ¡qué *random*!—. Hay que estar seguros de que no tengo una metástasis por ahí entrometida… o dos, que ya ves que los problemas nunca vienen solos.

—Tu madre tendría que enterarse de esto.

—No, abue: ella está más muerta para mí de lo que yo voy a estar si no funciona la quimio de mierda.

Santajuana se me quedó viendo con rabia, y, por fin, apretando la llavecita de su collar en la palma de su mano, soltó una risilla triste.

—Escuincla cabrona.

Dany estaba en primera fila, casual, sentada en un sillón demasiado mugroso y con los bordes despeinados, tomándose un *macchiato caramel* alto, lista con su *smartphone* para tomar la foto del recuerdo. La había citado a las 4:25 pm, cinco minutos antes de que hiciera su entrada triunfal la puntualísima doña Ángela.

Yo había llegado al trabajo sin ropa de cambio, uniformada como manda el reglamento de Starbucks, de negro, ¡fácil!, y mandil verde con mi nombre en el vistoso pin de la sirenita de siempre.

Yo: la servil empleada del mes.

Dany estaba pacheca, mega impaciente.

Y entró Ángela, justo a las 4:30, con sus lentes demodé de gatito, el odioso chongo apretado de cabello extrarubio y falso, Miss Clairol, que jalaba hasta el desgreñe para alisar, sin resultados positivos, las patas de gallo de sus ojos. *Como siempre*, hizo su entrada con gesto de quien huele a perpetuidad unos gruesos bigotes de excremento, radicalizado por las cicatrices acodadas a los lados de las orejas de una cirugía diseñada por Pablo Picasso. Traía su disfraz de directora de colegio de alto rendimiento para niños burgueses. *Como siempre*, prepotente y retadora, se puso delante de la cola de clientes a los que dirigió una mirada de «No se atrevan a decirme nada porque soy una persona mayor y más digna que cualquiera de ustedes, así que no tengo por qué formarme, *gatos*». Mi compañero Eduardo estuvo a punto de recibirla, yo lo detuve con la palma de la mano por delante.

—Buenos días, señora Ángela, ¿su *latte* de siempre?

Ella estaba a punto de decir que sí, pero le cayó en cámara lenta el veinte de cómo la había llamado. Enrojeció de ira.

—¡Señorita Ángela, escuincla! ¡Se-ño-ri-ta!

—Sí, doña Ángela, claro que sí —le dije sin descomponerme una sola micra, mientras escribía con plumón el nombre de «Sra. Ángela» en un vaso de papel—: un *latte* venti descafeinado con leche de soya y crema batida con chispas de chocolate.

—Óyeme, ordinaria. —Su rostro avanzaba de magenta a bermellón—. No estoy dispuesta a pagar un peso más por lo que estoy pidiendo. Un *latte* grande con leche entera, ¡y ya! Y es que, claro, ustedes son unos abusivos que sólo se dedican a robar a sus clientes con subterfugios irracionales. —Ella acostumbraba a usar palabras domingueras, engañabobos, y eso me gustaba ahora para iniciar una competencia—. ¡Claro!, leche de soya, ocho pesos más; crema batida, ocho pesos más; chispas de chocolate…

—Las chispas son gratis, señora Ángela.

—¡Señorita, pedazo de idiota! Y no quiero tus vasos de cartón con cera que el calor del café disuelve para que se acumule en mis intestinos. —La tipa tenía razón en casi todos sus argumentos, pero por su racismo nazi tenía que pagar con dolor y vergüenza—. ¡En taza, quiero mi café en taza y no al final de la barra, sino aquí mismo, de tu mano, de inmediato, que para eso soy la que está de este lado del mostrador!

—Claro, que sí, *fräulein* Ángela.

Sin entender lo que le había dicho, alargó el brazo para entregarme su tarjeta de cliente preferente, mas, con una sonrisa, no la acepté.

—Este café corre por cuenta de la casa, doña Ángela, para resarcir las molestias que le hemos ocasionado.

—¿Resarcir? ¿Dijiste resarcir? —declamó con ironía, para lanzarme una mirada de desprecio—. Ni siquiera tienes idea de lo que esa palabra significa, pinche india.

Yo me había propuesto mantenerme ecuánime, pasara lo que pasara, para hacer más dulce mi venganza, pero la estocada con la que acababa de agredirme sí que había atravesado la gruesa piel de humana que Arinbjörn me había dejado como premio de consolación. Bajo su parche de biopsia, mi Lunar Estrella comenzó a punzar con agujas de ardor picante, como un corazón flechado: San Sebastián en suplicio.

Le serví el café, tibio, por supuesto.

—¡Esto está helado! —me reclamó—. Sírvemelo como Dios manda y tráeme a tu gerente, que yo me encargo de que te corran ahora mismo.

—¡Claro, doña Ángela!

Sin dejar de sonreír, metí la pipeta de la cafetera en la taza de doña Ángela y solté un chorretón de vapor hasta dejar el *latte* al borde de los ochenta y nueve grados. Me puse de frente a ella, con el brazo flexionado, listo para accionarlo como catapulta y lanzar la leche en el rostro fragmentado de la vejeta.

De pronto, Daniela, en uno de sus habituales saltos, suave y acrobático, con un giro de 180 grados, sobrevoló la cinta para hacer cola y cayó junto a mi enemiga, tomando con delicadeza la taza de mi mano, para no derramar una sola gota y causar un accidente, y llamó la atención de los parroquianos con voz firme y clara.

—Señoras y señores, su atención, por favor. —Ángela la miraba boquiabierta, pálida—. Quiero que quede bien claro que quien va a cometer el siguiente *i-lí-ci-to* —recalcó— soy yo y sólo yo. —Se volvió hacia la anciana—. Esto va en nombre de todos los pinches indios de la tierra, señorita, pues resulta que también yo soy eso: una pinche india.

Le lanzó a la cara el café *casi* hirviente. El aullido fue fantástico. Ángela cayó al piso de rodillas, como un edificio que se derrumba sobre sí mismo en un terremoto, con las manos crispadas, sin alcanzar a tocarse las ampollas que ya le borboteaban de la carne. Dany saludó a la cámara de seguridad y, en otro salto con giro de 360, pateó la cara del policía que miraba sorprendido antes de quedar fuera de combate, y salió a la carrera.

Ése fue mi último día de trabajo en Starbucks. Ardí de rabia por no haber sido yo la vengadora, pero era más conveniente así:

allí nadie sabía que Daniela era mi amiga, ni que también ahora yo era una *feminastty*.

Habían pasado más de doce horas de que yo no probara alimento.

Daniela me esperaba en la esquina de Xochicalco con Esperanza, donde no había cámaras de vigilancia C6 de la policía militar metropolitana. Fumaba de su *hitter*.

—Wey, muero de hambre —me dijo, conteniendo un tanque de humo en sus pulmones—. Traigo un monchis atrasado que no me baja ni mi Moby Dick hidropónica. ¿Quieres darte un jalón? —me preguntó extendiendo su pipa rosita hacia mí. Yo negué con la cabeza—. Traigo pegados en el paladar los olores del café y los panecitos de queso horneados de tu Starbucks.

—Mi *ex* Starbucks —aclaré con orgullo—. Le dije al gerente que, después del «incidente», no aguantaba más y me largaba; que renunciaba voluntariamente a lo que faltaba de mi quincena. Se quedó como imbécil.

—¿Y la señorita Cara de Pizza?

—Se la llevaron al hospital. Llegó la patrulla con toda la parafernalia. Un poli me interrogó mal plan, ya me querían remitir, pero el gerente saltó por mí. Yo creo que por eso le sorprendió que le renunciara sin quedarme a hacerle alabanzas por salvarme del tribunal para menores.

—¿Ves, babosa? Tú que le querías quemar la cara a la ruca; orita estarías en el Ministerio Público, rindiendo tu declaración. Pero, bueno, vámonos en Uber a la Roma, al Rosetta, a meternos algo digno por la cara. Yo pago, aunque 'orita tú seas más rica que yo.

—Es que… —No encontraba pretexto para zafarme de la invitación—. Allí no hay comida vegana.

—¡No mames, Daph! —me regañó, mientras me jalaba de la manga de la blusa—, te tragas una ensalada con nueces de la india y una sopa de cebolla.

—Tiene queso, pan frito con gluten y caldo de res: ¡una basura! —dije sin convicción. A esas horas, debería estar con un agujero de veinte centímetros en el estómago... y nada, cero apetito. Lo último que había comido, a las tres de la madrugada, habían sido unas fresas remojadas con agua de romero, Chablis frío y unos tragos de la sangre de Arinbjörn Adigaadar, mi cliente. O debía decir, ¿mi amo, mi amante? No, aún no... aunque sabía que eso ocurriría de un momento a otro.

Y me extravié en mis cavilaciones: de la Daphne vegana no quedaba ni un carajo. De golpe me sentí sucia, pestilente, ¿aún quedaban coágulos de Arinb en mi estómago, por eso era que no tenía ni un rastro de hambre? ¿A qué me hedía la boca?, ¿a sangre, a morgue revuelta? ¿Por qué Daniela o Santajuana no me decían nada?

Danna cerró de un golpe polvoso el libro de Lautréamont frente a mi cara, sacándome de un tirón de pelos de mi ensoñación. Sí, tirón de pelos, y ya me miraba con esa fijeza de depredador sobre la mansa, estúpida ovejita.

—¿Qué, qué me ves? —le reclamé con una risilla afectada, tratando de disimular, de sobreponerme a lo obvio, y eché mi aliento de muerte hacia un costado, pero ella no decía palabra, tan sólo se aproximaba a mí cada vez más, hasta hurgar con su nariz gatuna mi cuello.

—¡Mmmm...!, fresas —precisó sin dejar de olfatearme, en un movimiento circular de exhalación y aspiraciones sobrepuestas como cartas de naipe, de tarot, entonces, muy de ella, me conectó un lengüetazo—. ¡Mmmm!, no sólo hueles, neta sabes a *strawberry marmalade*. Deli. —Y me volvió a lamer.

—¡No hagas eso, pendeja, mi piel está enferma!

—Bueno, que yo sepa el cáncer no es contagioso —explicó mientras me tomaba de la barbilla con sus dedos tibios—. Pero, a ver, wey, Daphne pelos de cobre, deja de hacerte la mártir de todos los cánceres del mundo y, dime, ¿qué pasó en esa suite del Hilton?

Contuve durante una eternidad, ¿quince segundos?, el aliento y me lancé en un brinco mortal a esa espiral descendente, sin fin, de mentiras que ahora mismo me tenían atrapada en un hocico cerrado a mil llaves de plata y lapislázuli, una trampa llena de colmillos al rojo vivo: sí, Danna me había pasado su lengua justo donde Arimb me había roto la yugular.

X

¡Rayos! Me tomó más de una hora deshacerme de Daniela. Sus preguntas, certeras y molestas, eran filosas como un juego de gubias con las que iba abriendo surcos y agujeros en el endeble muro que construí, con los ladrillos de la simulación a mi alrededor: más que una sesión de chismes, aquello se volvió el incisivo interrogatorio de un ginecólogo pornográfico.

—En fin, idiota —me restregó en la cara su dictamen de escort pro—, ni modo: ya no eres una virgen gótica que pueda cobrar trescientos mil por su iniciación en la vida de zorra. Pero, mira: si, como dices, tanto se encantó el viejito contigo, te le puedes dejar caer por unos diez mil por sesión. —La mandíbula se me cayó hasta el piso—. ¿Qué son para él quinientos dólares?, ¿o te pagó en euros, en coronas islandesas?

—¿Neta, diez mil?

—Neta, wey. Si te vuelve a buscar, negocia. Le dices que estás dispuesta a no acostarte con nadie más en la vida y el mundo, salvo con él, si es que se pone a la altura. Te digo: diez mil por servicio…, es más, quince, ¡veinte!

—Obvio, no —dije, y la barriga me rebullía de avaricia.

—Obvio, sí —recalcó para darse un pipazo y soltarme el humo en la cara, acción que cada vez odiaba menos, cada vez menos, al punto de disfrutarlo, ¡rayos!—. Saca tu perfil de Tinder para que le quede claro que solamente él es tu *sugar daddy*. Dile que estás disponible para él las 24 horas de los 365 días del año. Claro, y dile que, si se le antoja un trío, tienes una *partner* muy recomendable.

Dany se relamió los labios, y yo la atajé, mordiéndome los nudillos:

—¿Y si no me llama?

—Pues nada: a seguir de *Tinder ilegal user*.

Dany se puso de pie para remarcar su idea y, dándome la espalda, caminaría a las celosías de mi ventana para abrirlas de par en par. El resplandor oblicuo del sol crepuscular me pegó de lleno en un rayo concentrado, justo en el centro de mi Lunar Estrella, el cual acababa de descubrirme para que respirara sin el parche que me aplicara Mendiola. Ese brazo del Señor Sol me había lastimado igual que un latigazo, igual que un escupitajo de ácido o una bala de goma, ésas que usa la policía federal para disolver manifestaciones de feministas radicales, anarquistas *fake*, desempleados y motines urbanos.

—¡Ahhhh! —me dolí.

Dan *se dio cuenta* de mi reacción y cerró de golpe los batientes de mi ventana.

—¡Wow, perdón! —se excusó, aunque se podía adivinar a las claras, en su sonrisa, que lo había hecho a propósito, poniéndome a prueba—. Daphne-Daphne, tienes que atender esa piel para que no quedes vuelta un espantajo de costras que, a la hora de la verdad, no podría cobrar ni diez pesos por palo.

«Por palo», había dicho, poniéndome la carne de gallina, ¡qué expresión más vulgar y desagradable, pero certera!: yo, Daphne, la apaleada, la crucificada en un madero, un madero puntiagudo listo para clavarse en el pecho de algún vampiro pederasta. Ella iba a seguir tundiéndome con su lengua de cuchilla: se adivinaba en sus dientes trabados por la intriga chismorréica y el gozo de verme sufrir…, pero entró un mensaje de texto al Whats de su Samsung: era un cliente.

—Me voy, wey, el deber me llama.

—Ya sé —le repliqué feliz de que por fin se largara, pero con un espasmo de soledad abriéndose paso en mis entrañas.

—Mira, Daph, puedes contar con el señor Coyote cuando no esté conmigo, para que te lleve y te traiga, cuándo y cómo quieras. Es un Uber personalizado con un pequeño costo extra por servicio de guardaespaldas, y eso nadie te lo va a dar en una ciudad como ésta, en un oficio como el tuyo… Aunque, claro, siempre tienes la opción de venir a practicar tiro y artes marciales conmigo: ¡casual, wey, el *feminastty team, yeah!*

Intenté sonreír, pero sólo pudo brotar de mis labios una mueca tristona.

¡Uf!

Cuando por fin se largó mi domesticadora, el Señor Sol ya se había retirado a su casa nocturna en la tierra de los muertos. El ocaso. La sangre en el horizonte aéreo. La hora del vampiro; aunque del mío… ni sus luces ni sus sombras. Habían pasado dos días después de la noche del Walpurgis Rojo, y de Arimb no había tenido yo maldita noticia: cero. Cero al cuadrado. Lo más probable es que hubiera hecho las maletas para huir a su país y dejarme tirada en el hospital de cancerología, metiéndome vía catéter *shots* de quimio que, a la tercera irrigación, me dejarían pelona, vuelta un palo de escoba, a la deriva en un mar de vómito y hemorragias.

¡Un momento…! *Fuck me!*, ¿cómo reaccionaría mi nueva sangre a la quimioterapia y sus efectos asesinos? ¿Herviría como las toxinas del *short rib* que no resistí atascarme cuando Daniela, en aquel acto de crueldad post Starbucks, me arrastró al Rosetta y sus platillos carnívoros? Crueldad, sí. Ella se regocijaba en el odio que me provocaba la monstruosa matanza de reses, corderos y gallinas mutantes en los rastros, lo sabía tanto como que yo salivaba peor que perro san bernardo cuando ella masticaba los tejidos muertos de algún lechón-cerdito. Esto hubiera seguido siendo en el Rosetta el mismo juego de siempre, tenso y ventajoso, pero juego al fin, de no ser porque una gota del jugo de su carne cocida al término inglés, apenas sellada para dejarla viva por dentro, escurriera por una comisura de sus labios. Ella me miraba con cuidado, dejando correr de un modo molesto, irrespetuoso, el lagrimón rojo hasta su barbilla, sin atajarlo con la servilleta que esperaba no sé qué carajos en su mano derecha. Daniela de los mil demonios. En sus ojos brillaba la pregunta de algo que no se atrevería a revelarme por voz ni por chat ni señales de humo. Sin darme siquiera la oportunidad de negarme, se levantó y me empujó con un pie dentro de mi silla para abrirse espacio frente a la mesa y, casual, sentarse en mis piernas. Acercó a mi boca el rastro de sangre escurrida, su linda barbilla, y yo no tuve más remedio que lamer su piel, tal y como ella me lo hiciera apenas hacía un par de horas para comprobar que yo era, en definitiva, la nueva Rosita Fresita de nuestro mundo.

—Pinche Daph —exclamó con fuerza para que la hipócrita y burguesa clientela se volviera a vernos—. Síguele así y te voy a tener que hacer mi amante; pero, ya sabes, wey: cobro tres mil más hotel y un par de caprichitos extra.

Un tipo obeso, apuesto y comesolo, de «traje Armani y corbata Ermenegildo Zegna», me secretearía Danna con su ojo clínico, nos miraba con horror, aunque bajo su bragueta se alzaba un mástil de carpa circense. «¡Cerdo inmundo, hipócrita de mierda, habría que castrar todos los que son iguales a ti!» Al vernos a los ojos en un telegrafeo nervioso, bajó el rostro sudoroso hacia su lasaña. Dany se incorporó, caminó hacia él, contoneándose en sus mallas corridas, en su short de mezclilla cortísimo y apretado, mientras sacaba una tarjeta de presentación de un estuche de plata venido del fondo de su bolsa, junto a la Pink Lady y su *hitter*. ¿Una tarjeta de cartón, algo tan *random* y demodé en estos tiempos de Facebook y cibersexo? Pero no, ¡no-no-no-no-no!, ella conocía bien a sus *pacientes*.

En lo que le entregaba su *old card* al obeso sudoríparo, quien por poco cae fulminado por un paro cardíaco, al darme Daniela la espalda, tomé con agilidad soterrada una de sus costillitas horneadas y la arranqué del hueso de un solo bocado. Mastiqué con velocidad absurda: no quería sentir el sabor de la carne, mucho menos quería ser sorprendida por mi amiga. Si devoraba a la carrera, quizá no quedara grabada la carne en mis recuerdos recientes. ¡Amnesia, ven amnesia! Arrojé el hueso curvo por debajo de la mesa, mientras sentía deshilacharse, con precisión microscópica, los tejidos del cadáver en mis muelas. Y…, ¡fue fantástico! Neta, ¡increíble!

De inmediato mi corazón comenzó a palpitar desbocado, y la temperatura de mi cuerpo subía de golpe: ¡flap!, un shock anafiláctico, letal. Pero no, no caí, como el gordo, fulminada; al contrario: cuando Danna volvió a nuestra mesa, triunfante y rebelde, de golpe, yo estaba renacida, llena de una energía lúcida. ¿Renacida? ¿Era una muerta en vida que ahora estaba de regreso? No, Arimb y Brünhild no me habían desangrado hasta matarme. No, aquí estaba yo masticando un trozo de animal cocido, y, a la carrera, para disimular mi robo carnívoro, tomé una enorme y abusiva cucharada de la polenta en la que los *short ribs* de Dany descansaban.

Ella se sentó en nuestra mesa y, a carcajada batiente, siguió comiendo, casual. Tal vez no había notado el despojo, aunque, conociéndola, seguro había decidido pasarlo de largo, lo cual me pareció, no grave, gravísimo.

Yo regresé a mi ensalada, la cual, de bofetón, me pareció repugnante. «¡No voy a poder tragarme esta inmundicia! Dani se va a dar cuenta de todo, ¡rayos!» Pero la arúgula y la lechuga morada bajaron sin problema de mi esófago a la barriguita. ¡Qué carajos!, ¿quién era yo ahora?

Había pedido, además, un sándwich vegano con pan campesino de masa madre y, no obstante tragármelo de un par de bocados, el hambre aumentaba de intensidad; y yo allí, sentada con mi mejor enemiga en el rincón más oscuro del hermoso e inaccesible restaurante. ¿Eso qué?, ahora yo era rica y podía pedir una copa de Chablis para dejar boquiabierta a Daniela. Sí. Y fue genial andar por la calle con más trapos que nunca encima: sedas y encajes, sombrero de ala ancha, gafas de ojos de mosca polarizados, sombrillas con estampados de Tim Burton que me aislaban, rico, de los rayos del sol, asándome en mi propio jugo, con un parche quirúrgico protegiendo mi Lunar Estrella, mapa personal de constelaciones desconocidas.

—Pareces piñata, niñita *after* darketa, y esta vez te la voy a pasar porque tu piel es de escarcha y nieve-sal-blanca.

Daniela diciéndome algo bonito, ¡vaya eso sí que era fuera de serie!

De vuelta en la Casa de las Brujas, agotada, deshidratada y de mal humor, «¡Ya, Danna, orita no estoy de humor para tus burradas!», me había despojado de mi *outfit* completo hasta quedar en calzones y bra: la ropa me picaba… y, hay que decirlo, la desnudez siempre ha sido, para mí, un acto de libertad, de regreso a mí misma por detrás de mis máscaras y afeites. El uniforme de Starbucks se quedaría planchadito y colgado para siempre —eso esperaba— en mi clóset, testimonio burdo e ingenuo de esa desnudez amada, inútil, inerte. Cariñosa, Daniela me cubrió de cuerpo completo con una delicada película de crema esterilizante que olía delicioso, a goma de mascar. Al principio me resistí, mas ella seguía en su *mood* compasivo, y yo debía aprovecharlo antes de que regresara esa Dany hija de puta de siempre. Por supuesto, me eché a llorar. ¡Claro!, el llanto se me cortó cuando me bajó apenas las bragas para ungirme las nalgas con el ungüento sanitizante Éviter…, y cuando me desabrochó por la espalda el *bralette*, cuando pasó sus manos por mis senos diminutos al volverme bocarriba; y yo, empapada allá abajo. Pero Dany, a pesar de su ternura, no torció su labor de enfermera humanitaria con alguna de sus insinuaciones romántica, y se lo agradecí; sin embargo, me urgía que terminara ya.

Así, justo cuando la *bike* del señor Coyote desapareció de mi vista, y yo de la de él… y de la de Dan, escabullidos a velocidad grosera tras una esquina llena de basura, me quedé sola, sola por fin. La abuela, sumida en estado catatónico por su coctel de fármacos legales, despertaría hasta el día siguiente para hacer una nueva ingesta de antihistamínicos, antiinflamatorios y antitusivos, si no era que un nuevo paro respiratorio nos ponía a toda la comunidad a andar a marchas forzadas una vez más.

Exhale, cerré la ventana y, de un brinco, me tiré a la cama, ¡flom!, y de nuevo… a llorar, y no por el circo hormonal que me pateaba los riñones y el vientre, sino porque un mar de sal y sargazos se agitaba dentro de mí: Arimb, adelantándoseme a la jugada evasiva, había quitado su perfil de Tinder, y, para acabarla de joder, mensajes en montaña que le había mandado por whats, no sólo no tenían doble palomita azul, sino que permanecían con un solo *like* en negro, como si me hubiera bloqueado de su lista de contactos. ¡*Skít*, mierda! Esto no podía/debía quedar así nomás: el pinche islandés me había desvirgado y ensuciado mi sangre, despertando el sarcoma que, con paciencia mustia, había hibernado durante años bajo mi exodermis: un gato canceroso a la espera del descuido definitivo de su presa, una gatita Kitty lacrimosa que no hacía más que mirar su imagen en un espejo distorsionado, con su mapa del tesoro bajo una ojera negra y profunda.

Arrullada por mis lágrimas, al fin pude quedarme dormida, ¿o es que existe algo más curativo que caer de bruces en un océano de llanto tibio? No, no lo habría si un helicóptero, a las 11:30 de la noche, pasara en vuelo rasante por encima de tu casa, despertándote en un sobresalto absurdo e idiota. ¡Rayos! En esos días —y todos los demás—, los puercos de gobierno de Reconstrucción insistían en decirnos que lo que vivíamos no era una guerra; pero la población entera sabía que era, permanecia bien al contrario, aunque muy pocos se atrevieran a decirlo de viva voz después de la masacre del 14 de febrero: la Noche de San Valentín. Cuando fue levantando el toque de queda, todos nos quedamos sumidos en la inercia del miedo, encerrados en nuestras casas después de las doce de la noche. Sólo niñas salvajes, *enfants terribles*, cruzaban la ciudad trepadas en ancas sobre motocicletas de azul metálico.

Corrí a la ventana para pintarle dedo al helicóptero y lo que me encontré no fue un par de aspas girando con furia y ganas de decapitar a más de un ciudadano. No, lo que había frente a mi balconcito era un Mercedes Benz negro, reluciente y perfecto. Lo custodiaban, enfundados en sus trajes italianos, los guarros de Arinbjörn Adigaard, enhiestos (¡vaya palabra, *enhiestos*!), inmóviles. Un poco más, y caigo al piso en desmayo, con una mezcla de esperanza tonta, rabia mal almacenada y el peor de los sustos. Los gemelos de negro. Obvio, era obvio lo que hacían allí, aunque...

Mi cel comenzó a repicar con su timbre de marimba.

—¿Arinb? —hice la típica pregunta idiota, acompañada por una gota de sudor que corría instantánea por mi espalda desnuda.

—Así es, mi querida niña. —Su voz sonaba como un *frapucchino moka* muy azucarado, con chispas de chocolate y crema batida: frío y caliente—. Te pido una encarecida —¿*encarecida*?— disculpa por no haberme presentado sino hasta ahora.

Y estallé en gritos:

—¡No, obvio no! ¿Cómo te voy a perdonar haberme dejado así, aventada al mundo como si fuera una bolsa de basura para que los perros me husmeen y destrocen?

Sin mi autorización, las malditas lágrimas volvieron a brotar, ya no dulces, sino amargas, con un gusto a fruta podrida.

—Por favor, mi niña de fuego, mi niña eterna —me suplicaba, pasando de la cortesía a la angustia, ¿fingida, convenenciera, medianamente auténtica?—. Debí ausentarme por necesidad, no por gusto. Ya sabrás de estos molestos menesteres más adelante.

—No me interesa el futuro ni el más adelante, ¿sabes?, es el ahora, el puto ahora quien me está pelando la carne. Escucha: te diste de baja en Tinder y... y... *Fuck off!* —Los gritos no dejaban de brotarme con voluntad propia y, ¡rayos!, podía despertar a la abuela, así que aspiré hondo, me limpié las lágrimas de un manotazo y retomé—: Te diste de baja en Tinder, no contestabas mis whats, ¿me bloqueaste, eh? —Y, *wtf!*, de pronto me di cuenta que mis reclamos eran los de una novia despechada y, ¡no, no, no, no!, él apenas llegaba a ser mi cliente, mi amo.

—De ninguna manera, *mon cherry* —trató de apaciguar el terremoto de mi ira con un piropo francés—. Acabo de despertar hace unos minutos y lo primero que hice fue mandar por ti.

—Arinb —¡lo llamé por primera vez, en nuestra historia, por su nombre! Esto me causaría un ataque de ternura ridículo, ridículo a estas alturas del partido—, eres un vampiro, un carajo vampiro de verdad, un maldito animal, y me hiciste beber de tu sangre. ¿Por qué no vienes volando y terminamos esto de una buena vez, de tajo?

—No es tan sencillo, querida Daphne. —¡Me llamó Daphne!—. Por el momento, Brünhild, la mayoría de mis invitados y yo tenemos que estar a resguardo, así que te pido encarecidamente que seas tú quien venga, claro, si te apetece.

¿Otra vez esa ridiculez de «encarecida», ahora en adverbio?

—Arinb, ¡lo que me hiciste despertó un monstruo que vivía debajo de mi piel y ahora ese monstruo es mi piel, y se llama cáncer, ¡cáncer!!

—Pequeña mía, no volveré a dejarte en desamparo. Ven para brindarte consuelo y paz. Ven a nuestra suite, que es la tuya; mis guardias te traerán.

—Son las doce de la noche, vampiro loco, ¿a qué hora voy a llegar a tu hotel? ¿A qué hora y cuándo voy a regresar a mi casa?

—Ven, te lo suplico.

¡Pfff!, Arinb me estaba convenciendo, y yo estaba consciente de que no sólo no había otra alternativa, sino de que era lo único que de verdad quería en la vida: ir con él. Tomé flaqueza de fuerza, diría Santa, me incorporé y fui de nuevo a la ventana, con el teléfono pegado a la oreja que ya me hervía en el calor radiactivo de su pantalla: allá abajo seguía el hermoso automóvil custodiado por los correctos guardaespaldas.

«Negocia, negocia», comencé a repetir con esa voz interna que me parece tan ajena.

—¡Vale! Voy a tu suite, pero te va a salir en otros 300 mil. —*Fuck me!* ¿Yo había dicho eso? Sí, y supe que ya era una puta hecha y derecha… y con un pie en la tumba.

—Lo sé, pequeña mía. Y lo sé porque para mí siempre serás una virgen de medianoche.

Al terminar de decir esto, allá abajo, uno de los gemelos-ropero sacó del interior de su saco un fajo de billetes y lo puso a la altura de su cabeza, irguiendo su brazo cuan largo era, como si ese atado fuera la cabeza de un enemigo vencido; y yo odié su rostro inmutable de Cartoon Network.

Arinb y yo, entonces, guardamos un silencio más pesado que una losa en la espalda de un héroe de la patria y, de golpe, desarmándome como un lego endeble, comenzó a recitar a unos de mis poetas más amados, Villaurrutia:

—Ni tu silencio duro cristal de dura roca, ni el frío de la mano que me tiendes, ni tus palabras secas, sin tiempo ni color, ni mi nombre, ni siquiera mi nombre que dictas como cifra desnuda de sentido…

A lo que yo repliqué en el silencio que se abría entre el cel y el pabellón de mi oreja:

—Tu nombre, Arinbjörn Adigaard, tu nombre —dicté como cifra desnuda, y él continuó:

—Ni la herida profunda, ni la sangre —¡la sangre!— que mana de sus labios, palpitante, ni la distancia cada vez más fría, sábana nieve de hospital invierno tendida entre los dos como una duda.

Y de nuevo el silencio que, obvio, yo debía romper:

—Nada —repetí sin esfuerzo alguno un poema que me seguía los pasos desde que tenía diez años—, nada podrá ser más amargo que el mar que llevo dentro, sola y ciega, el mar…

De pronto, ambos estábamos recitando al mismo tiempo, repitiendo a una sola y maldita voz:

—… antiguo Edipo que me recorre a tientas desde todos los siglos, cuando mi sangre aún no era mi sangre, cuando mi piel crecía en la piel de otro cuerpo, cuando alguien respiraba por mí, que aún no nacía.

¡Rayos! Ahora, apenas ahora, todo cobraba sentido: «la herida profunda», «la sangre que mana de sus labios». ¿La «sábana nieve» era la que cubriría a mi abuela en el siguiente paro respiratorio o la que usaría yo en el hospital invierno donde, con pliegues dolorosos de mi propia piel, harían implantes en los agujeros que me abrirían al cortar mis guapos tumores sarcoma? Y la revelación final: «Cuando mi sangre aún no era mi sangre». *Ahora mismo* mi sangre seguía sin ser mi propia sangre; no, ¡*ahora mismo* la sangre era del vampiro islandés, de Arinbjörn Adigaard!

Bajé de prisa las escaleras que, por alguna razón malsana y nada divertida, no rechinaron en sus maderas enfermas, ¿era que en ese mismo instante mi cuerpo no tenía ni peso ni densidad?

Antes de partir, había echado a Santa un ojo atento, escrutador. Tenía junto a ella un iPhone X que le reconocería las facciones en automático y la mandaría directo al número de mi cel sin decir palabra, sin oprimir ningún comando: esa llamada sería de estricta emergencia, sólo para eso; no para chatear, no para husmear en el Facebook, sino para avisarme que se moría. ¡Mierda! Tenía que dejarla sólo una vez más, llevándome en el pecho esa angustia vuelta flecha, tal y como ocurría cada que iba a un concierto o al café a trabajar. Aun así, no me atrevería a pedirle a Danna que se hiciera cargo de la abuela. Esto tenía que arreglarlo yo sola, confiar en la abuela, confiar en la vida empujada hacia adelante por la posibilidad de la muerte.

—Que estés bien, Santa —le murmuré en voz baja, al oído—. Espero regresar pronto, al menos regresar, punto. No sé qué me espera allá, en el territorio del mal; pero allá es donde ahora pertenezco. Te amo, abuela.

Ella seguía y seguiría dormida hasta la salida del sol, frente a un sándwich de mermelada de fresa y crema de cacahuate, como los que me solía hacer cuando yo era una pequeña, no hacía muchos años. Aun así, viéndola a través de su enorme y enmohecido espejo, extraviada en sus sueños, sabía que me había escuchado.

Cerré la puerta del Mercedes con un golpe quedo, asustadizo, temiendo abollar su pintura inverosímil, absurda de tan hermosa y pulida.

Los Twin Guarros se sentaron adelante, sin un «buenas noches» o un pinche «pase usted», y arrancaron con tal suavidad que, de no ver hacia afuera, podría jurar que no nos movíamos. El interior de aquella nave del asfalto interestelar era tan exquisita y sobrada como la suite de Arinb en Santa Fe. Ese gusto burgués me indignaba tanto que… ya empezaba a gustarme, y a gustarme mucho, ¡rayos!

Al girar por la esquina de mi cuadra, un golpe de temor —que debiera ser de tranquilidad— me agitó el pecho y el estómago: el Señor Coyote, apostado en un solar oscuro, había visto todo.

XI

Arinbjörn me había recibido con un beso en el dorso de la mano, frío por la escarcha de sus labios de zombi en buen estado, atemperado por un cariño fingido de 300 mil pesos *cash*, un beso rico de mi *blood master*... insuficiente para bajar el calor al rojo vivo de mi furia.

—¿No te parece ridículo tu besamanos de condesa anciana luego de haberme desgarrado el cuello, de llenarme el estómago y las entrañas con tu sangre podrida, de desgarrar mi himen a cambio de un maletín lleno de dinero?

—¿Cómo éste? —respondió ya no tan amable, con un rictus que revelaba una molestia contenida, y, eso, *eso era lo que yo quería*, ¡sacarlo de su pose estirada y mentirosa! Lo había visto convertido en un monstruo sediento de sangre, en un anciano moribundo y no le iba a permitir que me viniera con ñoñerías, aunque el nuevo maletín era algo que iba más allá de cualquier protocolo. Mi boca, *random*, desbocada, se volvió un vertedero de rabia grosera. Quizá buscaba provocar a Arinb a lo irreversible, a que me dejara sin más sangre, sin más vida; pero yo estaba instalada en un arrebato de autoconfianza, de una seguridad inédita en mis dieciséis años de vida: me sentía una niña grande, una adolescente envejecida, y, a mi máscara envalentonada, siguió una carcajada que, por un delicioso instante, me dejó vacía.

—Tienes razón en estar irritada, tan dolida —me contestó el señor Adigaard: su cara era la de una maestra de kínder reprimiendo a su alumna más estúpida—. Nosotros, los renacidos, perdemos los estribos cuando se trata de sobrevivir.

—No te parece una estupidez —contraataqué con mala leche—, ¿eh?, que hables de sobrevivir si no eres más que un cadáver animado: *¿sobrevivir implica que no muera el muerto?*

Y mascullaba dentro de mi cabeza con fuerza de carretonera, lo más vulgar que podía: «¡Salte de tus casillas, salte de tus casillas, hijo de puta!».

—No, no lo vas a lograr. —*What the fuck?* ¿También él me estaba leyendo los adentros? «¿Tan obvia soy?», pensé, así que no tuve más remedio que escupir en el lustroso piso, ¿a qué hora hacía el quehacer la mucama?, ¿también sus sirvientes eran *walking deads*?

Arinb por fin se enfureció y, ¡clonk!, soltó el maletín en el piso de mármol. ¿Me habría matado de no ser porque la puerta se azotó contra la pared al recibir el impulso festivo de una patada de Brünhild?, ¡obvio!, con una botella de Chablis en las manos.

—¡Pequeña tramposa! —vociferó como si estuviera borracha, y la verdad es que no lo estaba, ¿o sí?—. Lo que te pasó la noche Walpurgis es lo más hermoso que jamás haya ocurrido en tu vida, ¿no es así? ¡¿No es así?!

Arimb y Brünhild vestían de negro absoluto, en matices que iban del resplandor violáceo al dejo sonrosado, uno reflejo del otro, con sacos de puños cerrados y vuelo en los codos, lo que hacía pliegues amplios, de extraña ligereza, en sus muñecas. Ambos de zapatos de charol espejo; ella de minifalda amplia de holanes; Arinb con un pantalón de caída elegante, que se bamboleaba al moverse él de un lado al otro de la habitación: estaba inquieto y eso me gustaba.

La melodía de laúd volvió a sonar, ahora más amable, lo cual me chocó, ¿dónde estaba ese músico que hiciera el *soundtrack* de la peli vampiresca de Jim Jaramuch, vuelto ahora una estrella del pop medieval?

—Y Rotten Boy, ¿no va a distorsionar su guitarra embrujada sobre la música del laudista anciano? —reté una vez más a Arinb: sí, ¡este juego me encantaba!

—¿Lo deseas, a Rotten Boy? —preguntó con suspicacia Brünhild, peloteando mi arrogancia con la seguridad de quien intenta revirar el control de la jugada. Yo asentí con un cabeceo perplejo—. Ahora mismo lo mando traer. —Y tronó los dedos, a lo que respondieron un par de pisadas presurosas detrás de la cortina siempre corrida.

—No, ya no me da la gana verle su cabellera sucia... Él también es un mestizo, ¿verdad?

—En efecto —aclaró Arinb, adelantándosele a su hermana, quien se quedó con las ganas a medio camino—, Rotten es libre, pero nos necesita.

—Sí —dije—. Él también es una puta, como yo, a quien llevan y traen según sus humores, por supuesto, a cambio de un fajo de billetes.

De golpe, me di cuenta de que yo había dado un paso en falso al humillarme de propia voz: no, no debía ya jamás disminuirme ante el vampiro, por difícil que esto fuera. Y, claro, Arinb se aprovechó de mi descuido, ante la sonriente aprobación de su hermana, quien le pegó un largo trago a la botella, haciéndome salivar:

—En este tu mundo, el precio de todos está a la espera del mejor postor, Daphne. Empero, tú has tenido el inusual privilegio de escoger cómo dar dicho paso. Trescientos mil pesos no es tu precio, no, ése lo sabrás más adelante, y sabrás también si lo aceptas o no.

—Ah, ¿sí? —repuse con pedantería.

—Sí, sin duda alguna —continuó Arinb—. Nuestras transacciones son un obsequio que te brindamos Brünhild y yo. —Ella me guiñó un ojo—. Tú no eres una cortesana, eres una princesa en desgracia, y sacarte de allí es mi tarea.

Brünhild volvió a beber de la botella al estilo de un maldito *clochard* a la orilla del Sena y, sonriendo con desprecio, me la ofreció como si beber se tratara de una obligación. Yo estaba a punto de hacerlo, pero antes hablé con claridad retadora:

—Volvamos al punto que me trajo aquí, querido: yo también soy una mestiza, ¿verdad?

—Lo has dicho hasta el cansancio.

¿Qué?

—Como sea —retomé perturbada—, el caso es que, siendo la bastarda que soy, los rayos del Señor Sol no me consumen de golpe, como a los de tu estirpe *pura* —ironicé sin éxito—, sino que me matan despacio, y, te lo repito, mi muerte se llama cáncer.

—Sí, melanoma nodular —afirmó Arinb—, agresivo y mortal si no es tratado a tiempo. Pero, ¿sabes?, allí no se alberga tu muerte.

—A menos que no quieras correr el riesgo de beber la ambrosía que te puede salvar la vida —intervino Brünhild con su maldita sonrisa, para rematarme con una estocada de ironía—, *tú*, que crees no ser *un cadáver animado* como lo es mi hermano, como lo soy yo, nena salvaje.

Sus palabras, un par de planchas de hierro, me golpearon el entendimiento con una bofetada bien puesta. ¿A qué se refería con eso de la «ambrosía»? Entonces, como una cubetada de agua helada, me cayó el veinte en el vacío de mi cabeza.

—¡Mierdamierdamierda! —reventé sin control—. Ya sé que es lo que sigue conmigo: que termines de volverme una vampira hija de la gran puta, como tú y tu hermana, que vaya por el mundo, de noche, matando cabrones para beber su sangre.

Arinb, al fin dueño de la situación, me miró con ternura y supremacía; Brünhild tan sólo se alzó de cejas. Yo empiné el Chablis en mi boca reseca y metí en mi barriga media botella del delicado vino que ahora me sabía a vinagre y metal.

—No, mi niña —atajó el islandés—, no está escrito que todavía seas una *vampiro* como nosotros. Aun así, ya tendrás que salir al mundo a cumplir con tu primera sangre…, pronto.

Sonrió con tristeza.

Yo, en sentido contrario, berreé con más fuerza en aquella noche de llantos múltiples:

—¡Maldita, mil veces maldita mi vida!

Arinb trató de abrazarme: había que terminar de alguna manera con mis chillidos de rata, por las buenas o por las malas. Yo lo rechacé de un fuerte empellón, más como un mohín que como un arco reflejo de supervivencia…, y apenas si moví un milímetro a Arinb: era sólido y pesado como un monolito de Stonehenge: la fuerza inhumana de la vida en la muerte. Sin embargo, haber sentido sus dedos y palmas posados en mis hombros, encendió un fuego diminuto en mi pecho. ¡Rayos!, necesitaba con urgencia el alivio que sólo él me podría dar; así que volví a su abrazo, tapándome la cara con ambas manos, para sentir de lleno el vendaje de mi Lunar Estrella, vuelto aquel trapo una segunda piel húmeda, de agua de mar.

¡Ahhhh!

El abrazo de Arinbjörn era tibio a pesar de su fría carne, y, al pensar en esto, me hice un chiste idiota: *fría carne, carnes frías,* ¿mortadela de virgen, jabugo de puta, salami de meretriz? Sonreí mientras desfallecía. El señor de Adigaard me alzó en brazos, vuelta un bebé ingrávido, sin más fuerza que la de querer desaparecer para siempre. Brünhild, callada, limitándose sólo a verme con rostro inexpresivo, se dio la vuelta...

Y el vampiro me besó.

El calor rico del agua me despertó con cada uno de mis músculos relajados a lo largo y poco-ancho-vegano de mi cuerpo. Era lindo ver mis piernas sobresaliendo del agua entre copos de espuma, con el fondo elegantísimo de las cortinas, las llaves doradas, el espejo donde aún podía verme, con ese aroma a frutos rojos que despedía una sal de baño disuelta en mi lecho acuático, igual al de una tizana del Starbucks: aquella imagen era ideal para un Instagram, la típica selfi tonta de pies... pero había dejado mi cel en la mochila. En otras circunstancias, estar lejos de mi iPhone me habría puesto inquieta: ahora podía estar desconectada del mundo, tranquila y a gusto, porque el mundo ahora era *éste* y comenzaba a ser mío... bueno, eso creía en mi ingenuidad de novata.

Me llevé la mano derecha a mi Lunar Estrella: estaba rugoso y descarapelado. Una gota de agua corría de su costra rumbo a mi barbilla y, ¡mierda, no!, no era agua, era sangre, y la generosa lágrima cayó en la espuma apretada, dejando un agujero de paredes malvas.

¡Plinc!

Y...

¡Splash!

Del fondo de mi enorme tina, Brünhild emergió en un remolino de agua para lanzarse hacia mí con la boca abierta, dispuesta a recibir una lengua en beso. De golpe, cambió de trayectoria y pegó con delicada desesperación su boca a mi lunar estrella... y lo lamió. Quise gritar, pero el tacto de sus labios me alivió. Mis pezones se pusieron tan duros que dolían.

—No desperdicies tus mieles en una piscina llena de bacterias y plomo —me dijo, mostrándome la punta de su lengua enrojecida por mí—, compártelas conmigo, querida.

Mieles.

Yo la tomé por los hombros para lanzar un gritito mitad miedo, mitad cosquilleo delicioso. Hild se separó de mí y por fin vino el beso: ella sabía a mi sangre, a mis mieles.

De golpe y sobresalto, un murmullo ininteligible rozó el lóbulo de mi oreja izquierda: era *la voz* sin cuerpo. Me estremecí de miedo.

—Te está hablando, ¿verdad? —me dardeó Brünhild con ironía.

—¿Quién? ¿Sabes tú quién me está hablando? —exclamé, exaltada por sentirme descubierta. ¡Rayos! por primera vez en mi vida hablaba con alguien sobre esta maldita voz que me saltaba en los adentros: que ella lo supiera me ponía en desventaja… en *mayor* desventaja.

—No, no sé quién te está hablando, pequeña Daph ilegal, ¿lo sabes tú? ¿Por qué no me cuentas, *elskan*?

Elskan? ¿Bebé?

—No, no sé lo que le pasa a mi cabeza y sus ruidos. —Callé un instante, hablar sobre un tema que para Brünhild era evidente no arruinaría más las cosas, y, con imprudencia voluntaria, fui sincera con ella, más de lo que podría ser incluso con la propia Daniela—. Unas veces son voces; otras, música, murmullos que parecieran venir del fondo del universo, desde que éste es lo que es.

El Big Bang.

—¡Ah, nuestra invitada es astrofísica! —replicó con su acostumbrado filo—. Y, ¿qué te dicen esas voces?

¡No!, Brünhild no era merecedora de mi sinceridad. Si podía oírme los adentros, que lo hiciera y ya; no le iba a dar más información de la que me permitiera sobrevivir en esa realidad de monstruos bebedores de sangre. Hermosos monstruos.

—No…, no sé… nada —titubeé.

—No te creo —me cuestionó, mirándome dolorosamente y en directo al fondo de mis pupilas. Me había ido de boca al compartirle uno de mis más profundos defectos; aunque quizá ahora éste se volviera una de mis grandes virtudes: los murmullos eran alarmas, señales acústicas, gritos de advertencia, campanadas, ¡tan, tan, tan! ¡Tum, tum, tumb! Voces que me obligaban a decir: «Esta noche estarás muerta», como lo hice con Camila y Leo. ¡Tan, tan, tumb!, como con la abuela en agonía pulmonar; como en la noche de Walpurgis en su primero de mayo, como con el idiota de Bryan.

La herida de mi lunar se echó a sangrar aún más: Brünhild me había lastimado, y ahora me tenía aplastada contra la cabecera de la linda, dorada tina de porcelana española. Me lamía con desesperación y el dolor era de agujas hipodérmicas heladas, agujas que me hacían llorar.

Sin previo aviso, de un tirón salvaje, se separó de mí, gimiendo en un aullido más rabia que sufrimiento. Arinbjörn la tenía agarrada de los pelos como si se tratara de una presa de caza: estaba furioso. Hild comenzaba a sacudirse, frenética, como un robot de *Blade Runner*, y mi máster la arrojó contra un muro, con tal fuerza que, del ¡zas! seco, húmedo, se desprendieron un par de mosaicos y polvo de yeso.

—*Idiot, tat ihr weh!*

¿Por qué insistían en habla en alemán…? ¿Para que entendiera algo? «¡Idiota, la lastimas!», le había dicho Arinb a su hermana.

Él me miró con extrañeza y pensó en algo que lo hizo sonreír con un poco de maldad. Con las manos libres, desató el dije de lapislázuli de su barba y lo dejó caer con veneración dentro de la tina. ¡Pluc!, cantó con voz juguetona el clavadista de plata. La vampiresa se revolvía en el piso con la regularidad de un coleóptero, ¡tzzzzz!, escarabajo patas para arriba, azotando sus puños contra la hermosa madera del piso, hasta quedar en cuatro puntos y, así, con ojos de odio puro, se deslizó hacia Arinbjörn, quedando enredada entre sus pies como una mascota salvaje a la cual su amo ha golpeado por desobediente: «¡Brünhild, perra mala, no te comas vivos a los invitados!», lo imaginé hablándole con autoridad de hermano mayor; era una broma, claro: yo prefería reír a estar agonizando de tanto miedo en esa tina que de pronto comenzó volverse una olla de brujas: el diminuto túnel de sangre que había abierto con mi lágrima sanguínea en la espuma de la ducha, extrañamente intacto, comenzó a expandirse en todas direcciones, ¡fuuuuuh!, con la velocidad de una salpicadura de tinta china en papel mojado, trazando deltas que de inmediato eran rebasados por tsunamis bermellón, abiertos en grietas. Y el agua hervía, y mi piel pasó del *blanco rata-biblioteca* a un rojo brillante, de carne inflamada. Grité.

—¡Arinb, ayúdame! ¡Abuela!

Al invocarla, sentí la voz de Santajuana de los Mataderos batir con difusa claridad dentro de mis oídos, de dentro hacia afuera, ¡tan, tan, tangggg! ¿La estarían escuchando también, en este preciso momento, los dos vampiros más hermosos del maldito mundo?

—¡Daphne, resiste, hija, resiste! —¿había dicho la voz dentro de mi cabeza? Y sentí miedo por la abuela, quizá la había puesto en riesgo al invocarla.

Mi piel era una masa tumefacta, un trozo crudo de cordero puesto a hervir dentro de una cacerola: un flujo dolorosísimo concentrado en mi Lunar Estrella, y, de golpe, reventó el fondo de mi tina, precipitándome al vacío.

Se revienta.

Caigo.

¡
A
a
a
a
a
a
a
a
h
!

—¡Resiste, hija! —Habla Santajuana, y no se dirige a mí.

—¡No! —Ésta es una voz que no reconozco, es una mujer, *la mujer*—. ¡No quiero resistir, imbécil, traidora! —Y, ¡plafffff!, choco en el seno de una enorme masa de agua—. ¡Sal de una buena vez, hija de puta! ¡No te quiero más dentro de mí! —*Fuck me!* Es ella. Sí, es mi madre, ¡es la voz de mi madre!—. ¡Largo de mi vida! ¡Vete antes de que me mates del todo!

La infinita masa de agua esmeralda en la que floto se tiñe de rojo, desde el túnel que abriera mi sangre en una mota de espuma, allá, en un mundo lejano: el mundo de Arinbjörn y Brünhild Adigaard, y mi piel es blanca, sonrosada: soy un embrión de nueve meses de edad, y mi madre me está arrojando a la vida en parto, ¡maldita sea!

—¡Largo de mi vida, engendro! —vuelve a decirme con su voz de brazas—. Te doy la bienvenida a este mundo que lo único que hará será golpearte, ¡y golpearte! Te maldigo, hija mía, extensión de toda mi maldad, de todo mi odio y de mi muerte inevitable. ¡Malditas sean tú y tus hijas y las hijas de tus hijas!

—¡No la escuches, Daphne! —Es mi abuela quien me habla ahora a mí, aterida por la desesperación—. ¡Ven al mundo, ven libre y sé una diosa! ¡Que estallen tus cabellos de fuego en el mundo!

—Mamá, ¿por qué me haces esto? —le reclamo a la mujer que apenas reconozco—. ¿Por qué?

En lo alto, sobre mí, se abre una compuerta, un ojo negro de cielo, y por allí escapa la gran masa de agua ensangrentada en la que floto y, después de un golpe bárbaro, broto en volteretas por la superficie de una laguna que arde, que hierve en medio de una interminable llanura de nieve. Mi piel es ahora la piel de Daphne de los Mataderos, y la herida que llevo bajo el ojo izquierdo, mi Lunar Estrella, dispara una dolorosísima ola de carne licuada en magentas y lilas. Más allá, un geiser alimenta con su vómito de aguas bullentes este espejo vaporoso. Pero la imagen idílica se transforma de golpe en una jodida bestia con vida propia, y arrastra consigo todos mis adentros: mis vísceras, mis huesos, el aliento que se me acaba, y por dentro soy un saco de tumores que la encarnación de mi Lunar Estrella chupa con fuerza, fortaleciéndose, transformada, de un hilacho de linfa, en un túmulo de brazos desordenados, de baba astringente y negra, colmillos de sierra y cientos de ojos que giran dentro de cuencas de tejidos negros. Es una bestia unida a mí por un cordón umbilical que emerge como una tripa desde mi Lunar Estrella.

La bestia me alza en vilo: está a menos de un instante de dar el bocado final, engullirme a través de la tripa viscosa y tensa que me une a ella en un pliegue bituminoso, por debajo de mi ojo izquierdo. El monstruo y yo somos la misma mierda: el cáncer y su portadora. Me desmadejo en un grito de terror. «Devórate a ti mismo, cáncer de mierda», pienso mientras digo en voz alta, en un último pensamiento:

—¡Abuela, te amo!

Y, de la nada más oscura, emerge, en un zumbido instantáneo, una espada de acero. ¡Zzzzzzzz! Corta el aire en un arco de plata, decapita al viento y golpea al cordón cáscara por el que la bestia me drena. ¡Chac! El monstruo se revuelve en un aullido y tira un zarpazo al guerrero que acaba de mutilarlo de mí. El soldado pierde su casco y su escudo de metal. Rueda. La Muerte Negra, del doble de alto que cualquiera de nosotros, se lanza sobre él para rematarlo. Yo tenso un arco de madera, ¿de dónde ha salido?, con su cuerda firme, acoplada en la base de una flecha: apunto. Disparo la saeta con hojas afiladísimas en la punta: navajas de oro. ¡Allá va, justo a la cabeza del ser! Éste gira y la flecha pasa a unos centímetros de su sien derecha. ¡Tzinnng! El hombre de la espada se incorpora de un salto asombroso y rebana el brazo garra de nuestro enemigo, el cual ya se encaja en la cota de malla del pecho del espadachín, lanzándolo a diez metros de allí. El ser salta sobre el combatiente. Tenso de nuevo mi arco, ¡no puedo más, la flecha se me escapa de entre los dedos!, y el Señor Cáncer se agita en el aire, errático, a gran velocidad. El soldado gira en la nieve. Suelto la flecha: chilla al cortar el vapor de la laguna en la que me cocino.

Sé que voy a fallar una vez más.

La flecha pega en un costado vital de la bestia, se hunde, revienta: está herida de muerte, ¿cómo lo sé? Va a aplastar a mi salvador al final de una parábola aérea, ¡lo va a hacer pedazos de hueso!, y mi hombre vuelve a dar uno de sus saltos irreales: con la espalda apoyada en la nieve, se impulsa desde las piernas, cae de pie y, trazando una media voltereta que lo saca del blanco de la cosa negra, blande él la espada y da un tajo fortísimo en medio de la masa de podredumbre que se parte en dos, como una naranja acuchillada. Las dos mitades prietas pasan a los costados del combatiente, empapándolo de ¿mi sangre? ¡Un zas fulmíneo!, y el olor es la peor de mis pesadillas. ¡Rayos, mi piel arde, arde! Los restos de la criatura se esparcen por las dunas de nieve fresca, y brota su mar rojo en una fuente de espanto hasta drenarla por completo. De la bestia sólo queda un par de enormes costras hechas de escamas ferrugionosas. La sangre volcada del Señor Cáncer abraza y corroe al guerrero, quien se arranca su yelmo, su capa de armiño y la ropa toda, lanzando un aullido de dolor, uno que se confunde con el mío, que es de un terror puro. Encaja su espada enorme en un montículo de nieve endurecida y corre hacia mí, vuela sobre mí, cae a mi lado… en el agua vaporosa y ardiente.

Es de noche.

Comienza a nevar con calma, ¡qué hermoso este plumaje ligero y gélido que, en carne propia, jamás había visto desvanecerse en el aire!

Tiemblo, no de frío, sino de miedo; aun así, pude tensar el arco y disparar la flecha que quizás haya salvado de la muerte a mi rescatante; mas él no sale a la superficie: tal vez esté en el fondo disolviéndose en sus jugos.

Me echo a llorar…

… y el guerrero emerge del agua como una cría de ballena en pleno saludo: buenas noches, la luna. Talla su cuerpo con puñados del lodo de sílice que recoge del fondo de la poza hasta deshacerse de cualquier rastro de los fluidos del animal. El guerrero me da la espalda; afuera, las huellas de la batalla desaparecen: dunas de nieve se acumula poco a poco sobre rocas y lomas que regresan la calma a la Þingvellir, *la explanada de la asamblea.*

—¿Hablo islandés? —me pregunto en voz alta, escuchando mi lengua como si fuera de otra persona: es tan extraña, de sonido duro, cortante; la entiendo a fondo y me parece más hermosa que mi idioma materno, ¿lo es? ¿Todo esto lo pienso en español?

Y, antes de que me responda en aquella lengua extraña y propia a la vez, sé bien quién es mi salvador: Arinbjörn Adigaard.

—No, niña mía; no lo piensas en otra lengua que no sea la mía, la nuestra… nuestra por ahora.

Apoyando mis pies en el fondo de fangos y lama silicoide, camino en reversa hacia la orilla de la laguna, para no quitar un sólo instante mi vista de Arinb, y pongo el arco junto a un carcaj lleno de flechas, acodado en un bulto de ropa, la mía, hecha de pieles de animales que no debieron morir tan sólo por conservarme caliente, telas de urdimbres groseras y collares de oro traído desde el continente.

—Sí —y sonríe al decirlo—, soy Arinbjörn, y la bestia que matamos, *que mataste*, era tu cáncer. *Era*.

—No tenía idea de lo bien que yo manejaba el tiro con arco —le respondo como siempre, sin mayor voluntad y autonomía, mientras voy hacia él—. ¿Sabes qué es lo que más me sorprende?

—Dímelo, Daphne, la de los cabellos de lumbre. —Él también viene hacia mí, trazando con sus dedos líneas de espuma en el agua que ahora huele más y más a azufre y violetas muertas, que *las violetas son las flores del deseo*.

—Me sorprende que yo me sienta tranquila —le respondo a mi sanador—. En otras circunstancias, estaría berreando en vómitos, en un desmayo; y, mírame: estoy *tan* bien.

Me llevo la mano a mi amado Lunar Estrella, y, también lo sé, está sano, terso como siempre, allanado en mi piel pecosa y blanquísima, tanto que se podría confundir contra la nieve islandesa de Þingvellir. No hay cicatriz, ni siquiera siento aquí el miedo de haber visto emerger, a través de él, una criatura hecha con el material de mis miedos más profundos.

—Sí, estás más hermosa que nunca, más viva que hace un par de horas.

Nos encontramos en medio de la piscina termal. Tengo que inclinar un poco la nuca hacia atrás para poder verlo a los ojos, sí, directo a sus pupilas, a esta distancia. ¡Rayos!, es tan hermoso, tan fuerte. Sonríe, se hunde en el agua y emerge de inmediato con su dije de lapislázuli en la mano, atrapado éste en una masa de sílice. Con habilidad lo vuelve a colgar de la trenza que se entreteje con su barba, y que ahora no es canosa, sino enfermizamente rubia. Nos abrazamos y siento de lleno su voluminoso pene en mi vientre. Tomo al hombre por la nuca y, con el mayor de los respetos, lo jalo por el cabello para que su boca caiga en la mía. Su lengua está fresca, en medio de este calor de sudores. Siento por él un cariño extraño: apenas si hemos tenido contacto el uno con el otro y siento amor, *bloody endesless love*.

—*Ást* —le digo, «amor» en mi vieja lengua, esa que quedara por extravío rezagada en alguna ciudad del nuevo continente, siglos atrás, y la palabra me suena ajena, así que se lo repito en el español más caro y certero que recuerdo—: Te amo, extranjero.

—Ten cuidado con lo que dices porque las palabras trazan nuestros caminos, a pesar de que la nieve los cubra, a pesar de que la noche de nuestros destinos sea una boca del universo, una herida de oscuridad prolongada hasta nuestras tierras hiperbóreas —me contesta para interrumpirse con un beso que ahora él descarga en mi boca, saca su lengua, serpiente fresca, de mi boca y recarga con suavidad mi cabeza en su pecho—. Es muy pronto para hablar de esto que nos lleva a combatir por lo que, irremediablemente, está perdido.

—Puedo ver todo con claridad, lo que nos rodea—le respondo, sin haber entendido qué acaba de decirme, memorizando a fondo cada una de sus frases, palabras y letras—, a pesar de que ésta es un larga noche sin luna.

—Sí, Daphne, la profunda y larga noche islandesa, la que obliga a los hombres a navegar durante el invierno a tierras del sur, y que a nosotros, los de mi estirpe, nos mantiene despiertos largos meses.

—Mis habilidades de arquera, mi visión nocturna, mi aplomo, ¿son porque he dejado de ser una mestiza, porque ahora soy un vampiro, como tú?

—Ahora mismo yo he dejado de ser un muerto redivivo —me aclara Arinb, separándose un poco de mí para mirarme directo a los ojos—. Esto que pasa es y no es: el monstruo que habitaba por debajo de tu piel, la bestia del cáncer, bien pudo haberme asesinado aquí mismo, de no ser por tu afortunado tiro de arco.

—Entonces —le reclamo como una amante a su señor, y me doy la vuelta, cubriendo mis ojos con las palmas de mis manos, aunque no lloro, tan sólo recuerdo lo que es el llanto—, ¿esto es un maldito sueño? ¿Una ensoñación como aquella en la que me embriagaste con cornezuelo de centeno y fresas de sangre?

Él me vuelve, y yo lo dejo hacer con mi cuerpo lo que le venga en gana.

—Es y no es. Aunque *sí* puedo decir que tu piel está sana, más sana que antes de que el Señor Sol te asara la carne una tarde de ocio y furia. —¿Cómo lo sabía él, cómo?—. Esto es y *sí es*, y tu Lunar Estrella será por siempre el mapa de aquella constelación.

—Señala un punto en el cielo que sólo podemos mirar en este lugar del mundo, al sur del norte más alejado de la Tierra—. Ahora tendrás que vivir en la noche perpetua para que estés siempre a salvo.

Me vuelvo a estrechar contra su pubis y compruebo que su pene está durísimo. *Skít!* ¡Mierda! Tengo la espantosa necesidad de encaramar mi vulva contra su erección y lo abrazo con mis piernas, sobre sus riñones. Ahora no soy la puta del barrio más miserable, sino una princesa, una guerrera que ama a su caballero vencedor. Y me hundo. Su pene es una espada que me abre la carne y revienta mis adentros. ¡Rayos!, sigo siendo virgen. Pero aquí todo es y no es. Y el dolor amenaza borrar el placer con sus bofetadas de hielo roto.

En respuesta, en sentido contrario a la verdad de este momento, el cielo se enciende con un arpa gigantesca que desplaza la oscuridad de estrellas muertas por el centelleo fantástico de decenas de cuerdas, cientos de ellas, de un verde esmeralda luminoso que se vuelca y revuelca allá arriba, se detiene y vuelve a girar en vaivenes vertiginosos, vibrando en una montaña aérea inmensa, inabarcable de tan sinuosa: la aurora boreal.

—Sí, mi pequeña diosa de… de cabellos de *la-va* —contesta Arimb, barbotando en un arrebato de placer radical, a una pregunta que no le he hecho de viva voz, pues yo también estoy gimiendo, deshilachada en mis adentros y en mis afueras, y ahora su lengua vuelve a lamer mi Lunar Estrella—. Eso… ésas son las luces del norte. Y… celebran la cópula de dos siervos del cosmos.

Y Arinbjörn gime en un orgasmo instantáneo.

Pero no, no es instantáneo. ¡No!, llevamos unidos en coito más de dos horas, más de cinco, un día completo de esta larga noche, un monumento pétreo de años. Arinb y yo hemos sido amantes desde siempre, desde el inicio de los tiempos, cuando Dios apenas era un dios, cuando el cielo era el infierno y el infierno la lengua de este guerrero vikingo que ahora mismo vertía su semen dentro de mi útero adoloridísimo. Entonces sucede lo imposible, lo vedado para la virgen del sol de medianoche: en medio del sufrimiento de mi desflore y sus sangres, un latigazo eléctrico, de centellas y alfileres me azota desde el centro de la matriz rumbo a un orgasmo eterno, una muerte instantánea que me lleva lejos del cuerpo que arrojara a este mundo mi madre, ella, hace dieciséis años, que me hace arquear la espalda en un espasmo: la inconsciencia en su raíz más perturbadora. Eros y Thanatos. Y apenas se asoma de vuelta la razón a mis adentros, recuerdo de golpe que un maremoto como éste, de carne y calores, antes me habría hecho llorar, pero ahora yo soy la arquera de la oscuridad, la princesa de los nibelungos, y lo que hago es besar a Arimb.

—*Takk* —le doy las gracias—. *Takk*.

—*Takk* —me responde y me vuelve a besar.

Caigo.

¡Aaaaaaaaaaaaaaaaaaaaaaaaahhhhhhhhhhhhhhhhhhhhhhhh hhhhhhhhhhhhaaaaaaaaaaaaaahhhhhhhhhhhhhhhhhhhhhhhhhhhh!

Caía.

¡Aaaaaaaaaaaaaaaaaaaaaaaaahhhhhhhhhhhhhhhhhhhhhhhh hhhhhhhhhhhhaaaaaaaaaaaaaahhhhhhhhhhhhhhhhhhhhhhhhhhhh!

Caeré.

¡Aaaaaaaaaaaaaaaaaaaaaaaaahhhhhhhhhhhhhhhhhhhhhhhh hhhhhhhhhhhhaaaaaaaaaaaaaahhhhhhhhhhhhhhhhhhhhhhhhhhhh!

Cuatro brazos me levantaron de la tina de leche y sangre. Música de laúd, entre mis cabellos de fuego y nieve. Yo estaba débil, débil de muerte, sin posibilidad siquiera de articular una sola palabra en español, islandés o alemán.

Arinb y Brünhild, desnudos, bajo hermosas batas, afelpadas y blancas hasta el absurdo, me habían depositado de vuelta en la cama y cubierto con sábanas de satín delicado, con mis carnes aún temblando por el vergajazo de moléculas amorosas que acababa de achicharrarme las entrañas.

—Duerme un momento, Daphne, mi *amor* —me dijo él en un susurro al oído—. Tienes que descansar para reponer las fuerzas de la sangría a la cual te sometiste con valor. Pasarás el día bajo sombra en nuestras habitaciones; mientras, mi hermana y yo dormiremos. Tu Lunar Estrella aún está sensible. Mañana por la noche, mis ujieres te llevarán de vuelta a casa de Santajuana de los Mataderos. Son los gemelos y, de ahora en adelante, son tuyos.

Creí que Arinb e Hild volverían a quedarse en la gran cama de nuestra suite, pero se dieron la vuelta y salieron en silencio, con la levedad de pasos que no resonaban en el suelo de parquet.

Brünhild no soltó una sola palabra en el trayecto del baño a la habitación, y tampoco abriría la boca en su adiós momentáneo, algo extraño en ella, tan sólo se había conformado con mirarme de arriba a abajo con un morbo molesto, lo que me irritó con un escozor de quien es espiado a través de una pecera.

¡Clic!, apenas sonó la puerta.

Intenté moverme para alcanzar mi iPhone, a resguardo en mi nueva mochila Chanel, acodada ésta junto al nuevo vestuario de niña bien que Danna me había obligado a comprar para no asaltar su ropero; pero apenas si lograba yo parpadear, ¿cómo diablos iba llamar a siquiera a casa de la abuela? Sentí ternura por ella: el miedo se había ido.

—Te quiero, Santajuana de los Mataderos.

Me eché a dormir con las palabras de Arimb resonando en mi cabeza una y otra vez: «Duerme, Daphne, mi amor. Duerme, mi amor. Mi amor. Amor. *Ást.*». Una declaración comprometedora y llena de mentiras para alguien que hacía unos minutos, ¿o habían sido siglos?, me había dicho que no era tiempo para abrir el corazón a través de la garganta.

Entonces, antes de irme a negros, una voz brotó desde el centro de esa nada que habita mi cabeza…, y no, no era la de Santajuana.

—No te confíes, pequeña puta: éste es el inicio de tu fin.

XII

Una gota de sudor cosquilleante resbaló por la pared interior de mi axila, despertándome en un ligero sobresalto. El delicioso calor en *mi* —nuestra— habitación era *refrescante*, por más que suene imposible algo así: una humedad tenue flotaba por la recámara y me lamía en girones de aire dulce, humedad sin duda provocada por la cercanía de la alberca que estaba en la terraza, a unos metros de mi cama, tras la cortina enorme y la puerta de cristal. ¿Allí había ocurrido la batalla de espadas y arcos contra la masa animalizada de mi cáncer, en un remedo *anime* de Dragon Ball? ¿El agua azul de la piscina había sustituido a la hirviente y rojiza de la laguna islandesa? Sin duda, la nevada onírica había sido una lluvia helada de mi ciudad, una granizada ligera, vulgar. Sí, aquello fue sin duda una puesta en escena. *Fuck!* Arinb y su hermana me habían drogado una vez más, sin importarles mi opinión. ¡El agua de la tina! Allí habrían disuelto una sustancia venenosa, escondida en un compartimiento secreto del dije de lapislázuli, haciendo trizas mi percepción de la realidad, la supuesta realidad, ésta de la que formaban parte una recámara y varias sábanas de seda en un hotel hiperburgués. ¿Podría volver a tirar con arco alguna otra vez en mi vida? Mi recuerdo de aquella escaramuza era más claro y tangible que cualquier rastro de sueño hasta ahora experimentado por mí, de mayor control que un acceso de alucinación por efectos de un pastelillo sico-délico, tema en el que, claro, yo era una neófita, ¿qué opinaría Daniela de esto? Flechar al *emperador de todos los males*, el maldito cáncer, había sido algo más que un sueño o experiencia narcótica. La prueba era que mi Lunar Estrella estaba limpio y suave, sin dolor, carne de mi carne. «Y Adán dijo: *esto ahora es hueso de mis huesos, y carne de mi carne*», y vino Arinb para hacerme sangre de su sangre, semen de su semen, ¡mierda!

De golpe, me cayó encima un balde de agua con escarcha islandesa: en los días de los vikingos y sus demonios de sangre no había condones para guerreros ni arqueras. ¡Doble mierda!, quizá Arinbjörn me había embarazado. ¡Puta, qué miedo! ¡No!, no podía ser, ¿o sí? En las gruesas novelas de Stephanie Meyer, Bella Swan queda embarazada del guapo-bestial Kristen a la primera de cambios; sí, pero eso ocurría en el cuarto tomo de la saga, y yo apenas estaba en el arranque de mi maldición vampírica. Saliendo de allí, tendría que tragarme una pastilla-del-día-siguiente y aguantar los estragos hormonales que esa porquería provoca. «A ver, imbécil, ¿cuándo te bajó, cuándo?» No podía recordarlo: era tan endiablado mi estrés que, entre más memoria hacía, más difuso se tornaba el calendario menstrual de mi vida. Y aquí sí no valía el tema de que yo sería *técnicamente* una virgen por el resto de mi vida, como la Virgen María de Guadalupe Tonantzin, quien mira a sus feligreses orarle ante sus pies, ingrávida, con una panza maternal hermosa y llena de presagios.

Tenía que hacer cientos de cosas apenas me levantara de la cama: cerrar puertas de temas abiertos hacía años; correr a casa y comprar un Predíctor, cosa estúpida, pues debía esperar varios días para hacerme la prueba; abrir una cuenta de banco a nombre de Santa; ir al baño a liberar toda la pipí que había aguantado desde hacía siglos. Así que tomé fuerzas, respiré hondo, conté: uno, dos, tres, y quedé profundamente dormida, tanto que por fortuna no soñé con reinos pasados, presentes o potestades asfixiantes.

Frente a la puerta del baño, viéndome en una luna de cuerpo entero —¡aún seguía siendo una mestiza!—, me eché encima una bata tibia, mullida, y calcé mis pies dentro de unas lindas pantuflas con el logo del Hilton: me las robaría para llevárselas a la abuela y contarle, cara a cara y sin rodeos, que yo había pasado de ser barista en una corporación *poser* a ordeñar maletines de aluminio... prostituyéndome. Ella lo sabía, al menos lo intuía, y yo no podía dejar flotando entre nosotras un sobreentendido emponzoñado, aire enrarecido. Por supuesto, no le diría quién —o qué— era mi cliente, pero sí sabría que era uno y sólo uno, y muy rico: un *sugar daddy* de ultratumba. Santa era impredecible, su reacción ante mi verdad más horrenda era inimaginable..., bueno, la parte menos horrible de esta verdad. No le hablaría de bebedores de sangre ni brujas europeas, no por ahora. Yo odiaba mentirle a Santa, y decir verdades a medias es una de las formas más hipócritas y sucias de la mentira. Para mí no había detergente arranca-grasa que me limpiara del lodo que ahora me anegaba. Jamás lo habría. O quizá sí..., y esa voz que oí, vibrando en las paredes de mi cráneo, *era ella*; o más atrás, siglos atrás: la voz de la bruja fundacional de mi estirpe, el siseo de una shamana mítica, la curandera nahoa perseguida por la inquisición en el virreinato novohispano, la tatarabisabuela de la que me hablara la abuela: doña Guadalupe Ixcateopan de Villa de Alba, fundadora de esta *historia sin fin*: *Die Unenddliche Geschichte*, mi novela favorita a los nueve años: yo, Bastian/Atreyu/Daphne.

—Abuela, ¿por qué no me hablas ahora que estas malditas preguntas me están arañando las entendederas? Dime algo, tatarabuela, porfa.

Claro, podía yo atender a medios menos telenovelescos que la convocación telepática y llamarle a Santa por cel para hacerle de viva voz mis preguntas; pero no, era mejor dejar por lo pronto las cosas en el reino de lo especulativo.

12:12 del mediodía.

El mundo afuera seguía corriendo hacia su autodestrucción —porque nosotros, sus aniquiladores, somos parte de él, el mundo y su cáncer— y yo allí, en el centro de un paquete apretado de sombras desleídas por una lámpara de buró y, por supuesto, las gruesas cortinas de siempre. ¿Dónde estaban Arinbjörn y su hermana? ¿Seguirían en el Hilton sus brujas invitadas y vampiros colados? Yo tenía un deseo inquietante: conocer a Rotten Boy y, más aún, a Peter Murphy, platicar con ellos en desgarrones de inglés, español, alemán, esperanto o... islandés. ¡Rayos! Intenté articular alguna idea en palabras nativas de Islandia y, ¡nada! De cualquier manera, ¿cómo sabría yo si la andanada de gruñidos que salieran de mi boca eran islandés?

Al fondo, del lado opuesto del ventanal que llevaba a la piscina, había una puerta que, estúpidamente, yo no había registrado todo este tiempo, *tiempo perdido*, o, ¿era que, nunca había estado ahí? Quizá ésta me llevara a las cajas —suponía que eran cajas— mortuorias donde mis anfitriones debían dormir, revelación que siempre es la misma en el punto medio de cualquier película vampírica. Ninguno de los guaruras de Arinb la custodiaba, así que pensé: esto es una invitación a traspasarla, llegar al ataúd de mi amante y dormir sobre él, abrazándolo en la incomodidad de una caja oblonga, dijera el divino Edgar Allan Poe, pues «una risa histérica resonará para siempre en mis oídos». Y no, no hubo risas: la puerta estaba sellada con tres candados, como apunta la narco-canción.

Sin muchas ganas de salir a cocinarme bajo el sol, me dediqué a husmear entre cobijas y sábanas hasta que, en el lugar más obvio, debajo de la almohada, encontré la señal de vida que estaba buscando: una carta. Estaba dentro de un sobre hermoso, de papel grueso, entrecruzado por fibras orgánicas y pétalos de una flor tornasolada: todo tan perfecto, exquisito... e insoportable. ¿De dónde brotaba tantísimo dinero para colmar los deseos de estos seres ociosos y decadentes? Saqué la carta, trazada con minuciosa letra manuscrita, de largas e imbricadas curvas, sobre un papel hermoso y perfumado: un recadito escrito en correcto castellano, demasiado correcto a mi parecer.

Querida Daphne, Brünhild y tu servidor tenemos que ausentarnos en sueño profundo por unas horas: es algo imperativo para nuestra supervivencia. Mientras esto transcurre, puedes descansar, ducharte, charlar con Jozef Van Wissem, el laudista que, estas noches, nos ha acompañado con sus danzas de hipnosis. Si apeteces, regresa a casa de Santajuana de los Mataderos, mas recuerda: debes evitar cualquier contacto directo con Herra Sol Tonatihu. Es preferible que te quedes acá hasta que entre la noche por nuestros ventanales. Me daría una profunda alegría encontrarte aquí al momento de nuestro despertar. Pide algo al *room service*, si te place; no obstante, notarás que los cambios en tu dieta se habrán decantado aún más, Daphne, virgen perpetua. Quedo *ad aeternum* para ti, Arinbjörn.

Virgen eterna, casi inmaculada. Todo lo roto y magullado regresaría a su estado originario por los siglos de los siglos... a menos que una estaca de encino me reventara del pecho a la espalda. ¿Una bala de madera durísima perforando mi pecho como en *Only Lovers Left Alive*? ¿Asada a la leña igual que en *Interview With The Vampire*? ¿Lanceado por el sol como en *Nosferatu*?

Sí, el calor extremo y las radiaciones solares eran mis enemigos, fuera o no una muerta en vida: cada vez que era desflorada por Arinb, me volvía un cadáver listo para resucitar al momento, vulnerable y desvalido.

Volví a convocar a mi abuela:

—Voz —murmuré, aunque nadie estuviera en posibilidad de escucharme—, ¿por qué no me hablas ahora mismo que necesito certidumbres?

Respondiendo a mi llamado con un maldito sobresalto, sonó la campanilla de mi Whats. *Skít!*, era Daniela en persona.

> Dónde andas, idiota!?

No tuve más remedio que decirle la verdad: Señor Coyote me había visto salir con los guarros de Arinb, y una cosa era segura: no me habían escoltado para comprar papas adobadas al Oxxo. De un salto pequeño, apenas nada, pasé de un mundo de ideas y palabras rimbombantes, artificiales, a la vulgar realidad de un chat.

> Estoy con Arimb, casual. Él, dormido.
> Yo, aburrida.

> Do babes, wey! Quedarte a dormir con un cliente triplica la tarifa. Cuánto te va a dar?

> Le cobré los 30 que me dijiste, y él solito me ofreció 60 por quedarme.

> Cool! ya tienes amarrado tu sugar daddy. Aunque te me apendejaste, pudiste pedir hasta 90, neta te los daba!

> Ya qué.

Mira, cuando se despierte, le preparas
un café con un chorrito de whisky,
le tallas la espalda en la regadera y le
haces un blow job con los dientes
cepillados.

Sí, ajá!

Claro, idiota. Haz lo que te digo y lo vas
a dejar muy enamorado, y antes de que
se reponga de su bienvenida, le dices:
Esto vale una buena propina, no, papi?

Papi??? Eso está putañerísimo.

Y quería desviar la atención de Daniela con tonterías, así que me hice la princesita Frozzen, Elsa, en específico, asunto que no estaba lejos de la realidad en aquella habitación de aire acondicionado.

Quieres que el Señor Coyote vaya por ti,
o te van a llevar a la casa de las brujas los
marranos de tu señor medieval?

Mierda! Me estás espiando.

Claro, todavía estás muy idiota en este negocio,
así que velo por nuestros intereses. No te lo había
dicho, pero me merezco el 10% de cada una de tus
entradas, es justo, no crees? Después de todo eres
mi creación.

¡¿Qué?! Ahora resultaba que ella era mi madame y el Señor Coyote su padrote. Me tenía arrinconada.

Es más, me tienes que acordar una cita con
Arinb... para hacer un trío. Yo llevo las tachas,

ya sabes, cortesía de la casa.

Pero, Daniela, él es mi sugar daddy,
compartirlo va en contra de las reglas.

Como sea.
Ya es hora de que me compre mi propia
moto, una más perrona que la de mi
sensei, Harley, por supuesto. Ya hablaremos
de eso ora que te vea.

Por supuesto que era inadmisible lo que Danna me pedía, por cuestiones éticas y por la intermediación de un par de colmillos afilados. Entonces, cambió de golpe la conversación, como si fuera cualquier cosa, como quien habla del color de sus Vans.

¿Ya hablaste con Santa?

No.

Está rara.

Cómo sabes? Rara?

La fui a ver hace rato, con eso de que
te largaste de farra. Neta tengo que estar
al pendiente de ti y la abuela!

Gracias, pero nos la podemos arreglar
solas...

No, todavía no.

Mmmm... Pero, por qué dices que la
abuela está rara?

Hoy no quiso fumar Gitanes, puedes creerlo?
No le vaya a dar un shock por síndrome
de abstinencia. Estaba con la cabeza quién
sabe dónde, murmurando, mirándose en
el espejo. Será que ya le pegó la demencia senil.

Cállate, pendeja, no lo digas ni
de chiste.

No es chiste.
Márcale ya!!!!

Sí, patrona.

Sí, wey, tu patrona. Y, a ver a ver... Andas
muy alzadita, eh? Te voy a poner tus
zapes para que te calmes.

Ha ha ha ha!

Mucha risa? Pues orita te voy a dar una
noticia que te va a descolocar bien y bonito:
mal y feo.

¿Mal y feo? ¿Cuántas malditas toneladas de mierda se habían desencadenado en apenas unas horas de ausencia? ¿O no eran sólo horas y mi batalla en Islandia había sido más larga de lo que recordaba? ¡Rayos!, tenía que hablar con la abuela ya, pero Dany me tenía agarrada por los ovarios.

Qué más pasó?

Te acuerdas de Bryan?

Cómo olvidar al chico del condón
retardante?

Hace cuánto que no entras a tu face?

Desde anoche.

Ábrelo. El Bryan te tagueó con una
chingadera.

Qué hizo el muy pendejo?

Velo tú misma. Vas a arder.

Pffff!

Ttyl.

¡Vaya!, ¿cómo era posible que hubiera vivido doce horas sin echarle un ojo a mis redes sociales? Si un hacker vendía la info de mi Face, no iban a sacar nada: yo seguía siendo una chica gótica, chapada a la antigua, no una flechadora de bestias.

Abrí mi cuenta. ¡Rayos! El corazón se me detuvo con un espasmo catatónico: Bryan me había etiquetado en un meme hecho con mi foto de Tinder en la que *casi* enseñaba los calzones, además de publicar un *screenshot* de mi perfil. ¿Por qué, justo ahora, el hijo de su madre estaba vengando su episodio de impotencia? «Ser o no ser. Darketa por fuera y puta por dentro, *ese* es el dilema», decía el meme, confuso y sin gracia. *Fuck!* Daniela me había dicho que cancelara mi cuenta en Tinder, pero con tanto ajetreo no pude hacerlo. Ahora mis contactos en Face se enterarían de que me andaba ofreciendo al mejor postor.

La campanilla del Whats me envió de regreso con Dany y su tortura.

Wey, ya entraste a tu cuenta?

Sí! El meme... Eso qué? El muy mierda me la quiere aplicar. Cómo hago para pararlo?

Bloquéalo, denúncialo para que lo bajen, borra sus tags, elimina sus publicaciones de tu muro.

Pues sí, pero eso no va a evitar que le chismee a todos sus contactos que ando de zorra.

Su círculo de amigos es muy pequeño, ya lo estoqueé, en face tiene apenas 121 amigos y 33 en twitter, y orita me encargo de que sean menos.

Qué onda con este resentido de
mierda?

Tranquis, no puede jodernos de más si
cortamos de tajo orita mismo esta rama
torcida... Pero, ya sabes, siempre se corre
el peligro de que la info se filtre a oídos
inconvenientes: la policía cibernética...
nuestros clientes.

El corazón me dio un respingo al pensar en la sola posibilidad de que el golpe que pudieran darme en mi intrascendente reputación se revirtiera contra Arinb; pero, a ver... ¿Por qué esa estúpida deferencia mía? «¿Estoy enamorada de él?», me pregunté por enésima vez. En condiciones normales de vida, eso era imposible: sólo lo había visto —y servido— dos veces en mi vida, con un par de hinchados portafolios de por medio. ¡No!, mi enamoramiento de noviecita adolescente era ridículo y excesivo.

«A ver, Daphne, tranquila, ¿qué puede pasar?»

El señor Adigaard debía ser muy poderoso, no sólo millonario e impune, como para lograr permanecer aquí en condiciones tan favorables: la policía militar y un puñado de políticos estaban implicados por necesidad en esta historia, igual que ellos estaban embarrados en todo lo que había de podrido en este país. Aun así, era un deber imperativo proteger a mi vampiro personal de un golpe judicial por pederastia y prostitución de menores, proteger a su absurda aristocracia suspendida en un engaño monstruoso, un engaño que ahora era mío también, mío al grado de no estar dispuesta a compartirlo con nadie, pelear por él.

Sabes, Danna?
No estoy dispuesta a compartir a

mi hombre...
Neta?

Neta. Y yo, ahora mismo, voy a
poner a Bryan en su lugar.

Hahahaha! Qué, muy cabroncita?

Más de lo que te imaginas.

Wow! Bravo! Esa es mi chica.
Te estás volviendo mujer, Daph, podrás
soportarlo?

No sé, lo voy a intentar.

Esa frase, al momento de escribirla, sin más me hacía vomitar.

Ok. Te mando orita mismo al Señor Coyote
para que te haga el paro con Bryan.

No, Dany. Yo puedo sola, tengo mis
propios medios para lograrlo. Ese
animal no sabe con quién
se está metiendo.

A ver, niña gótica, no te pongas al pedo
conmigo ni con el mundo: ese saco te
va a quedar grande.

Stop, bitch!

Con dedos temblorosos, escribí «Ttyl» en la pantalla de mi cel para interrumpir a mi odiosa amiga, dudando qué malditas teclas virtuales oprimir. ¡Rayos! Cerré la sesión del Whats, aventé el cel a la cama y vomité una copa de bilis.

A partir de ahora, para mí, no había camino de regreso.

XIII

Aún faltaban dos larguísimas horas para que Herra Sol se ocultara tras el macizo poniente que resguardaba al Hilton de los ocasos de primavera. Sí, pero no podía —o, ¿no quería?— esperar a que Arinb y su hermana despertaran para darles *las buenas noches* y, con su bendición inversa y maldita, salir pitando como una Cenicienta de reloj adelantado. Cubrí mi cuerpo con mi *outfit* diurno: sombrero de playa, enormes gafas de actriz del cine mexicano de los años cincuenta, guantes de *famme fatal*, mallas de plomo y, antes que nada, un parche de gazas cerradas en mi recién sanado Lunar Estrella. Sí, Daniela tenía razón: yo era una piñata de verano, cosa que me importó un rábano vegano cuando, en el *hall*, las niñas burguesas y sus novios mirreyes volteaban a verme apenas con el rabillo del ojo; claro, no lo hacían de frente y con el descaro clasista que los caracteriza —conocí a muchas de estas escuinclas mamonas en el Star— pues dos roperos ¿humanos?, con cara de malos amigos, me venían custodiando. Arinb me había dicho que los gemelos estaban a mi disposición, así que, casual, le tomé la palabra a rajatabla. Radical. *Random*.

Los vidrios polarizados del Mercedes hacían innecesario mi camuflaje. Abochornada, me desvestí lo más que pude frente al calor de aquel mayo salvaje. Sofocante. Afuera, la ciudad era un amontonadero de cubos de cemento, sin más color que el de la tristeza, con brazos inmundos de algodón flotando sobre su espigas. Un grupo trabajadores del Departamento de Limpieza borraba, con brochazos mal puestos, una pinta en un enorme muro en la carretera: «Regresaremos y seremos millones». Una referencia más que obvia a la masacre de la Noche de San Valentín. ¿Qué no habían desaparecido hasta el último de los milicianos de la guerrilla urbana? Los trabajadores de limpieza se cocinaban dentro de sus mascarillas de carbón activado y cascos de construcción. ¡Maldito calor!

—¿Necesita aire acondicionado, señorita? —preguntó el gemelo de la izquierda, quien de ahora en adelante sería Gemelo Uno. Por fin, uno de ellos abría la bocota: su voz era la de dos láminas sacudiéndose una contra otra… y yo que anhelaba fueran mudos, *skít!*

—No —dije con firmeza, disculpando mi ignorancia sobre la opción de la climatización del automóvil, y me relajé como pocas veces lo había hecho antes… Y empecé a quedarme dormida.

Fue entonces que un gusanillo pegajoso empezó a roerme por los adentro, lo sentí subir por mis pantorrillas y muslos encubiertos hasta llegar a mi pubis recién reconstruido sin necesidad de cirugía plástica. No tuve otra opción y di por subirme la blusa y subir la falda: la idiota asexualidad de los mellizos me excitaba a rabiar. Abrí las piernas y comencé a tocarme por encima del panty de las mallas, en la costura que se hundía en la boca de mis labios.

—¡Ey!, ¿qué estás haciendo, estúpida?

Cerré las piernas de golpe, bajé lo más que pude la faldita y me acomodé el bra y la blusa sin lograr recomponerme. Mi rostro, mi cuerpo entero ardía más que el infierno que afuera, en mi ciudad, calcinaban a la gente buena y a la gente mala. «¿Qué carajos estás tratando de demostrar? Peor aún: ¿a quién se lo quieres demostrar: a mí, a los gemelos eunucos? No, claro que no. ¿A Daniela, a la abuela? *Fuck me!*» Una garra de angustia me tomó por el cogote: hacía horas que nada sabía de Santa.

Tenía la opción de llamarle, pero no: necesitaba verla cara a cara, por más estúpido que suene.

«¡Corre, corre, Daphne!»

Ahora debía ponderar lo de verdad apremiante: ver a la abuela para indagar por qué de pronto dejaba de fumar, medirle la presión y la glucosa, darle las mil medicinas que sin duda alguna había olvidado la noche anterior, y poner las cosas en claro de mi propia boca y no por la vía de un meme oligofrénico, no a través de la fría bocina de un celular.

Mi iPhone seguía repiqueteando: era Danna, por supuesto. Lo silencié y ordené a los hombres muralla que cambiaran el rumbo de su Waze en dirección de la Casa de las Brujas. Después me le apersonaría al Bryan en el filo de la medianoche, con él y sus papás acostaditos en la cama, roncando en *modo cerdo*: entraría por la ventana del hijo único y ejercería la venganza de la venganza.

—Espéreme hasta que regrese, no importa la hora que sea, no importa si Arinbjörn les pide que regresen al hotel, ¡tienen que aguantarme aquí! —ordené a *mis* guarros que, ¿dóciles?, afirmaron con un movimiento de cabeza sincronizado, apenas perceptible. ¿Les daría hambre o sueño en algún momento, tendrían que ir al baño a orinar, llamar por teléfono a sus padres? Intenté sentir ternura por ellos, y, al salir, azoté con fuerza la puerta del coche.

El Señor Sol había guardado su lomo último tras el horizonte sucio de la ciudad, así no tuve que protegerme de sus tentáculos de pulpo hirviente.

Subí de prisa. ¿Qué había visto Daniela en Santa? ¿Estaría su cabeza extraviada en alguna parte del universo? Bajo mis pies, de brinco en brinco, los escalones de la escalera principal de la Casa de las Brujas gruñeron con sus astillas antiguas y me planté frente a la puerta de Santajuana. Su habitación estaba cerrada, más cerrada que nunca. Iba a tocar, y, ¿una voz resonó?

—Pasa, te estoy esperando desde hace horas... desde hace años.

¡Mierda!, ¿estaba escuchándome a la abuela por detrás de la puerta con la oreja pegada a la madera? ¿Su invitación a cruzar el umbral había irrumpido desde la nada, dentro de las paredes rugosas de mi cráneo?

Abrí. Allí estaba ella, sentada en su mecedora que ahora parecía más bien un trono antiguo: The Fucking Game Of Thrones. No tenía puestas sus manguerillas de oxígeno en la nariz. No fumaba. No tosía. Malos indicios... Ahora la abuela era un ser poderoso, cercano a lo aterrador. Su salud, lo de menos. Le sonreí con una mueca, lista para iniciar mi confesión; ella siguió impertérrita. La masacre moral estaba a punto de dar inicio. ¿Debía detener esa sangría, corriendo hasta ella, desfallecer en uno de sus abrazos que me daba cuando yo era niña, llorar en su seno de madre antigua? No, en sentido contrario, sacando valor de mis vacíos, sequé de un manotazo una lágrima escurridiza. Y hablé:

—Lo sabes todo, ¿verdad, Santa?

—Más de lo que te imaginas.

—Abuela…, me prostituyo.

—Sí, y tu amante es inmensamente rico, rico y peligroso: inmortal. —Guardó silencio, apretó las manos en los brazos de su inquieta silla y contraatacó—: Y tú, Daphne de los Mataderos, ¿lo sabes todo?

Su pregunta era un dardo afilado que me hería en el centro de la orfandad, que daba de lleno en el eje de mi única certidumbre: la de la más absoluta ignorancia sobre mi vida, sobre mi destino pisoteado.

—No, abuela, no sé nada, no entiendo nada.

Me eché a llorar, fuerte y entrecortado, sin encontrar consuelo en la hiel de mis lágrimas.

Santajuana se puso de pie y me llamó para abrazarme, para retirar el parche de mi Lunar Estrella y acariciarlo apenas, con delicadeza. Pero aquel consuelo fue un parpadeo: el holocausto de la verdad y sus perros de Tíndalos estaban sueltos, listos —a rabiar— para hincarme los dientes allí donde Arinb aún no me desvirgaba. Con rudeza innecesaria, Santa me soltó y giró hacia su gabinete cerrado a perpetuidad. Del fondo de su pecho, tomó su llave de plata que, vuelta un columpio misterioso, colgaba de cada una de las arrugas de su cuello, allí, desde el principio de los tiempos.

Abrió el secreter.

Y, antes de que lo hiciera, yo sabía lo había allí dentro: un puñado de libros malditos, la biblioteca prohibida de mi abuela. Y no sólo eso, había gruesas velas consumidas hasta la mitad, de colores viejos y podridos. Relicarios, botellas de formol con fetos de ratas y cadáveres de aves, imágenes de santos impíos, una caja plateada: una urna y una calavera… ¿de verdad? *Random*, sacó dos mamotretos de pastas gruesas, pestilentes a vómito de polilla y comején. Con la violencia de su brazo huesudo, despejó la mesa del tocador coronado con ese enorme espejo oxidado que sólo regresaba una mueca de tu rostro cuando te mirabas en su alumbre, y colocó allí, encaramados, los *dos libros*.

—Aquí —me indicó—, ponte a mi lado. —Y así lo hice—. Hay secretos, reliquias, cosas mías que jamás habías visto, de las que nada sabías: es hora de que las hagas tuyas.

Y abrió el primer libro, allí donde un separador de cuero ponía su acento. Miré…

Fucking skít!

Lancé un grito negro astillado que brotó desde un pozo lejano que me habitaba desde lo más profundo y mil veces maldito de mi ser. Yo quería desaparecer, escapar de allí como un caballo desbocado y dar de frente con un muro de cemento en el cual estrellarme; sin embargo, mis ojos estaban encadenados a una ilustración plantada en la hoja carcomida de aquel libro antiquísimo: una joven, con el cabello en llamas, rodeada de brujas enclenques y desnudas, bebía un chorro de sangre oscura que brotaba del pecho herido de un demonio de alas membranosas: un maldito señor vampiro. Ese texto podrido era una copia exacta del libro con el que Brünhild me había restregado el alma la noche de mi iniciación. La sangre me comenzó a hervir de rabia, de rabia y estúpida frustración. Sin medir mi ira, tomé por los hombros a mi abuela.

—¡Santa, tú sabías que esto iba a pasar! ¡Tú lo sabías!

La abuela me prensó las manos con fuerza inusitada y, con el rostro enrojecido, me hizo la revelación más radical y monstruosa de mi existencia, de nuestra vida.

—Lo sé desde antes de que nacieras.

Me zafé de ella de un tirón y me arrojé al piso de madera para tomarlo a puñetazos: quería que estallara en astillas, que reventaran el parquet, mis huesos, la puta vida, que estallaran el rostro de mi abuela y el mundo entero.

—¡Tú sabías que mamá me dejaría en la orfandad! —le gritaba a Santa, fuera de mí—. Que yo era una bruja desde que estaba en su vientre. Sabías que orillaría al suicidio a Camila y a Leo, que Daniela me iba a prostituir.

—Sí, Daphne.

Me eché a llorar con una desesperación desconocida, asfixiante.

—Abuela, tú sabías que yo era la bastarda de los cabellos en llamas, la gallina degollada, la virgen de medianoche.

—Sí, y que un señor del norte, el redivivo de la tierra del hielo y el fuego, bebería una vez más de tu sangre para sobrevivir.

—¿Una vez más, abuela? ¿De qué hablas? —Por toda repuesta, guardó silencio—. ¡No! Tú me dejaste ir así, sola, indefensa, como un puto perro, como una perra puta. Arinb, el demonio del libro, me pudo haber matado, ¡él es un vampiro!

—Era un riesgo que teníamos que correr —me contestó y bajó la mirada.

—¿Que *teníamos* que correr? ¿Y cuál era tu riesgo, abuela, dímelo?

—Perderte.

—Estás loca. ¿Por qué no me preparaste para sobrevivir a algo así, por qué no me advertiste?

—Lo hacía, lo hacía hasta donde me era permitido. —Caminó hacia mí con paso cerrado, y habló—: Daphne, tú lo sabes bien.

—¿Qué cosa?

—La voz.

—¡Mierda! —estallé ante la revelación que me caía encima, *la confirmación*—. Es tu voz la que resuena en mi cabeza cada vez que algo horrible va a pasar.

—Sí, y tú ya lo sabías, ¿no es cierto? —Y me gritó—: ¡Siempre lo has sabido!, pero te convenía hacerte la inocente para eludir tu responsabilidad.

Me hice un ovillo en el piso, como el feto indeseado que viviera nueve meses en el vientre de mi madre. Me abracé a mis piernas. Sí, yo, Daphne de los Mataderos, era la mujer más sola del mundo, abandonada por su madre, por su padre, abandonada por su abuela, amenazada por su única y brutal amiga. ¿Daniela también sabía de esto? ¿O era como yo: una pieza de ajedrez, un peón que toma el jugador y lo sacrifica para avanzar en el tablero? No, eso era imposible, ella era mi adversaria, tenía que serlo.

Santa me sacó de mi sorda reflexión:

—Yo sabía que esto iba a pasar en un punto de no retorno, a la mitad del camino de nuestra vida. Daniela fue la anunciación y todo a corrido a una velocidad incontrolable. A partir de ahora nada está escrito: la nueva historia depende de ti.

—No mientas, vieja bruja —masculló dentro de mí—, ¿qué sigue, dime qué sigue?

Y, como era su maldita y mustia costumbre, mi abuela dio un giro de ciento ochenta grados, y pasó de su punto neutro a un ataque de exigencia rabiosa:

—¡Cállate, Daphne! —Me quedé estupefacta—. No es momento de lamentaciones, tienes una tarea que cumplir y, tirada en el suelo, gimiendo como cerdo, no vas a llegar al final del viaje. Falta mucho, mucho por llegar al final del ciclo, y entre más cerca veas la luz… estarás cada vez más lejos. Es hora de que tomes las riendas de tu vida, o, ¿no es lo que siempre has querido? Yo no puedo ayudarte más que susurrando dentro de tu cabeza, tendiéndote la mano en la oscuridad. Busca, busca dentro de ti, encuentra a las otras Daphnes que te habitan, ellas son tus aliadas.

—Santa —alcancé a preguntarle—, ¿quién eres?

—Soy tu abuela, Santajuana de los Mataderos, la penúltima heredera de Guadalupe Ixcateopan de Villa de Alva, soy tu principio y tu fin. Tengo enfisema pulmonar y me encanta ver películas demodé contigo. Soy la más antigua de las brujas de esta tierra y yo, Santajuana de los Mataderos, te recogí cuando tu madre, mi hija, no soportó la verdad… y escapó del modo más contundente y radical.

Intenté incorporarme, pero sólo pude ponerme de rodillas, sedente.

—La verdad —confirmé.

—Que eres sólo un vehículo del destino, de lo que no se puede modificar; que tu falta de voluntad y tu miedo a vivir eran necesarios para traerte hasta acá, al comienzo.

—Te odio, abuela —alcancé a murmurar más para mí que para ella.

—Eso es irrelevante —me respondió con una dureza que dejaba entrever un aire de tristeza.

—Ocultar la verdad es la forma más podrida de la mentira —reafirme, tratando de calmarme, respirando profundo.

—La nuestra es sólo una verdad suspendida en el tiempo. Éstos son el día y la hora de la revelación, de la primer teofanía… Y viene lo peor —me dijo, sin mover los labios, esos labios agrietados y ahora frescos, sonrosados, haciendo resonar su voz más allá del caracol de mis oídos. Santa estaba fuerte y lúcida, como nunca en mis dieciséis de vida la había visto.

«¿Acaso, en un descuido, bebiste de mi sangre, igual que lo hiciera Arinb la noche de Walpurgis?»

—No, niña, mi fuerza viene de otros territorios.

—Abuela, es injusto: yo no escogí venir a este mundo a tragar mierda.

—No, Daphne, tú, *tú* escogiste venir a este mundo.

Se agachó hasta quedar a la altura de mis ojos, ayudó a levantarme y me llevó de nuevo a la mesita del tocador. No, aún no terminaba el inicio del viaje al centro del miedo, y puso el segundo libro frente a mí. Me propuse arrojar el mamotreto al piso, desmembrarlo a patadas, pero mi energía estaba debajo del nivel del suelo, lo cual era un alivio, pues mis lágrimas y gemidos cesaron.

Las tapas de este libro eran dos tablas delgadas, antiguas y pulidas, cubiertas de hoja de oro raído, sin adornos ni señas que dijeran nada sobre su origen y contenido, sólo un título desconcertante: *Códex Mictlán Inferno*. No tenía lomo, por lo que por sus cuatro lados se asomaban gruesas hojas dispuestas en un acordeón rugoso y disparejo. Este precioso objeto no era medieval como el otro, aunque sí igual de antiguo, o más. Las tapas tampoco eran parte del original: alguien sobrio y exquisito lo había intervenido para protegerlo de las mandíbulas del tiempo.

—Es un códice prehispánico salvado de la hoguera por manos de la abuela más antigua —acotó Santajuana con respeto.

—¡Vaya!, lo rescató Guadalupe de Ixcateopan —me dije, viéndome al espejo del tocador. El rostro que vi allí me sorprendió: mis lágrimas y el gesto de odio aterrorizado habían sido sustituidos por una máscara de dureza confiada... Era yo, vestida con mis ropajes de arquera islandesa y mi cabello en llamas, arco en mano, con la cinta de un carcaj lleno de flechas terciado en mi pecho. Yo sabía que, frente al espejo, en el lado opuesto de la sucia realidad, el de mi vida, una niña desvalida, con el rímel corrido y la tez de un pálido de muerte, se caía a pedazos. Puse mis manos encima del libro.

—Ábrelo..., hija.

El tono imperioso y gélido de la Abuela Mala, había sido sustituido por aquel amoroso y suave de mi querida Santajuana, la Abuela Buena de siempre.

«Ábrelo», me dijo, pero estaba de más comprobar lo que había en uno de los legajos del *Mictlán Inferno*... Lo sabía: era la continuación del tatuaje que el señor Coyote llevaba en la parte posterior de su cabeza, la escena que nunca había visto en la frente del aliado de Daniela. Sí, allí la historia del combate ritual entre los dos señores de la noche terminaba con el Jaguar divino reventando el tórax del Dios Murciélago, devorando el corazón de éste entre chorros de sangre trenzados como flores y costillas peladas. Vencedor, el *ocelotl* era iluminado a su izquierda celestial por una *cihuateteo* roja, una de las cien mil consortes de Tonatihu, la descarnada muerta en parto con el cabello en llamas: mi madre.

—Sí, Daphne —habló mi abuela, esta vez haciendo sonar sus labios y garganta—. Mi hija, la penúltima esposa del Señor Sol. Murió al darte a luz.

—¡Pffff!

—Mi hija odiaba su circunstancia, te odiaba por el daño que le ibas a hacer; como tú, me odiaba por haberla traído al mundo condenada a morir a la *mitad del camino de su vida.*

Mi madre.

Abrí el *Códex Inferno* en el justo lugar donde estaba la hoja de papel amate con los ideogramas de la historia del Señor Murciélago trazada con tintas de cochinilla y pirita. Un miedo de obsidianas rotas me cuarteó la piel: comprobar lo que presentía era insoportable. Cómo deseaba dejarme caer de nuevo al piso para revolcarme en mi llanto, dormir para siempre, morir; pero sentir cómo la mano derecha de Santajuana se posaba en mi hombro, me devolvió la entereza de la mujer que me miraba desde el espejo, allí, delante de mí: la *cihuateteo* roja, descarnada, sus cabellos llamorosos, las cuencas de sus ojos vacías.

Brincar del pasado al presente.

Decir: «Aquí estoy, soy ella, eres ella, tú y yo la misma».

¡Ahhhh, la alta lumbre de su testa asciende hacia el cielo!

La boca negrísima del universo: *cipactli* lagarto cercenada en trozos sobrepuestos de cielo, tierra e infierno.

Sí, yo soy esa mujer desollada, muerta en parto. Y soy la madre de mi madre, la madre de mi abuela, la madre de mí misma y de mis hijas extraviadas.

El aire vibra en una escandalera de tambores, en la intersección de los caminos, de los aullidos y gritos: «¡Ahí vienen, ahí vienen!». Son cientos, miles, millones. A mi derecha, con sus dientes pelados y sus vísceras colgando a modo de pendones de guerra, la *cihuateteo* negra llora aterrada; sí, ella, la que colma de terror a los hombres extraviados en los días vacíos y les arrebata el alma para dejarlos vagando por los caminos como cáscaras vacías, ella, gime voz en cuello por tantísimo terror: «¡Ahí vienen, ahí vienen!».

A mi izquierda, la *cihuateteo* amarilla, la que se cubre de pies a cabeza con la piel de un guerrero arrancada como la cáscara de una fruta viva, la consorte de Xipe Totec, la que renace en los pellejos cíclicos de la tierra y brota del Mictlán en primavera, ella, llora estridente, apuntando con las manos garras de águila exultantes hacia la noche con sus cuatrocientas estrellas, las estrellas cenzontle congeladas y agónicas, ¿por qué no se mueven, por qué cintilan de miedo? Es el final del tiempo del Quinto Sol, del Nahui Ollin, *temblor de tierra*, el cataclismo del mundo conocido. El techo de la noche se ha detenido y Tonatihu, el Señor Sol, quedará atrapado en el inframundo hasta volverse un amasijo de pus y huesos en charco. ¡El universo necesita del corazón palpitante de un guerrero, un baño de sangre que brote en la garganta de Tonatihu, sangre que nosotras, las *cihuateteo*, debemos llevar en nuestro seno para amamantar al Señor Sol y poner de nuevo en movimiento el cielo y la tierra! Y el cielo y el infierno y la tierra temblarán para destruir el universo todo: Ollin Quinto Sol agonizante.

La gran fogata de mi cabello púrpura ilumina esta parte del mundo, este cerco, esta plazuela a los pies de un enorme *cu*, pirámide de Huitzilopochtli Tlaloc en la cresta. Una neblina de sangre polvo que levita y danza a nuestros pies se dispersa al calor de mi cabello que arde cada vez más, pues soy yo la consorte de Tonatihu, soy la que acompaña a mi señor en su viaje por el cielo, la que lo aguarda sobre la tierra y devora las almas *tonalli* de los hombres extraviados.

«¡Ahí vienen, ahí vienen!»

El tropel monstruoso nos rodea, vienen de abajo, vienen de arriba, del norte, del sur, del este y del oeste. Y la tierra tiembla en caos: «¡Ahí vienen, ahí vienen!».

En el centro de la plaza, a los pies del templo *cu*, en la gran piedra cilíndrica de los sacrificios, dos gladiadores se baten en pelea a muerte. De piel jaspeada y garras en navaja, cubierto el rostro con su máscara felina, el caballero jaguar blande su mazo ensartado por cuchillas de pedernal, su *macuahuitl*, y lanza tajos al prisionero que gira, brinca y se arrastra, atado de pies a un poste. Él sólo tiene una vara en las manos para defenderse; es hábil y esquiva las estocadas del contendiente y lo golpea en el lomo y las piernas, haciéndolo sangrar. El cautivo viste un gran tocado con la cabeza de un dios murciélago de médanos azules y negros, y de sus brazos penden alas membranosas. El murciélago y el ocelote se baten en pelea para ofrecer un corazón y un río salvaje de sangre que alimente a los cuatrocientos cenzontles celestes, a la luna y al sol que agoniza bajo la tierra, sobre la superficie circular del mundo. Y, así pues, mi Lunar Estrella punza y arde: en él está trazado el mapa del universo en el fin de sí mismo, en su propio principio, y mi Lunar Estrella de Sangre es el testigo del gran cataclismo, y quien logre descifrar su mensaje quedará petrificado, muerto en vida, vuelto serpiente Quetzalcóatl devorando su propia cola. Y la neblina de sangre inútil de tan muerta sigue descendiendo como la marea de su propia devastación.

La tierra se agita en un sismo radical de choque de montañas, de lluvia de ónix prieto.

El Señor Murciélago traza en arco su cuerpo hacia atrás, burlando el tiro de medio círculo que el jaguar lanza contra su hígado y, al caer, firme en sus bien plantados pies, se inclina para dar toda su fuerza en un golpe recto, de punta, contra la garganta del caballero Ocelotl, quien barbota un grueso escupitajo de sangre y cartílagos. Sangre, sí, pero no la suficiente, no la necesaria para hacer girar el cosmos en el centro equívoco de la Madre Tierra.

Cae de costado el jaguar y se revuelca en el piso, al igual que el murciélago va de rodillas al suelo, agotado y agónico: es tan hermoso. En respuesta, mi cabellera estalla en una hoguera mayor que la noche entera hasta que la neblina roja por fin se extingue vaporizada, hirviente, y revela a los miles de cadáveres yacientes a los pies de la pirámide: están de cabezas arrancadas, de cuerpos resecos, delgadísimos, de cueros endurecidos, pegados a los huesos. Sus humores y *tonalli* han sido arrancados por una fuerza ajena a este mundo, por un poder ciego y cruel. La Tierra vibra, se agita enloquecida, es la muerte de la Era del Quinto Sol.

«¡Ahí vienen, ahí vienen!»

¡Han llegado!

De golpe, un golpe que nos deja atónitos al cielo de los cuatrocientos cenzontles y a la *cihuateteo* amarilla y a la *cihuateteo* negra, aullando como perros apaleados, cientos de nahuales y *tztizimime* de huesos negros irrumpen en torno al sembradío de cadáveres en escandalera sin fin: son perros sarnosos, altos como un árbol, pulgas oscuras del tamaño de un bebé desmembrado, lagartos *cipatctli* con dos piernas musculosas, zopilotes hambrientos con manos de hombre, serpientes *ciuhacóatl* negras y largas como lomo de río, iguanas y mosquitos mitad *axolote* mitad miedo. Venados de crestas tronchadas en carne viva, conejos de colmillos afilados que les brotan vueltos lanzas de los hocicos. Y todos golpean el piso, y el Nahui Ollin, la agitación de la tierra, se vuelve un terremoto. Tlazoltéotl, la devoradora de cadáveres e inmundicia, abre sus mandíbulas en medio de pozos abisales, comienza a mascar los cadáveres mutilados y, de inmediato, los escupe: están resecos, son peores que la propia basura que ella acostumbra a engullir. Las criaturas *nahualli* golpean aún más el suelo y mi gran *cu* se desmorona, y las bestias aúllan, vociferan, sisean, graznan, gruñen, rugen, y sus gritos se vuelven lamentos humanos, y ya mutan de piel y estatura, y ahora azotan las plantas de los pies y se trozan sus cartílagos y se desmoronan sus cervicales entre crujidos, y sus tripas vuelan, para volverse hombres y mujeres terribles que gritan: «Levántate, señor Ocelotl, abate al siervo Murciélago, danos su sangre para que todo sea un vertedero de ríos colorados, ríos que harten a las estrellas y a la luna y la noche muertas».

Mis hermanas *cihuateteo* apuntan, como yo, sus garras a la piedra cilíndrica de los gladiadores. El cielo se quiebra y, de una fisura, baja en vuelo un coyote emplumado que va y lame al guerrero de las garras de lince, y, de un salto, el caballero jaguar es ahora un gato enorme que abre el hocico herido y se eriza de su piel jaspeada, ruge pavoroso y salta sobre el Señor Murciélago, tomándolo por sorpresa. El golpe de colmillos cae en la garganta de aquél y le desprende la tráquea como una caña trozada y hueca, y de allí brota al fin el torrente de sangre que todos esperamos: un ahuehuete enrojecido que baña los cuerpos mutilados, *un alto chopo que baña a los miles de nahualli y tzitzimime* descarnados que ya se retuercen en el brillo del plasma y se arrebatan vida a zarpazos y tarascadas.

La sangre borbota vuelta una corona de plumas bermellón hasta el Tlalocan, hasta el punto más alto de la pirámide del cosmos, en el cenit de Ometeotl y su consorte, los señores del fuego, y ardo y aúllo y le grito desde aquí a Tonatihu y su cabellera de oro, «¡Señor Sol!», y salto con mis hermanas al botín de sangre que vierte el cuello roto del guerrero derrotado, ese que convulsiona porque el ocelote le ha abierto el torso, troceando sus costillas cual pasto seco, y arranca de un nuevo zarpazo el corazón que aún palpita y arroja fuentes malva.

¡Ah, qué ardiente mi greñero, qué enorme cerro de sangre!, y caemos las hermanas *cihuateteo* en torno al jaguar y al murciélago: debemos abrevar de su río de vida para bajar, hinchadas como pulgas de piedra, al Mictlán, allí donde nos espera, agónico, mi señor Tonatihu, y amamantarlo con la leche-sangre de nuestros pechos fundacionales.

«¡Ah, qué ardiente tu sangre hermosa, señor de las alas membranosas, qué espesa y dulce!» Y el lago coagular desciende al pantano de cadáveres que ya se hinchan e hinchan como esponjas marinas, que engordan para ser devoradas por las manadas *nahualli*, quienes dejan de azotar los suelos pues su tarea ahora es otra, y Tlazoltéotl vuelve a abrirse de hocicos abismales entre las grietas del gran terremoto Nahui Ollin. Y así, *todos* caen al vacío para alimentar a mi Señor Sol: los venados, los lagartos se desploman, los perros *ahuizotl* y los *axolotes* gigantes se derrumban, serpientes y patos con cuerpo de pez y peces con cuerpo de hormiga y hormigas con rostros humanos. Se van de bruces, ¡se van de bruces!, y el cielo comienza a moverse mustio, indeciso, temeroso: aún falta la sangre que las madres descarnadas hemos de ofrendar, y el Señor Coyote Emplumado lanza un largo agudo aullido hacia el arriba y hacia el abajo y sacude furioso su plumaje en plena caída. El jaguar tiene preso en sus colmillos el corazón del prisionero enemigo y gira para ver cómo mis hermanas muertas en parto se abisman hacia el Mictlán. El coyote emplumado vuelve a ladrar: esperan por mí.

Miro el cadáver del Señor Murciélago y retiro su máscara de jade azul, azul como su piel pigmentada y sus prendas reales. Y yo grito de miedo y placer por la revelación: su piel no es azul, es blanca… y sus cabellos son de oro, con su larga barba iridiscente, trenzada y culminada en un dije de plata y lapislázuli. Es él: el señor de la sabiduría en su advocación de criatura de la noche. Es él: el dios blanco y amarillo que vino por detrás del mar en una barca mayor que todas las embarcaciones que circulan por las acequias de la Gran Tenochtitlan. Es el Señor Quetzalcóatl y está muerto. El cielo, entonces, se apaga de sus estrellas y Tlazoltéotl reclama la última ofrenda del guerrero barbado, su corazón que aún bombea vida en las fauces del ocelote que espera.

En un golpe inesperado que yo misma no he planeado, que me sorprende hasta la médula de todos los miedos del mundo, con mi mano garra parto en dos el hocico del jaguar nahual, y le arrebato el corazón de mi nuevo Señor Quetzalcóatl, señor serpiente emplumada, señor de la paz. Tomo por la fuerza el corazón aún con los dientes del ocelote encajados, su medio hocico, y, asiéndolo del greñero seco de sangre, salto hacia la cúspide de la noche: soy de aire, soy de huesos de viento y carnes de sombra. El Señor Coyote y el jaguar mutilado vienen tras de mí para destazarme y recuperar el corazón que les he robado, pero una lengua de lodo los alcanza para, de un bocado, atraerlos a las fauces de Tlazltéotl que los reclama hambrienta.

¡Ah, qué luz tan negra, qué oscuridad cegadora!

El universo al fin recobra su movimiento, y mi Señor Sol columbra en el oriente.

Perforando el suelo con mi caída, toco en golpe violento la piel de la Tierra Tonantzin. Yace junto a mí, Quetzalcóatl Murciélago. Su piel ahora es más blanca que antes: falta en sus venas el fluido de la vida. Él es hermoso aun ante el horror de la muerte.

«¿Dónde está tu alma *tonalli*, Señor Serpiente Emplumada?», le clamo y su dije de azul y plata brilla hasta deslumbrarme. Con la uña índice de mi garra izquierda, la que libera, tajo mi seno derecho, el que recibe, para hacerlo sangrar, y dejo caer al suelo mi pezón como un tepalcate inservible. Estoy con mi Señor Quetzalcóatl, de hinojos. En el horizonte, Tonatihu espera por el levante de la serpiente emplumada en su advocación-máscara Señor de la Noche, la ocelote como Señora de la Noche y, devorada, junto con su coyote emplumado, por Mictlantecuhtli. Jaguar nocturno, murciélago nocturno, *cihuateteo* roja. Mi seno sangra profusamente y lo introduzco en la boca muerta del dios de cabellos dorados, al igual que inserto en su pecho el corazón libre del hocico roto y sus colmillos. «¡Bebe de mi sangre, señor, que soy tu madre muerta en parto! ¡Bebe y arrebátame la vida, que soy ya un cadáver!» Y de huesos pelados, de vísceras colgantes, amamanto a mi nuevo *tecuhtli*, «¡Bebe, bebe!», y se incorpora Quetzalcóatl, redivivo, y brama de pavor, de tantísimo sufrimiento. No sabe quién es, no sabe que acaba de resucitar. Sólo intuye que yo soy su madre, y su dije de plata y lapislázuli estalla en un bolo de luz, y el Señor Sol Tonatihu asoma su lomo por los cerros del oriente.

Amanece al fin.

En el piso queda un carrizo de piel reseca, vacía, sin sangre ni corazón, bajo el espejo negro Tezcatlipoca que se alza frente a la serpiente emplumada. Cambio de piel. Un cuerpo vacío. Entonces me abro de pecho, apartando mis costillas descarnadas, arranco mi corazón corrupto y grito: «¡Ah, qué dolor más profundo, cuan increíble y milagroso sufrimiento!». Coloco con cuidado mi corazón en el pecho del guerrero rabia, lo oprimo y cierro sus costillas que rechinan y se trozan. Tomo mi seno derecho, el de la vida, y amamanto con leche y calostros al nuevo hombre, al nuevo dios que me aprisiona con sus manos de pedernal, me revienta hasta hacerme un glóbulo sangriento y beberme toda, a mí. Y muero una vez más. Levanto, así, mi última mirada al espejo Tezcatlipoca y me contemplo en su reflejo.

La mujer al otro lado del espejo que humea, la que mira, la testigo, es una niña prostituta, una infanta de cabellos de lumbre extinguida, con un mapa de las estrellas en su *rostro constelación*. Es ella quién nos miraba morir en la batalla.

Marejada de colores verdes, rojos y amarillos. Negro sobre negro. Un grito. Otro grito. Un aullido vociferante. Explosión de cristales.

¡Bang, crash!

¡Bang, crash!

Brincar del presente al pasado.

Espejo roto en estallido eléctrico.

—¡Abuela, ¿dónde estás?! ¡Abuela!

Nadie contestará. ¡Ah, el miedo, el miedo al vacío, el más grande y profundo miedo de mi existencia! Una nube de astillas espejo caía sobre mí, y era tan fino ese aliento vítreo que me hería la piel, y su fuerza astringente me erosionaba el cuello y las manos, mi *cartografía Lunar Estrella*. Y mis manos no eran mis manos, cubiertas de masas viscosas que se entreveraban en mis dedos. ¡Y el olor!, el olor de *aquello*, perfume agrio, de metal. En las cuencas de mis oídos, o más aún, detrás de los murmullos que olfateaban mis oídos, resonaban lejos, muy lejos, aullidos, golpes y tableteo de ametralladoras, igual a los que resonaban por las noches al fondo de nuestra ciudad sitiada, luego del maldito golpe militar en la masacre de la Noche de San Valentín.

Los lamentos eran intensos y agudos como los de mi visión, pero el ulular de las patrullas y el golpeteo de los helicópteros venían en río revuelto, mientras alguien murmuraba mi nombre muy dentro del caracol de mi oído izquierdo, el de la muerte:

—¡Abuela! —aullé… y abrí los ojos. Ella no me contestaría.

Una luz blanca caía sobre mí con dureza de cascada, para luego extinguirse, tenue, vuelta un vapor danzante, por el espacio negro que me rodeaba. El piso era negro también, terso, de pirita, sin cortes, vacío, imposible.

Retiré las manos de mi cara: temblaban en una anticipación del horror. El horror. A mi izquierda yacía un cadáver bocarriba, con medio rostro escarbado en un hueco sonrosado y el torso molido en esquirlas. Sus costillas abiertas de un tirón parecían manos de dedos rígidos. *Rigor mortis.* Todo él era una estampa del dolor final. Bajo sus carnes centelleaba un charco de plasma roja casi morada.

Yo estaba de rodillas, con mi traje de princesa islandesa raído: la falda de terciopelo era un manojo de hilachos empapados en rojos coagulares y costras secas, sanguaza, un batidillo de pastas bituminosas, blancas, verdes y pardas. Frente a mí, entre mis manos caídas, contracturadas, una víscera obesa descansaba, inerte, con una incisión hecha por dientes en un costado. ¿Quién había mordido ese corazón crudo y correoso?

Agotada, sin fuerzas para siquiera gemir, respirar o vivir, me llevé un dedo a la boca y saqué un trozo de carne a medio masticar.

Yo había dado esa tarascada a corazón de Bryan… porque era Bryan ese cadáver a mi izquierda. Podía distinguir sus ojos azorados por encima del boquete que había sido antes su boca linda y carnosa. Me derrumbé a la derecha: quería irme a negros o, mejor, morir una vez más. Pero no iba a ser tan fácil, no me lo permitiría la criatura que estaba de pie junto a mí, una diosa con la piel cubierta de manchas de jaguar, con las poderosas piernas tatuadas con un ocelote, Mictlantecuhtli y un viejo señor vampiro.

Sí, Daniela.

A sus pies, respirando con docilidad de bestia, descansaba un hermoso coyote emplumado, blanco y enorme. Los senos de Dany parecían dos mandarinas hermosas y firmes. «Qué hermosa eres», pensé. Su monte de Venus se adivinaba terso, más desnudo aun que su demás cuerpo. Las uñas de sus manos y pies eran negras, largas y durísimas.

—Lo sabía, Daphne —me dijo sin sorpresa ni sobresalto—, lo sabía… que eras tú. *Tú.*

Y yo le contesté en pensamientos:

—*Todos* lo sabían, Daniela; todos menos yo: tú, la abuela, Arinbjörn.

—Sí, amiga querida: cada cual hizo sus propias jugadas en un tablero de ajedrez a seis caras. Lo que yo no sabía, lo que ninguno sabíamos con certeza, es que tú despertarías al mundo justo hoy.

—Y tú te has dedicado a empujarme y empujarme hasta llegar aquí. ¡Eres una perra hija de puta!

—Arinbjörn vino hasta estas tierras a buscándote —dijo Danna Jaguar, sin mover sus labios, sin hacer vibrar su garganta—, y yo le abrí la puerta para que te encontrara.

—Me usaste.

—Por supuesto, cada uno de nosotros tenía su propio objetivo.

—Arinb necesitaba mi sangre —me aclaré a mí misma—: sangre de virgen para sobrevivir, el muy cabrón.

—Y no sólo eso: él te ama, te ama desde antes de que nacieras, porque en otra carne habías vivido.

El Señor Coyote bostezó para cerrar su hocico en un chillido pequeño e indolente.

—Sí, lo sé; yo también lo amo, lo amo desde antes de que yo misma naciera, cuando mi piel era la piel de mi madre *cihuateteo*, cuando mi piel era la de Santajuana de los Mataderos, la piel de nuestra antigua primera madre, Guadalupe de Ixcateopan. —Dany asintió—. Y tú, ¿qué mierda buscas?

—Adivina, niña antigua —me retó Daniela Ocelotl.

—Vienes por el corazón de Arinb.

—Y por su sangre, que es también tu sangre y la sangre de todos. El universo, tal y como lo conocemos, está a punto de colapsar. Tu Señor Sol está en el reino de los muertos y no saldrá de allí hasta que lo alimentemos con el alma *tonalli* del vampiro… ¡ah!, y también vengo por tu corazón y tu sangre de virgen perpetua.

—Una vez te arrebaté del hocico el corazón de Arinb, ¿por qué no habría de hacerlo otra vez?

—Sí, ¿por qué no? —concluyó con calma, sin ironía.

Una certeza de plomo cayó sobre mí. En otro momento, saber esto me habría enloquecido; en cambio, ahora, me resultaba ordinario, vulgar. Así, pues, me volví a contemplar el cadáver a mi izquierda y hurgué en lo que quedaba de su rostro, su cabello, sus lindas orejitas de oidor de *dead metal*: el cuerpo despatarrado de Bryan, el muy estúpido, el pobrecito Bryan.

—Sí, Daph, es él. ¿Querías detenerlo, vengarte de él?, pues ya está. Como cuando mataste a Camila y Leo en la primaria. Así debía ser, y hoy has bebido de la sangre de Bryan y comido de su corazón.

—Su sangre era la medicina a la que se refería Brünhild, la hermana de Arinbjörn.

—Cierto… su hermana *random* incestuosa —respondió Danfelino con parquedad, mientras acariciaba el lomo de su coyote.

—¿Y el papel de mi abuela en este juego idiota del tablero y sus piezas sin voluntad? —pregunté, fuera de lugar, tratando de escudriñar en la oscuridad que se abría detrás de mis captores, en esa inmensa sala.

—¿No lo ves? Es diáfano como la oscuridad que está detrás de mí.

¡Vaya!, una broma telepática, reí con debilidad y retomé la rabia.

—No, ¡no lo veo! —respondí en un grito estridente, moviendo al fin los labios. El Señor Coyote se alertó, dilatando sus pupilas y poniéndose de pie, sin apartar sus belfos de mi olor, con sus plumas erizadas. Con mi alarido, el salón sin fin vibró en su oscuridad y el chorro de luz que caía sobre mí se volvió rojo y pesado.

—Es sencillo, Daph, amiga mía. Dilo, tú sabes qué es lo que quiere Santajuana de los Mataderos.

Sí, la respuesta era clara, «diáfana como la oscuridad».

—Me quiere proteger... a mí, a Daphne: la virgen puta, la de la cabellera en llamas, la flechadora islandesa, la concubina de Apolo, el que caza, la *cihuateteo* roja muerta en el parto de sí misma, consorte de Tonatihu piedra solar. Sí, bla, bla, bla, pero al final, la abuela me puso en riesgo.

—Ella tenía que traerte hasta aquí así: inocente y débil. —Dany se lamía un brazo gatuno—. La única posibilidad de salvarte era empujándote al borde del abismo. Sólo así podrías jugar el juego de tu propio destino: ahora somos cuatro los contendientes, como en una partida de dominó; tú y Santa son pareja y ella llevaba la mano... *la llevaba*. Arinbjörn y yo somos sus contendientes, aunque él y yo seamos enemigos mortales... siempre lo hemos sido, desde hace cientos de años. Tu abuela y yo hicimos una alianza temporal. Ahora yo la he traicionado: así tenía que ser y ella tomó el riesgo... y perdió.

—No, yo fui la que perdió.

—También perdiste tú, Daphne.

—Montaste toda una larga representación teatral para traerme hasta aquí —afirmé—. ¿No ha sido demasiado compleja y estúpida?

—Sí —me reviró mi amiga nahual—, y fue muy divertido: volverme una puta *millennial* me ha fascinado, y lo seguiré siendo hasta que el mundo sea otro y una guerra fantástica consuma tu ciudad, ya pronto, hasta que Arinb y su hermana se arrodillen frente a mí, los degüelle y me den su corazón como alimento.

—¿Por qué no fuiste por él la noche de Walpurgis, cuando era un espantajo fácil de vencer?

—¿A qué estás jugando, Daphne? Tú sabes todas las respuestas. Dímelo tú.

—Necesitas un corazón vigoroso, no el de un anciano; sangre renovada, limpia. Yo lo resucité. Yo te revelé su guarida, y, ¡mierda!, lo hice útil para ti.

—Útil para mí y mi realidad, Daphne —explicó, mientras cerraba los ojos y se acariciaba el pecho—, útil para mi universo, que es el tuyo, que es el de Santajuana. Lo que sigue es una larga noche, como la de tu señor vikingo, sólo que la mía es mayor, infinita, a menos que vuelva a perder el alimento de su corazón… y el tuyo, puta.

Era claro lo que seguía: me arrancaría la cabeza y de un zarpazo abriría mi pecho para robarme el corazón y devorarlo. Mi sangre se abriría en una charca para que el Señor Coyote la bebiera a lengüetazos. Después irían por Arinb para hacerle lo mismo; pero él era un guerrero, sí, y entre él y yo habíamos vencido al emperador de todos los males, ¿había aún esperanza? Arinbjörn y Daniela tendrían que pelear cuerpo a cuerpo, espada contra garras, si no es que Daniela percutiera su Lady Pink en la cabeza de mi señor.

—¡Bang! —me respondió, juguetona—. Una bala de plata con una astilla de ébano alojada en su inteligencia: una obra de arte de la platería nacional, con una perla de lapislázuli en la punta, como el camafeo que Arinb lleva en la trenza de su barba.

—El dije es una llave para abrir las puertas del enigma, ¿cierto? —Ella asintió—. Y la cabeza de Brünhild será la cereza del pastel.

—Sí, querida Daphne. Y el conciliábulo de vampiros y brujas serán el banquete de mi ejército. En fin, comencemos contigo.

Acomodé mi cabello, aún más enrojecido, para abrir un claro en mi nuca. De rodillas, me incliné hacia adelante, con las palmas de las manos apoyadas de lleno en el piso helado, alargando lo más posible mi cuello para que se partiera en dos de un único, limpio tajo de garras.

Sí…

… pero algo había cambiado: el piso no era de piedra, sino un espejo humeante, negrísimo, y la imagen que me regresaba éste, en un reflejo imposible, era el de una niña de dieciséis años. Me miraba ella con ternura perpleja; una niña pelirroja con un Lunar Estrella bajo su ojo izquierdo, tomada de la mano de su Abuela Buena. Y la mano de Santajuana cruzó el espejo de oscuridad para tomarme también de la mía, la izquierda. El Señor Coyote se dio cuenta del golpe de magia de mi abuela y lanzó una tarascada para arrancarla, pero sus colmillos se quebraron en un golpe de añicos púrpura, obligándolo a boquear a su derecha, con tal fuerza que dio una voltereta en el aire. Su aullido fue fantástico. Daniela observaba con calma.

Alzó su mano derecha y, con una contracción de la palma, alargó sus garras en un movimiento velocísimo, más rápido que la propia reflexión de mi espejo humeante. Descargó un golpe en mi cuello, exacto, irreversible. Yo apenas sentí el frío de los pedernales abriéndose en la carne de mi nuca, con un dolor agudo y monstruoso. El espejo implotó hacia el otro extremo de la realidad, como en la historia de Alicia en el país de las putas maravillas, arrastrándome a mí y a mi cabeza hacia *el allá*. Y vino un torbellino de polvo de espejo y mi cuerpo cercenado en dos, con un poco de sangre aún circulando por las arterias de mi cabeza, lo que me hacía consciente del espanto que atenazaba mis cabellos de lumbre. Yo quería fijar los ojos en algún sitio, pero mi testa giraba con rapidez en el vacío incontrolado. Intenté apenas abrir la boca, pero varios tendones y músculos responsables de la gesticulación habían sido seccionados. *Shit!*, necesitaba con urgencia lanzar un grito, un alarido de terror, aunque tampoco había de dónde impulsar aire hacia mis cuerdas vocales que, era un hecho, también estaban desgarradas. La sangre brotaba del cuello tajado y pintaba una estela aérea, hermosa, conectada a un dolor espinoso que me bajaba por la tráquea y me subía hasta la lengua muerta. De esa sangre ya quedaba poco, y mi conciencia se apagaba hasta dar con el negro. El negro hipnótico más profundo. Cero absoluto.

Negros.

¡F
u
a
a
a
a
h

h
h
h
h
h
h
h
h
h
h
h
h
h
h
h
h
h
a
a
a
a
a
a
a
a
a
a
a
a
a!

Caí de espaldas, azotada por una montaña pesadísima de recuerdos, el de mi muerte, el de mis sacrificios de sangre, lanzada hasta
la cama de Santa en un vuelo despatarrado de tres metros.

La caída fue aparatosa, ridícula, y alcé una nube de polvo,
ceniza de Gitanes y ácaros hambrientos, pestilentes a humedad
y orina. Entonces, sólo hasta entonces, el aire cruzó por mi garganta con un impulso desbocado, y un grito me liberó, apenas
nada, de las toneladas de terror que me erizaban los vellos del
cuerpo.

La abuela, alarmada, agitadísima, me miraba, apretando el
mechón de pelos rojos embadurnados de goma de mascar y odio
que me cortara hacía años, y corrió hacia mí para hurgar mi
cuello y posar la palma de su mano en mi frente: su mano, la
libre, la que me había arrastrado de vuelta hasta acá.

—¡Abuela, ¿qué pasó, qué…?! —masculló—. Hace un segundo… mi muerte… allá—. Y señalé hacia el espejo que seguía
intacto. Lloré.

—Sí, hija. —Santajuana se desplomó en su colchón, ahogando
lágrimas que luchaban por reventar, ateridas de miedo—. Moriste
en un mundo conjetural de Daniela; pero sólo *es eso*, una muerte
que pudo haber pasado y quedó congelada en el tiempo.

—Abuela —le contesté, sacudiendo la cabeza, sobándome
con angustia el cuello, allí donde Danna había descargado el
golpe—. ¿Por qué?

—¡Entiende, muchacha necia! —estalló—. Contra el destino
escrito nada se puede. De ahora en adelante el libro de nuestro
futuro está en blanco: ésa es la recompensa después de todo este
horror. El enigma de la vida apenas comienza, Daphne. O, ¿crees
que esto es fácil para mí?

Enredé mechones de mi pelo en las manos para arrancármelos
como hacía años; el dolor mitigó mi locura.

—¡Todo esto lo acordaste con Daniela a mis espaldas! —Santajuana me encaraba—. ¡Puta madre, abuela! *¿El enigma de la vida?* ¿Sabes?, ¡me vale verga el enigma de la vida!

Me soltó una bofetada. Las dos bufábamos. Ella miraba sus manos, la de la salvación, la del castigo, la derecha, y la del mechón de cabellos, la izquierda. Yo me quitaba hilachos de pelo que habían quedado entre mis dedos para incorporaros a su amuleto absurdo. Permanecimos un buen rato en silencio, hasta que habló con voz cansada, la de siempre, la de mi abuela enferma.

—La tregua entre Daniela y yo ha terminado. Somos enemigas de nuevo, enemigas a muerte.

—Pues, por mí, pueden matarse las veces que quieran —le reproché, y salí de su cama inmunda de un salto. Me sentía agotada, reanimada y fuerte. Ella, por su lado, comenzó a toser con sus pulmones en enfisema, y yo seguí golpeándola con mis palabras—: Mi madre está muerta, y no sólo me lo ocultaste, sino montaste un teatro para estirar la mentira hasta que reventara.

—Y reventó.

—¿Y esa dirección que me diste para escribirle cartas en casa del quinto infierno? ¿Y ese teléfono que tengo en la agenda de mi cel? ¿Quién rayos es «mi madre»?

—Una tipa a la que le pago dos pesos al mes para que no te conteste.

—¿Dónde está mi madre? —Santajuana señaló con el mentón la urna plateada que estaba acomodada en su secreter, junto a un atado de velas sucias—. Abuela, eres… eres…

—Una mierda, sí; y tú estás lista para salir de la cloaca.

Nada, más nada podía decirle ya a Santa. La moneda estaba echada en el aire, y era un hecho que yo iba a perder la apuesta.

Con la boca harta de sabor a muerte, caminé hacia el espejo para mirar mi reflejo, para ver quién estaba del otro lado. Nada. Nadie me regresaba la imagen de mi rostro: la conversión había terminado al beber al otro lado del espejo la sangre de Bryan, al tragar un mordisco de su corazón. Ahora yo era una vampira.

Una vampira.

En la mesita del tocador estaban los libros premonitorios de la abuela. Di vuelta a la página plegada del *Códex Mictlán Inferno*: allí, una ciudad ardía en llamas, muerte, brazos y cabezas amputadas, pirámides desgajadas, lagunas de sangre, la tierra agitándose: el fin del mundo. Una revuelta armada. La muerte del Quinto Sol, el Nahui Ollin. En el centro del códice, rodeado por la apretada devastación, despuntaba un espacio vacío, un hueco que el artista, el tlacuilo, había dejado en blanco: allí no había vaticinio alguno. Sí, yo tendría que dibujar de mi puño y letra lo que, en el centro del caos, ocurriría.

¡¡Slam!!

De golpe, azotando la puerta, violando la intimidad de la abuela, se nos pusieron de frente los gemelos, los Twin Guarros. Y de nuevo, en contra de su estúpida costumbre, nos hablaron con sus voces de aluminio.

—*Mistress* Daphne —ordenó Gemelo Dos—, tenemos que irnos de inmediato.

—Herra Adigaard está en combate. Necesita nuestro apoyo —concluyó Gemelo Uno, dejando ver por fin un hilillo de jodida emoción en su jeta de concreto.

—Necesita dos gatilleros y una arquera —concluyó el otro.

Un espasmo de angustia me sacudió.

—¡Es Daniela! —le reclamé a Santa—. Daniela Ocelote.

—Sí, es ella —respondió con pesar.

—*Skít!* ¡Tenemos que largarnos ya! —les grité a los gemelos y escupí al piso entre la abuela y yo: la guerra apenas comenzaba.

XIV

Nuestra carroza de acero blindado se deslizaba con una agilidad lubricada en medio de la oscuridad. Íbamos a 190 kilómetros por hora, algo impensable para una ciudad apretada hacia sí misma, ¡claro!, el recién levantado toque de queda vaciaba el mundo después de la medianoche. Gemelo Uno, al volante, con serena precisión, driblaba los pocos autos que se nos cruzaban en el camino, volándose semáforos en rojo, tomando curvas sin peralte como si fueran de caramelo. Gemelo Dos sacó, de no sabía yo dónde carajos, un carcaj con unas veinte flechas esbeltas y ligeras. Eran muchas, sí… insuficientes para el peligro que tenía por delante, también. ¡Mierda!, ¿qué me hacía creer que manejaría el tiro con arco con la precisión de mi sueño islandés? Era una estupidez lanzarme así, a la buena de un dios muerto, a la guarida de Arinb y Brünhild. No tenía idea de qué tipo de batalla se desataba allí, ¿algo parecido a las masacres de ejército contra las guerrillas urbanas que habían sido aniquiladas hasta moler sus últimos huesos y uñas? No, imposible.

Gemelo Uno había sido parco en su descripción.

—Herra Adigaard está en combate.

Mi ropero humano personal número dos me pasó, con seriedad de miedo, un arco hermoso, de madera veteada, dura, de peso contundente y rico, adornado con minuciosos bajorrelieves de flores y árboles: algo ridículo para un artefacto de muerte. Vuelta un manojo de inseguridades, bajé la ventana automática del carro y tomé el arco con la mano izquierda, en horizontal pues el techo del Mercedes me estorbaba. Al apretar su empuñadura, sin embargo, sentí un tacto de confianza y equilibrio. Tañí la cuerda que resonó como una de guitarra antigua: el laúd de Jozef, una canción de amor y muerte. Acariciar una de las flechas por su extremo inferior, cruzada por una delicada cruz de tres plumas firmes, me despertó un impulso que se agitaba en mi estómago con insistencia de amiba erosiva. No me quedaba otra que respirar hondo, mientras recordaba un libro de la abuela, *El arte zen del tiro con arco*, donde el alumno, después de practicar durante treinta años, pensando en cada contracción de sus músculos, concentrado en su modo de plantar los pies en el suelo, calcular la velocidad del viento y la nueva parábola que trazaría su saeta con jalar un milímetro de más la cuerda del arco, llegaba al momento de la revelación en la que dejaba a un lado, en el olvido momentáneo, lo aprendido y... simplemente disparaba, dejándose llevar por *la nada*, para así dar en el blanco con una maestría que, a final de cuentas, era lo que menos importaba. Me decidí: colocaría la flecha en el tenso cable mientras visualizaba un gato sarnoso que se contoneaba en un techo alto, a lo lejos. Apenas se distinguía su silueta porque «de noche todos los gatos son pardos». Ensarté el culatín de la flecha a la cuerda, reposé con firmeza el astil de mi proyectil al mango del arco y tensé hacia atrás con una fuerza que yo desconocía tener, la de una vampira. Como el arquero zen, puse la mente en blanco, algo que se me da con facilidad, repito, y, de pronto, me vi por fuera, ataviada con el vestido de terciopelo sanguíneo de mis viajes a Islandia y al cadalso de Daniela. Sí, no había que pensar en nada que no fuera el gato... ni siquiera en él. Gemelo Uno aceleró aún más, no sabía yo si por la prisa o para dificultarme el tiro, y tomó por una curva. El gato se disponía a saltar de un techado a otro, cuando el viento se agitó, ¡fffff!; aun así, nada de esto ocupaba mi concentración, tan sólo lo percibía como un telón de fondo, borroso y sutil. Disparé. La flecha trazó una trayectoria elíptica y de torsión centrífuga, cortando el aire con un silbido que sólo yo podía percibir con mi oído transespacial. El gato saltó, y el puntal de oro de la flecha le atravesó, con suavidad crujiente, la cabeza. El animal no llegó al otro techo. ¡Vaya, por fin se revelaba en este mundo real y de mierda la vocación de mi nombre: yo, Daphne, la maldita consorte del arquero Apolo! Tuve entonces una certeza: la abuela no tenía por qué haberme advertido ni preparado para nada, simplemente yo tenía que despertar de mi letargo de niña imbécil: ahora yo era una mujer, pesara a quien le pesara.

—Gracias, gatito inocente, por darme la verdad—murmuré—. Gracias, abuela, por despertarme, aunque ello no quite que eres una hija de puta.

Nos acercábamos al Hilton de Arinb. ¿Cómo yo iba a ayudar a un vampiro experto en el uso de la espada, inmortal, rejuvenecido con mi sangre? No podía entrar a la batalla de cuerpo flagrante pues Daniela y su coyote me harían añicos en un tris. Más aún, era un hecho que no estarían solos: su banda monstruosa de señores *nahualli* estarían con ella, codo a codo.

¿De dónde venían ella y sus súcubos? ¿Cómo había llegado hasta aquí? ¿Cuántos años tenía, en realidad, bajo esa máscara de escort adolescente, de roquera fumadora de *Cannabis indica*? Por eso jamás me había hablado de su familia, por eso jamás me había llevado a su departamento de chica *millennial* de la Condesa… Es más, seguro que no vivía en esa colonia de hípsters, sino en una cloaca en los cinturones de miseria de la ciudad.

Y, ¡bang, ya estaba!

Al otro lado de la loma final de Santa Fe, desbocaba el vaso en el que se erguía el hotel… el Hotel Hilton en llamas, rodeado de tanquetas de la policía militar que disparaban hacia la terraza de mi señor Arinbjörn. Pelotones compactos de soldados arreaban masas de huéspedes que huían de la escena del crimen entre gritos y patadas. *¡No corro, no grito, no empujo!* Enormes lámparas antiaéreas lanzaban sus conos luminosos hacia el edificio, y decenas de sirenas estridentes perforaban mis tímpanos de tísica; torretas con azules y rojos deslumbrantes que metían en confusión espacial a las cabezas de quienes las miraban de frente o reojo. Un helicóptero rondaba por el aire, lanzando también un chorretón de luz que rebotaba azul por la piscina que, podía adivinarse, se volvía roja. Allí, soldados disparaban sin mucha seguridad: era un hecho que tenían un objetivo específico y, en la confusión, era difícil discriminar una banda de otra: la de los vampiros y brujas frente a la de los *nahualli*, supuse.

De pronto, una espesa nube de tordos, más negra que la noche sin luna que la fondeaba, se lanzó hacia el helicóptero… y comenzó a toser en el aire para soltar un chispazo verde incandescente: las aves, en masa suicida, se habían apelmazado en la turbina, inutilizando las aspas del artefacto, superando la resistencia de sus aceros. La nave comenzó a ladearse y, como mi gato pardo, se desplomó en el aire, cayendo sobre un convoy de soldados que murieron en modo *ratas papando moscas*: la explosión fue maravillosa, aterradora, entre hierros en llamas y pedacería de hombres y un par de mujeres. Algo andaba mal en mí: lejos de horrorizarme por la escena, mis tripas comenzaron a rugir, hambrientas. *Fuck!*

Subí mi ventanilla.

Nerviosa y decidida, veía cómo nos dejábamos caer hacia el fondo de Santa Fe: estaba cercado, lleno de retenes provisionales.

No importaba, mi Gemelo Uno dio un volantazo y se lanzó hacia una curva escarbada en la falda de la loma, lejos de la mirada vigilante del ejército. ¡Pranck! Reventamos una pluma de acceso: sin duda el ropero humano tenía una tarjeta de acceso para activar la entrada, pero éstos no eran momentos para seguir protocolos aburridos. El Mercedes se internó a más velocidad, 220 kilómetros por hora, sobre una curva de súper empinado descenso. Y vino una recta por el socavón sembrado de macilentas lámparas led rojizas que le daban al ambiente un aterrador aire de penumbra navideña.

Vino una nueva rampa de descenso, bajando tan rápido por esa pendiente hacia el infierno que los oídos se me tapaban por el abrupto cambio en la presión atmosférica. Zumbidos. De golpe, en sentido inverso, otro rehilete en ascenso me revolvió el estómago. El piso de tierra suelta dejaba una estela de polvo pardo a nuestras espaldas. ¿Cuántos malditos millones de pesos habría costado hacer esa entrada secreta? ¿Era sólo para Arinb y su gente?

Entramos a una última recta de asfalto y tres siluetas desborradas se nos pusieron de frente, detonando armas de fuego. ¡Bang, hijos de puta! ¡Bang, bang! Las balas rebotaron en el parabrisas blindado, estrellándolo por fuera.

—¡Daphne, cúbrase los ojos! —me ordenó Gemelo Dos… y yo, a punto de orinarme por el susto.

Gemelo Uno oprimió un botón en la consola de coche: cerré a toda presión mis ojos, cubriéndolos con mis manos… y aun así sentí cómo el túnel se iluminó con una brutal oleada de luz blanca. Los seres pegaron un chillido que se coló hasta mí a través de mis oídos hipersensibles. El auto aceleró. Pegando un brinco repugnante, tras un coletazo y el crujir de sus huesos, supe que acabábamos embestir a los monigotes que nos atacaban.

¡Click!, accionó de nuevo Gemelo Uno el interruptor del carro. La luz masiva se había ido, sin duda, pero aún me sentía deslumbrada por el rastro de luminancia que se desvaneció por los corredores lejanos del socavón. Los seres habían batido con una masa gelatinosa nuestras ventanas que apartábamos con el limpiaparabrisas. ¡Rayos!

El auto se detuvo chirriando sus llantas, trazando un medio circulo, como en una estúpida película de DC Comics, frente a una puerta de elevador, amplia y alta, tachonada con estoperoles de acero. Los tres escupitajos sanguinolentos que habíamos dejado atrás custodiaban esta vía por alguna razón estratégica, y sin duda *no* estaban allí para ayudar a Arinbjörn. Los gemelos, impertérritos y eficaces, saltaron de sus asientos; y, mientras uno abría la puerta y me ayudaba a salir del carro, sin cortesía, el otro ya estaba alzando la cajuela del coche para sacar una enorme bolsa negra de lona. Allí adentro había un arsenal de metralletas, cargadores, rifles largos de alto poder, un lanzacohetes antitanque portátil, ¿neta?, dos carcaj con más flechas con puntales de oro —por supuesto, para mí—, hermosas granadas de mano y pistolas aún más amenazantes que cualquier Pink Lady que yo pudiera cargar en bolso MC de…

… Daniela, ¡rayos! Al ver las escuadras, me di de topes por no haber aceptado la invitación de mi chica jaguar para aprender a disparar: así habría tenido la oportunidad de volarle la cabeza a mi amiga de un tiro si me fallaban la última flecha dedicada a ella. Leyéndome los adentros, Gemelo Dos, que ya se colgaba dos metralletas terciadas por la espalda, tomó una pistola compacta, *casi* pequeña junto a los demás armatostes de la muerte, y la puso en la palma de mi mano derecha. Me levantó el brazo, haciéndome apuntar a la oscuridad que se abría tras de nosotros, y flexionó apenas mi codo. Pesaba rico la maldita pistola, estaba helada y me lanzaba a donde se dirigía su cañón: un espantajo superviviente se arrastraba hacia nosotros. Mi improvisado maestro de tiro no tuvo que darme ninguna indicación extra. Apreté el gatillo. El tosido de la pistola fue instantáneo, apretado y fuerte, aunque no con la suficiente potencia como para lastimar mis oídos hiperacústicos. El disparo pegó en el piso, a un cuerpo de distancia de mi objetivo, quien ya se acercaba a un arma que había volado a varios metros de él. El gemelo me soltó la mano para que pudiera apuntar a mi gusto. Y tiré una, dos, tres, cinco, once veces, con las patadas de la pistola restallando en mi hombro y codo. Las tres últimas balas dieron en el blanco: aquella especie de cabeza de buitre que reventó en una fuente de sesos. Ésa había sido mi lección de tiro con pólvora. Gemelo Maestro sacó el cargador accionando una palanca que no pude distinguir en la rebatinga, y le puso uno nuevo. ¡Clic! Yo no tendría la opción de colocar un nuevo coctel de balas a menos que él estuviera a mi lado, así que mi confianza debía estar concentrada en mis tiros zen de arco. La pistola recargada fue a una funda que me apretó Gemelo Uno al torso con un cinto firme, quedando junto al carcaj de mis flechas. Me imaginé ser una Daryl Dixon, sí, el ballestero de *The Walkind Dead*, con la diferencia de que un arco era menos potente que su ballesta, aunque sin duda más eficiente: la velocidad para cargar y disparar era mayor.

Esta sarta de tonterías la pensaba mientras el elevador salía disparado hacia arriba, tapándome de nuevo los oídos; tragué saliva y los alivié con dificultad. Las manos me temblaban y mis axilas estaban anegadas de sudor nervioso, ¿qué mierda hacía *yo* allí, con un arsenal ridículo en las manos y la axila? Lo que había visto allá afuera, desde la loma de Santa Fe, era el rostro desfigurado de una batalla real, y, aun así, yo iba hacia ella.

El elevador se detuvo con un sacudimiento de máquinas y abrió en un pasillo lleno de muebles inútiles, artículos de limpieza amontonados, grandes cajas de cartón rotas, húmedas y repletas de mobiliario como de una antigua obra de teatro de aficionados. Llegamos a una puerta metálica que alguien golpeaba con desesperación del otro lado. Toquidos y toquidos. Gritos. Un enorme candado la cerraba por dentro. Gemelo Dos apoyó su metralleta al hombro y apuntó hacia la entrada, mientras Gemelo Uno llevaba una escuadra enorme en la mano, por delante, en su carrera al vacío, directo a estrellarse en la entrada. De golpe, pegando un brinco imposible, de la nada apareció *un ser* frente a la entrada para recibirnos con las garras apuntándonos al cuerpo: tenía una cabeza alargada, de lagarto, con una corona de escamas aguja en la nuca, de piel verde, desnudo, gritando una espantosa amenaza tras sus colmillos. El gemelo de la ametralladora le soltó una ráfaga compacta que lo tomó por sorpresa, volándole los ojos. Gemelo Uno se detuvo frente al candado y lo abrió de un disparo..., tarde: los golpes al otro lado habían cesado. Gemelo Dos abrió la puerta, y un montículo de cadáveres rodó hacia adentro. Dos nahuales hurgaban distraídos y ansiosos en los pechos de un par de cuerpos, así que no fue problema volarles la cabeza a través de las costillas de los devorados. Un tercero, enorme animal, alcanzó a saltar hacia dentro de nuestro pasillo, sí, y yo estaba esperándolo con la tensión de mi arco. ¡Zas, hijo de tu puta madre!, y le atravesé en corazón desde el pecho hasta la espalda. Fui al cadáver-mono y le saqué de un tirón mi valiosa flecha. Este nahual tenía más forma humana que los otros dos. Los cuerpos amontonados eran de varias de las viejas brujas que me manosearan en mi noche de Walpurgis. ¡Claro!, el túnel secreto era una salida de la trampa en la que estaban metidos los invitados de Arinbjörn: por allí debían salir y entrar para no ser obstaculizados por los huéspedes del Hilton. Los que habían logrado escapar de la masacre en la terraza, se habían atorado aquí para ser devorados por los *nahualli*.

—¡Vamos!

Los gemelos treparon por los cadáveres, apuntando a izquierda y derecha: el camino estaba libre. Ascender por las masas mofletudas de las brujas era extraño, desagradable y viscoso.

Corrimos hacia el poniente del edificio, los tres con nuestras armas listas. Yo me sentía una escuincla estúpida con mi arco, jugando a los Indios Indomables contra los Vaqueros Exterminadores. El pasillo estaba con las alfombras desgarradas y las paredes teñidas en chorretones de sangre y babas, vacías. Gemelo Uno pateó una puerta y me ordenó moverme hacia una ventana que daba a la terraza: estaba rota. Rugía afuera la batalla. Una tipa ajena a todo esto estaba hecha bola en un rincón oscuro de la habitación, vestida con una bata cursi y cara. Yo le hice señas de que se calmara, aunque ella sólo alcanzaba a gemir sin fuerzas.

Me asomé al otro lado, oculta por un girón de cortinas y oscuridad.

Decenas de cadáveres flotaban, despedazados, chapoteando en la alberca de sangre en la que aún luchaban, blandiendo armas de contacto, nahuales contra guerreros desnudos, cuerpo a cuerpo, valkirias que no cesaban de golpearse con brutalidad contra felinos y lagartos que les arrancaban pedazos de carne. Un remolino de aullidos. Había fuego cruzado de un extremo a otro, con detonaciones aisladas y golpe de fuegos nutridos de ametralladora, ¡tac, tac!, el tableteo, ¡trrrrrt, trrrrt!, con grupos atrincherados tras muros y columnas que se hacían añicos ante los impactos de bala. Sombras corrían de allá para acá, disparando, ocultándose tras lo que pudieran. En el ala sur de la terraza, en pelotón apretado, estaban los hombres de Arinb, muchos vestidos de negro elegante y deshilachado; en el norte, los aliados de Daniela: decenas de animales nahual tal y como los había visto en mi ensoñación *cihuateteo*, animales rabiosos con cuerpos humanos, y que ahora portaban armas de fuego y las detonaban con destreza.

Mi posición en aquella ventana de observación no era cómoda, y por más que aguzaba la mirada, no podía localizar a Arinb o a Daniela, ni a Brünhild o al Señor Coyote. Los gemelos salieron de la habitación, ordenándome, con un movimiento de mano, que me quedara allí: sin duda iban a buscar a su maestro. Yo tenía que ir con ellos, dar con Arinb para pelea a su lado, como en el sueño hiperbóreo... o quizá no, y lo que yo debía hacer era atravesarle el corazón al príncipe islandés con una de mis flechas de ébano y oro, a la vieja usanza, y detener este absurdo cataclismo. Me moví para ir tras los mellizos, y la mujer ovillo de pronto se puso de pie, obstruyéndome la entrada, convertida en un perro enorme, brillando en una fosforescencia deslumbrante. Gruñía y ladraba con el hocico lleno de espuma. Corrió hacia mí, pero yo tenía el arco listo para disparar cuando espiaba por la terraza y lo único que hice fue girar los hombros, visualizar su cabeza y soltar la cuerda. La punta de la saeta le entró por debajo de la mandíbula y brotó por su mollera. Una ráfaga de tiros cruzó por la ventana y se incrustaron en el techo. La fosforescencia de la mujer-perro había llamado la atención de un tirador. Me eché al piso, jadeando bajo una nube de yeso pulverizado. Furiosa, volví a colocarme tras la ventana y localicé a un hombre simio que apuntaba a mi habitación con un fusil largo; aguzaba él la mirada, no lo suficiente como para distinguirme en la oscuridad. Disparé y mi varita mágica se ensartaría, hermosa, en su pecho. Sus compañeros no supieron qué había ocurrido, así que aproveché este instante para lanzar otra de mis flechas contra un gordo jabalí que parecía dar órdenes a los demás nahuales. Por fuera de mi habitación, se escucharon varios impactos de bala, aullidos y gritos. Silencio. Gemelo Dos, con su cuerno de chivo listo para detonar, apareció en el dintel de la puerta y me hizo la señal de que lo siguiera. ¡Rayos!, gracias al cielo y sus malditos santos, no me habían abandonado, sino que estaban limpiando el camino para que yo pudiera avanzar medianamente a salvo, aunque el ataque sorpresa de la mujer-perro, que ahora se desangraba por el agujero de su occipital, más los tiros que me buscaran desde la terraza, confirmaban que allí no había lugar seguro. Ya jamás habría lugar seguro para mí.

Mi guardia personal y yo seguimos los letreros que nos mandaban a las escaleras de emergencia y, al dar vuelta a una esquina, saltamos sobre dos nahuales escarabajo que Gemelo Uno remataba. Los brazos mutantes los tenían rodeados de espinas negras lustrosas y sus vientres estaban acanalados con tiras naranja, quizá en otras circunstancias me parecieran hermosos... ahora los odiaba.

Si bajábamos al nivel de la terraza, tal vez podríamos encontrarnos con Arinbjörn. Abrimos la puerta de emergencia: el camino estaba libre, lleno de olor a pólvora.

—¡Arinb, ¿dónde estás?! —grité para mis adentros. Y de golpe algo resonó dentro de mi memoria, muy adentro... un silencio.

Gemelo Dos estaba a punto de abrir la puerta que nos llevaría a la zona de la terraza y las habitaciones de mis vampiros; mas, sin saberlo a las claras, tomé a mi gemelo del brazo y dirigí nuestra carrera hacia abajo, a dos niveles inferiores, donde había una entrada de servicio cerrada con una chapa gruesa que no resistió un plomazo de Gemelo Dos. Mi gorila particular abrió con cautela y salimos a una cocina. Hasta allí resonaban disparos que venían del otro lado de la planta. Una decena de brujas macilentas estaba escondida tras las estufas y estanterías metálicas. Gemían de miedo, jalándose los cabellos y las ropas, cargando el cuerpo de un par de sus compañeras que tenían golpes de bala en los vientres, desangrándose inmóviles, quizá muertas. Atrancamos la salida de servicio y nos dirigimos al fondo, de donde venían los disparos. Las puertas de la cocina estaban despedazadas, y, parapetándose tras una barra de hormigón, donde originalmente debía haber una suculenta exhibición de carnes asadas, sopas y no nubes de polvo y chispazos, había una decena de hombres jóvenes vestidos de frac, armados con un mediano arsenal de revólveres y armas largas. Del otro lado de un salón de congresos, entre columnas y huecos en los muros, un ejército bajo sombras respondía al tiroteo defensivo de la gente de Arinbjörn.

¡Arinb!

Mis Gemelos y yo no podíamos llegar a la trinchera de los nuestros —¿en serio, *los nuestros*?—: las balas zumbaban por allí en tropel, dejando caudas iridiscentes a su paso, golpeando los muebles de cocina.

—¡Arinb, ¿estás allí?! —grité a todo pulmón, para pasar por encima del escándalo con mi voz agrietada.

—¡Daphne! —respondió en un aullido mi *blood* máster—. ¡Quédate allí!

Me eché a llorar, llena de angustia salada: ¡no, no me quería quedar allí! Había recorrido un largo camino y, ahora, un par de putos metros salteados por disparos nos alejaban, a lo que respondió una voz contundente al otro lado del salón.

—¡Alto el fuego! —*Fucking skít!*, era Daniela. Arinb alzó la mano para contener a su gente. Los disparos se detuvieron a ambos lados—. Por fin llegaste, niña gótica —celebratoria, mi amiga me gritó por encima del vacío que se abrió entre nosotras.

Yo aproveché este *impasse* y corrí con mis Gemelos hacia la barra de concreto. Allí estaban Arinbjörn y Brünhild junto a dos cadáveres y tres guerreros de negro, abrazados a unos enormes rifles de asalto. Me arrastré hasta él y nos trenzamos en el beso más profundo que jamás había dado en mi vida. Mi lengua encontró los colmillos afilados de Arinb y decidí hundir un poco mi lengua en una de sus agujas. En ese momento, como si cayera encima de mí una cubetada de agua fría, revisé mis propios colmillos: éstos eran largos, esbeltos, terminados en dos cimas afiladas, listas para desgarrar un cuello de nahual.

—La elegida —me dijo al oído Brünhild, sin maldad, y me quitó las lágrimas que corrían por mis mejillas.

—¿Ya terminaron con sus estúpidos arrumacos? —exclamó al otro lado del mundo Daniela, con un toque burdo de ironía que no venía al caso en este *memento mori*—. Quiero verte a la cara, Daphne, necesito reconocerte en el rostro de mi nueva enemiga. Te prometo sostener mi cese al fuego, neta… hasta que volvamos a seguirnos en el fin del mundo.

—*Mistress* Jaguar —le preguntó Arinb a Dany con firmeza, apretándome a su cuerpo—, ¿ésta es otra de tus corruptas tretas?

—¿«Corruptas tretas»? —respondió Danna, grosera, vulgar—, ¡qué bonito hablas, Arinbjörn Adigaard! —Brünhild soltó una carcajada que exageró para que la chica ocelote la oyera—. No, no es una trampa como la que los tiene arrinconados allí. Es mi corazón el que está hablando, mi propio corazón, como el tuyo que debo arrancarte en sacrificio para poder entonces llevarlo a mis entrañas. Pero, Daphne, nieta de Santajuana de los Mataderos, asómate y camina al centro de este salón, tal y cómo yo lo voy a hacer en este momento. ¡Vamos, pequeña!

Yo me desarmaba de terror, sin soltar la empuñadura de mi arco, con la cabeza recargada en el pecho de Arinb. Me volví a mirarlo a los ojos y él sonrío, asintiendo con la cabeza. Teníamos tanto que decirnos, quizá un adiós radical, un «te amo» aunque él fuera un prefecto desconocido, aunque fuéramos una cortesana y su asesino. Había muchas preguntas y un reclamo que tenía pendiente con la propia Daniela, ¿por qué llegar a este momento en el que la vida y la muerte se apañaban en una cópula despatarrada? Pensé en la abuela, en que había escupido entre ella y yo, ¿tendría que hacerlo también entre Arinb y Daniela?

Con un movimiento sencillo de su mano desarmada, la derecha, Arinbjörn zafó el dije el dije de plata de su hermosa barba para ponérmelo en palma de la mano.

—*Él* te protegerá, princesa flechadora.

Esas pocas palabras fueron suficientes para entenderlo todo. Yo, la flechadora, la virgen perpetua de medianoche… justo ahora, ahora que el mundo entero estaba a punto de irse a la mierda. Guardé el camafeo en la copa izquierda de mi bra, pegado a mi pecho, a la altura del corazón: ese que Daniela estaba dispuesta a cocinar junto con el de Arinb para que el Universo, su universo, recuperara la vida de los ciclos del Señor Sol.

Me erguí. Los Gemelos estaban listos para accionar sus armas, y Brünhild se mordía los labios con sus colmillos de vampiresa, sin apartar la mirada de mí, ¡estaba nerviosa!

Levanté los brazos, con el arco por encima de mi cabeza, y quedé con el tope de la barricada a la altura de la cintura. Allí estaba Dany, al otro lado de la sala, iluminada por unos rayos de luz tenue que escupían sobre ella unas lámparas laterales. Estaba hermosa, desnuda, con un par de orejas menudas terminadas en punta, su inquieta y larga cola de jaguar, cubierta por un ligero pelambre de felino que apenas dejaba ver sus tatuajes de Mict-lantecuhtli y el Señor Ocelotl, manchada por lunares oscuros con forma de fetos machacados, los cuales reverberaban sobre un fondo dorado. Su monte de Venus y su busto de pezones durísi-mos eran los de una chica más joven que ninguno de los recuerdos que ahora mismo galopaban por mi cabeza: ella en el concierto de La Arena, bailando como endemoniada con la música de Stigmata; abrazándome por la espalda en sueños, en mi cama, tras de un par de zarpazos; con un cigarro marihuana en la boca, junto a mi abuela Santa, pícaras las dos; riendo, riendo a un centímetro de mi rostro…; quemándole el rostro a una vieja amargada con un vaso de café hirviente; cortándome el cuello con una de sus uñas de pedernal.

Daniela.

Ella también tenía en alto las manos, ¿las garras? En la de-recha descansaba, inocente, su Pink Lady. No tenía el dedo en el gatillo, sólo me mostraba el revólver como una señal de tregua, aunque también parecía una advertencia. Salimos de nuestras barricadas con el mismo paso cauteloso, caminamos una hacia la otra, a su izquierda, en el lado de la muerte, caminaba en cuatro patas, manso, el Señor Coyote.

De golpe, emergieron de su trinchera una docena de nahuales siniestros apuntándome con sus armas, con sus caras de simio, de tlacuache y zopilote. Cortaron cartucho. Detrás mío, Arinb, Brünhild, mis Gemelos de la guarda y los supervivientes de la masacre, también saltaron, apuntando a Daniela y sus guardaes-paldas. Las dos nos detuvimos.

—¡Tranquilos…! Todos tranquilos —ordenó ella, dando primero un grito y después musitando un susurro. Nadie bajó su arma. Aun así, seguimos andando la una hacia la otra. El Señor Coyote se quedó atrás, a una distancia prudente.

Al avanzar por el piso lleno de escombros y puntos ardientes
—que me recordaba mi viaje a la ceremonia de la *cihuateteo*—,
mi pánico, de golpe, se redujo a un suspiro, a una confianza
desafiante, delicada: Dany y yo estábamos en igualdad de circunstancias. Yo, por fin, a su altura.

En el centro de la sala, quedamos frente a frente, a unos centímetros distancia que me parecieron kilómetros. En un movimiento
de espejo, lento, sin apartar los ojos la una de la otra, las dos nos
pusimos en cuclillas y dejamos en el suelo el arco y la Pink Lady.

—Ven —le dije sin saber por qué le proponía algo así: lo
único que hacía era seguir mis instintos, y, claro, de ellos dependía
de que yo sobreviviera—, quiero abrazarte.

Ella sonrió y, sin dudarlo, vino hacia mí para apretarme, con
delicada fuerza, a su desnudez. Olía Dany a animal mojado y su
piel de gato era deliciosa al tacto. Ella también me olfateó con
placer, *de profundis*. Nos separamos y habló con algo que, para
mi sorpresa, era genuina ternura.

—Daph, querida Daph. Debes saber que te amo.

Y sonrió.

—Yo también, amiga Daniela —le respondí conmovida, sin
por ello perder un solo milímetro de mi control—. En estos últimos días he conocido el amor en su forma más terrible.

—Lo sé. Por eso una de las dos debe morir y servir de banquete a la otra, por amor. El murciélago y el jaguar.

Señalé su revólver.

—Balas de plata, ¿verdad? —afirmé con una pregunta.

—Obvio sí, para ti y para Arinb. —Un suspiro de ambas.
Entonces señaló el carcaj que llevaba yo en mi espalda—. Flechas
con puntas de oro, ¿verdad?

—Sí, para tus criaturas, y tal vez una para ti, la última. Cada
cual tiene su metal.

—¡Vaya… y un revólver! —me reclamó, señalando mi sobaquera armada—. Nunca quisiste que te enseñara a usar una pistola.

—No me hace falta —le dije derrotada—, en cualquier caso, la usaré para reventarme el corazón, para arruinarte el plan.

—Gracias, tú siempre pensando en mí.

Ya regresaba la ironía a tomar distancia entre las dos, por lo que se apresuró a abrazarme con un beso en los labios. Después, dijo:

—Seré implacable.

—Seré implacable —respondí sarcástica, siguiendo nuestro juego de espejos.

—Esta vez, Santajuana de los Mataderos, tu abuela, la mujer de los últimos secretos, no estará al otro lado del espejo de humo para venir a salvarte.

—Ni yo estaré de rodillas frente a ti, Daniela. Eso jamás volverá a suceder. Quien deba morir lo hará de pie.

Ella asintió con un delicado movimiento de cabeza.

—Nos vemos en el infierno, el mío o el tuyo.

—Sí, Daniela, allá nos volveremos a encontrar; aunque antes hay que extinguir las llamas que ahora mismo bailan sobre la tierra, sólo hasta entonces nos veremos en *mi* infierno. —¿De dónde me salían estas palabras contundentes?

—Eso veremos —dijo con maldad: ¡sí!, volvía a pisar el mismo suelo que yo la Daniela brutal de siempre, la mujer ocelote, la meretriz de Tenochtitlan, la devoradora de corazones nocturnos.

Volvimos a bajar a tomar nuestras armas, lento, acuclilladas, sin quitarnos los ojos de encima: sus pupilas rasgadas de gato sanguinario, mis retinas que alcanzaban a hurgar en medio de la oscuridad más cerrada… Pero, ¡no!, no eran mis ojos los que describían al mundo y sus cosas, era un eco que regresaba a mi cabeza después de leer la superficie del *todo*. Era mi voz de quiróptero, el sonar que esparcía mi cabeza al vacío y regresaba con un mapa preciso, milimétrico. Yo sería la Señora Murciélago de ahora en adelante. No era, entonces, que mis oídos hiperacústicos oyeran de más, sino que desde siempre habían sido los de un maldito murciélago.

Tomamos nuestras armas, ya no en modo pasivo: yo apretaría la empuñadura de mi arco con firmeza, y ella introduciría su dedo garra en el guardamonte de su Lady Pink para apoyarlo con suavidad en el gatillo, suavidad letal. La tregua seguía y de un momento a otro nos reventaría en las manos. Con lentitud, sin amenaza alguna, como si se tratara de un esbelto paso de baile, arqueé mi brazo derecho hacia atrás, por encima de mi hombro, tomé una de mis flechas por su corona de plumas e introduje su culatín en la cuerda del arco. Daniel amartilló con mucho tacto su arma, apenas un clic mullido, y levantó el cañón de su Pink hacia el centro de mi cabeza. Yo deslicé el astil de mi caña hasta tenerlo listo, apuntando también al centro de la frente de Daniela. El Señor Coyote gimió, pero Danna lo mandó callar.

—Sé que la amas, Señor Coyote… sé que la amas. Por eso te daré sus muslos guisados en flores de cempasúchil para que los devores.

Ambas nos echamos a andar hacia atrás, sin perder un solo detalle de cada cual.

—Tu sangre, Señora Jaguar, tu sangre es la que será servida en la mesa de Herra Arinbjörn Adigaard.

Seguimos caminando en reversa, al mismo ritmo, con la misma exacta tensa quietud, hasta que di suavemente con mis nalgas en la barricada tras la que se apertrechaba mi gente, ¡sí, *mi gente!*, toda ella tras la barra descascarada por los disparos de los señores *nahualli*. Daniela arqueó las hermosas piernas y dio un salto hacia atrás, un brinco que sólo un felino podría dar. Sin meditarlo un solo instante, sin pensar en mis lejanas e inimaginables capacidades para lograr algo así, yo la imitaba, y de un salto estaba de pie allí, sin dejar de apuntarle a mi enemiga. Dejé que las plantas de mis pies se extendieran sobre el concreto, inspeccionando cada pedazo de piedra, cada agujero, cada brizna de polvo: allí estaba el posible regreso a casa... viva.

Arinb y los gemelos estaban listos para batirse a muerte con los nahuales, sólo esperaban una señal, ¿la mía, la de Danna?

—Tú eres la nueva señora de la noche, Daphne —me dijo mi señor con respeto—, el destino del mundo está en la punta de tu flecha.

—Arinbjörn —le respondí, tratando de adivinar el olor de su piel—, encomiendo mi espíritu en tus manos.

Daniela dejó escapar una risita.

Ella tenía una gran ventaja sobre mí: su bala atravesaría más rápido el camino de ida a mi cráneo que mi flecha al suyo, aunque a esas velocidades, una milésima de segundo no importaba: en nuestro juego de espejos, si ella disparaba primero, yo perdería antes la partida, sí, aunque sin duda las dos moriríamos..., o no. Yo percibía el mundo a través del sonar, tam, tam, de mi cabeza; en cambio, ella recogía la poca luz del lugar para percibirme con sus ojos felinos, quizá como una mancha monocromática, sin detalles. La luz correría muchísimo más a prisa hacia ella que la expansión del sonido hasta mí, a través de las moléculas del aire que nos rodeaban. Ella iba a ganar, ¿o no? Lo imaginé de prisa cuando escuché en mi cabeza cómo ella trazaba un plan para adelantarse a la muerte... Los ruidos, *¡los ruidos de mi cabeza!* ¿Podía moverse el pensamiento a mayor velocidad que la luz?

«¿El pensamiento es materia, energía?» ¿Las imágenes que se agitaban por dentro de la cabeza de la Señora Ocelotl resonaban al mismo preciso tiempo en mí que en su imaginación no verbalizada? Éramos la una el espejo cuántico de la otra, suspendidas ambas en un bosón de Higs. ¡Mierda!, yo era de ella, y ella era mía. Mi oído de tísica no era una percepción, ¡no!, era una conciencia. *Fuck off!* Y, una milésima de segundo antes de que ella oprimiera su gatillo, yo sabía que lo iba a hacer, así que liberé mi proyectil de muerte en una decisión fulminante...

—¡Muere, hija de puta!

Y en ese instante preciso, una explosión reventó el techo de nuestra sala en una monstruosa flor de lumbre y esquirlas de concreto. Una marejada de agua azul cayó sobre nosotros en un remolino blanco. La ola del impacto me lanzó lejos de mi mesa de concreto y desvió mi flecha que ya corría hacia la cabeza de la mujer-gato.

Allá afuera, habían bombardeado la piscina que daba justo encima de nosotros.

El golpe de agua me anegó los pulmones de un manotazo. Todo se fue a negros y sentí a las claras mi carne raída y agitada en un manchón de sangre revuelta, con esa imposibilidad absoluta y aterradora de jalar aire. Moría, yo moría. Negro.

Negro sobre negro.

Arinb, Daniela, abuela Santajuana, ¿dónde están todos?

Negro absoluto.

XV

Abrir los ojos. Un doloroso golpe de párpados: un chasquido, ¡clack! No ver nada más que una cortina roja continua, caliente. Aguzar el oído hipertrofiado para saber qué diantres jodidos es esto: ¿una ambulancia, una patrulla, una Hummer militar, una carroza fúnebre? ¡Eso, una ambulancia forense! ¿Estaba muerta? Sí, lo estaba... yo era un vampiro, un cadáver viviente, algún tipo degradado de zombi consciente, putrescible, putrescente. Me eché a toser, a toser como la abuela, con los pulmones y los alvéolos distendidos..., como ella.

De golpe, enderecé mi tronco para lanzar un chorro de agua por la nariz, un jugo verdoso, con cilios blanco-repugnantes. El manto rojizo de mis ojos cayó a plomo. Frente a mí, un soldado me observaba con horror. Él había bajado el zíper de mi bolsa negra para cadáveres en el justo momento de mi resurrección: anotaría algo en una libreta de informe que llevaba en las manos, quizá el sexo de la occisa, raza, color de piel, cicatrices. Quizá me habría subido la blusa y dejado al desnudo mis bubis y coño, tal como exhibían a los cadáveres de los guerrilleros que ellos mismos remataban con tiro de gracia en sus escaramuzas. ¿Por qué exhibir así a sus víctimas? ¿Para humillarlos cuando ya nada podían hacer por defenderse?, ¿para que no cupiera duda de si el ejecutado era hombre o mujer?, ¿para mostrarlos al mundo como un castigo ejemplar? Una demostración brutal de su poderío opresor. Tal vez el militarcito me inspeccionaría sólo para ver mis carnes, masturbase y relajar rico el estrés postcombate. Pero no, esta opción era la menos probable: mi cuerpo había quedado raído por la explosión del techo-piscina, y mi rostro de angustia de ahogada sería suficiente como para enfriar al más perverso de los necrófilos. Sin embargo, ahora yo estaba de vuelta, entera como un ajolote regenerado, y había tomado por sorpresa al soldado que apenas alcanzó a iniciar su grito de miedo, cuando le conecté un cabezazo en la confluencia de sus cejas y tabique nasal… y otro y otro golpe hasta que se desvaneció: sí, el que pega primero pega cien veces. ¡Vaya, no me sabía capaz de estas cualidades de combate cuerpo a cuerpo! Iba a sonreír por este descubrimiento, cuando, en un acto reflejo —perro de Pávlov, yo—, me llevé la mano a la frente para comprobar si tenía o no allí alojada una bala… Y no, claro que no. Caí en cuenta, entonces, de la metodología, compleja y eficiente, de Daniela: decapitar al vampiro, degollándolo o reventándole la masa encefálica de un balazo, para inutilizarlo y así, desvalido, inconsciente, abrirle el tórax y tragar, a gusto, el corazón aún palpitante más por un acto reflejo que por una orden cerebral, como esa gallina que, sin cabeza, disparando sus últimos de golpes de sangre por el hueco del cuello, se echa a correr como una estúpida, ¿qué otra le queda?, o, ¿acaso busca una cabeza que le permita entender qué carajos está pasando?

Salí de prisa de mi *dead corpse bag* y me palpé de pies a cabeza: mi carne se había regenerado bajo los hilachos de ropa, ¡mierda!, no había un espejo a mano para ver si mi rostro era el de antes… o había mejorado. De mi carcaj no quedaba huella; sin embargo, la pistola seguía enfundada en la sobaquera, ¿por qué no me la habían quitado? Aunque, claro, ¿qué podía hacer un cadáver desgarrado con un cuete recargado? Sí, debieron meter de prisa y a lo loco cuanto cadáver hubiera en la escena del desastre. Sin duda, el policía militar me quitaría el arma para ponerla a resguardo o, mejor, para robársela; no le daría ese gusto.

Le eché un ojo con mi sonar nocturno a la caja de la Hummer, tam, tam, tamb: estaba sellada de arriba a abajo, no había manera de escapar sino hasta que alguien la abriera por fuera; así que, apenas se detuviese el convoy, debería tener mi pistola lista y apuntando hacia la puerta: ¡clic!, jalar el percutor hacia atrás, como en una serie de Netflix, ¿lo lograría? ¿Debería disparar de inmediato, fuera quien fuera quien la abriese e intentar salir yo a la carrera? ¿Tomar de rehén al primer gorila que se me pusiera enfrente? La opción era estúpida: seguro habría un pelotón de soldados a la expectativa y el camión pararía en un campo militar para cremar allí mismo los cadáveres. ¡Rayos, estaba perdida! Pero apuntar hacia la puerta y detonar en cuanto se abriera era mi mejor opción: ¡tack tack! ¡Fuego! ¡Tack, tack!, que el que dispara primero…

Tomé las esposas del soldadito y le inutilicé las manos por detrás de la espalda por si acaso regresaba en sí. Me senté junto a él, ya con mi Heckler & Koch a cartucho cortado en las manos, ¡qué bonita era!, mucho más pesada que la de Daniela, que ya me parecía de niñas, aunque una de sus balas de plata me sacaría de la jugada en un segundo.

Traté de hacer memoria de cuánto había pasado: un rastro de imágenes que peleaban dentro de mi cabeza por decirme algo. Lenguas de fuego. Un mar compacto azul enrojecido cayendo a toda fuerza. Cuerpos de vampiros y *nahualli* despedazados. *Fuck!* Un golpe de esquirlas de concreto pegándome de lleno, desviando el curso de mi flecha. Danna también había disparado una milésima de segundo después de mí: ¡bang!, y la bala topó con la cartografía acuática, viajando en una ola de espuma junto a Coyote Desplumado. Luego el vacío. Mi vista se nublaba desde el fondo de un dolor que mataba más que las propias heridas de mi carne. Yo había alcanzado a volver el rostro para ver cómo Brünhild se abrazaba a Arinb en el revoltijo de rocas y agua. Gemelo Uno alzó su brazo para alcanzarme, y una vigueta le arrancó la mano de un golpe… y me fui a negros.

La luz, de pronto, parpadearía en un recuerdo verde: un grupo militar de asalto, compacto y eficiente, bajaba en cuerdas de rapel, haciendo zumbar sus mosquetones, apuntando hacia nuestra oscuridad, soltado disparos contra algún cuerpo que se moviera. El rugido de un helicóptero se colaba por el boquete bombardeado de la antes hermosa alberca de la terraza del Hilton. Un cierre corriendo ante mis ojos pelados ¡ziiiip! Una bolsa negra para cadáveres. Mi ataque de tos.

De pronto, un nuevo recuerdo me puso la piel de gallina, un recuerdo anterior a mi muerte. Arinb me había dado su dije de lapislázuli, y yo lo guardé en la copa izquierda de mi bra, ¿seguiría allí? El brasier estaba roído, pero el camafeo con el rostro de Herra Arinbjörn seguía adherido a mi pequeño seno con una goma de sangre reseca. Lo saqué y apreté con firmeza en la palma de mi mano… y besé mi puño.

Y allí estaba yo: con el dije en la mano izquierda y, en la derecha, la pistola amartillada. El tiempo avanzaba.

«*Skít!*, ¿qué hora es?»

Si el Señor Sol despuntaba ya en el horizonte, cuando abrieran las puertas de la camioneta, me cocinaría hasta hacerme un puchero de huesos, pelos y mierda. «¡El reloj del milico!» Jalé su mano y le bajé la manga… ¡Puf, apenas eran las 5:12! Tenía un poco más de media hora para salir de esa lata de carne cruda. El sol, el Maldito Señor Sol, ¿por qué, si yo era la amante de Apolo, el flechador solar, por qué, si yo era la *cihuateteo* roja del Señor Tonatihu, por qué el puto Rey Astro era mi peor enemigo?, ¡claro!, mi peor enemigo después de Daniela Ocelotl.

Volví a besar mi puño con el dije de plata —plata como la de la bala que Danna tenía lista para mi lóbulo frontal— y lo guardé de nuevo en mi pecho.

Afuera, la sirena de mi carroza fúnebre ululaba con voz de alfileres, ¡auuuuuuu!, cuando, de golpe y en sentido contrario, un silencio seco se instaló en los laberintos de mi cerebro, haciendo que el tiempo corriera en una lentitud desesperante. Era un aviso. Bajé entonces al fondo de la cabina, saltando decenas de bolsas de cadáveres. ¡Rayos!, quizá en alguna de ellas estuvieran Arinb o Brünhild; quizá el cuerpo desangrado de Gemelo Uno, con su mano arrancada de tajo. Regresé el martillo de mi Heckler a reposo, la guardé en su funda y me di a la terea de abrir, al azar, una tras otra, las bolsas de muerto. Rostros deshechos, irreconocibles, una vieja bruja desdentada, un nahual con hocico de armadillo, montones de brazos y piernas, vísceras batidas en sus jugos. De pronto, *fuck me!*, allí estaba Rotten Boy con la cabeza partida en dos, con sus sesos derramados; sentí pena por él, sí, pero no tanta si esto hubiera ocurrido hace un par de semanas. Él era también un mestizo. Y si regresaba la masa cefálica al cráneo y lo volvía a unir como una pieza de Lego, ¡clac!, ¿la regeneración vampírica lo dejaría como nuevo, con su rostro de nena oscura, intacta su larga y lacia cabellera? De esto no hablaban la Meyer ni Anne Rice: para ellas los vampiros, luego de ser desmadrados, quedaban siempre de una pieza para luego resucitar sin armado de rompecabezas; sí, pero la carnicería a la que me enfrentaba era algo demencial y complicado, repugnante. ¿Y Peter Murphy y el laudista medieval? ¡Carajo!, ¿en qué bolsas de puré estaban Arinb y su hermana? Si sus cabezas estaban por allí y sus troncos por acá, ¿las calabazas recuperarían el cuerpo en su resurrección, como la lagartija con su cola arrancada..., o, bien, los cuerpos desarrollarían cabezas nuevas, éstas sin memoria, sin dios ni diablo, sin consciencia de sí? De lo contrario, ¿tendría que pegar con Kola Loka las seseras a los cuerpos?

«¡Daphne, ¿qué pendejadas estás pensando? Avívate, ya vienen por ti y te pondrán a secar al sol como un pedazo de carne salada, cecina de Yecaplixtla». Sí, pero, «¿avivarme, neta? ¿Para qué? ¿Para que todos abucen de mí, para que me pisoteen, me mientan, me traicionen y abandonen a mis flacas fuerzas? ¡Ya basta, basta ya!»

¡No!, no tenía ánimo ni fuerzas para seguir inspeccionando las bolsas forenses, no tenía ánimos para seguir peleando, para sobrevivir, para reencontrarme con los besos de Arinb: sólo quería descansar, dormir, mandar todo y a todos a la chingada, así que me hice un ovillo en una esquina del cajón de la Hummer. Esperaría por la muerte definitiva, un corte radical que me borrara para siempre de la tierra y de las realidades conjeturales de Daniela, Arinbjörn y Santajuana.

Volví a tomar el camafeo de mi vampiro para guardarlo en el lecho de mi mano. Cerré los ojos...

... y ¡broammmm! Regresó la escandalera del mundo. ¡Broammmm!, la Hummer se cimbró por un impacto fortísimo, un golpazo que lo sacó de la línea recta que había tomado en una aceleración constante y bárbara. Los cuerpos, el militar, yo misma, salimos disparados de arriba a abajo, de un lado a otro, con violencia salvaje, ¡tack, tack!, caos de golpes que me deshilaban de piernas a brazos en un vacío ingrávido, azotado por los interiores de nuestro sarcófago con ruedas. Crujidos y volteretas. Y tanta carne éramos allí, que los cadáveres atenuaban mis impactos contra el techo, contra los laterales que cambiaban de orientación entre sacudidas, hasta quedar de cabeza en un chirrido de metal contra asfalto.

Luego la quietud. El silencio mezclado con mis quejidos. ¡Mierda, ¿otra vez?! ¿Cuántas muertes y cuántas heridas debía yo experimentar en un solo y puto día con su noche sin fin? ¡Claro!, ahora tenía una rajada en mi cabeza y una pierna fracturada, girada hacia atrás; aunque, bueno, al menos, y en contra de cualquier pronóstico, confirmé que el dije siguiera firme en mi pecho: bien sabía yo que de él dependía mi supervivencia. Lo tomé y apreté con mi última fuerza.

¡Tung, tung!, golpes contundentes en un costado de la carroza mortal. Un hoyo comenzó a abrirse encima de mí: pétalos raídos de lámina. Medio rayo de luz de luna se coló por allí. ¡Tung, tung!, el boquete siguió creciendo empujado por una sierra… Y bajó un hombre corpulento por allí, vestido de elegante negro, con pasamontañas y un torniquete cerrando la herida de su antebrazo mutilado. Era, por supuesto, Gemelo Uno.

—Vamos, *mistress* Daphne, está a punto de amanecer.

XVI

Jamás pensé viajar en un Lamborghini rojo cereza, ¿cómo crees?, mucho menos a 200 kilómetros por hora, por una cuesta que cruzara la sierra de La Marquesa en un trazo abierto a pico y pala en la espesura boscosa, ¿otra de las exquisiteces demodé del príncipe Adigaard? Delante venía custodiándonos un auto más, un jaguar negro, ¿una metáfora sobre la esencia de Daniela?

Un apretado comando de asalto había interceptado la solitaria Hummer forense, la cual tomaba rumbo al Campo Militar Número Uno para incinerar *las bajas* que había dejado el ataque a la terraza del Hilton. La orden de algún general a cargo habría sido no dejar rastro, arrasando por igual a vampiros y brujas que a *nahualli*, bestias varias y huéspedes colaterales. Hasta ahora, especulé, el ejército había cuidado a Arinb; pero esta vez la paga por protección no era suficiente para tapar algo tan gordo y caliente, ¡una batalla en un hotel de lujo! La Secretaría de la Defensa habría decidido terminar el negocio y, a cambio, dejar en ruinas el Hilton. Callar a la prensa y a la opinión pública no iba a ser fácil, luego de la masacre en las barracas amotinadas de Santa Cruz; aunque, claro, para el podrido poder militar de mi país no había imposibles… hasta entonces.

Ajados, sin quitarse sus capuchas, mis inconfundibles Gemelos de la Suerte iban en los asientos delanteros del Lamborghini;

Gemelo Dos, por supuesto, era quien conducía. Ellos y sus refuerzos habían actuado en un ataque relámpago pues, de un momento a otro, llegaría al lugar de la emboscada otra camioneta forense, con más entregas de *t bone steaks*; aunque también cabría la posibilidad de que nos cayeran refuerzos enemigos si es que el chofer había alcanzado a mandar una señal de sos. Un bazucazo unipersonal a la cabina del piloto había sido suficiente para detenerla. La volcadura del bólido era inevitable, peligrosa, como lo podían comprobar la ranura de alcancía en mi cabeza y mi pata trozada. El ejército se tardaría en reaccionar: tan ensimismados estaban en el operativo del Hilton, que dejarían pasar unos minutos, precisos para nosotros, para caer en cuenta de que les faltaba una carreta de la muerte: esta fisura operativa era la que habían aprovechado que mis Gemelos del Amor para rescatarme, ataviados con pasamontañas y armas largas, igual que insurgentes urbanos. El tirador del lanza morteros se había parado junto a mí cuando los gemelos me metían en hombros al Lamborghini. Él me revisó con veloz y frío detenimiento e hizo una señal de ok; iba con su bazuca terciada en la espalda y daba órdenes con movimientos de manos enguantadas, urgiéndonos a salir pitando de allí: era el jefe de la operación. ¿Quién estaba detrás de ese pasamontañas?

«¡Por Dios y todos sus demonios, que sea Arinb!»

El Encapuchado, cojeando, fue hasta un poste con semáforo e hizo un saludo de dedo a una cámara C6 de seguridad, sacó un control remoto de una de sus bolsas, apuntó al video espía, y ¡clic!, el led rojo que indicaba que estaba prendida se apagó. ¡Vaya, eso era poder y no pendejadas! Subió al Jaguar y arrancó.

Atrás había quedado la Hummer en llamas, trazando una densa y delatora columna de humo negrísimo: los cadáveres de allí adentro se los íbamos a dejar a los milicos a punto de cocción.

Pensé en Rotten Boy: ahora sí no tenía remedio el pobre. Por delante, el camino estrecho, construido con eficacia en medio de la última espesura de los bosques de mi patria, el Jaguar se abría paso cada vez más profundo, y nosotros, detrás. El sol ya clareaba el casquete nocturno que columbraba sin más astros. La única lucecita que cintilaba para mí era la de mi amado Lunar Estrella; pero él, incluso, se debilitaba: la piel se me iba calentando poco a poco hasta lo intolerable. ¡El Señor Sol, el Señor Sol! Mi herida y mi pierna punzaban con descargas eléctricas.

«¡Ay, que estoy ardiendo! ¡Ay, que soy una tea ardiendo a todo fuego!»

Sí, yo seguía alucinando como en la Hummer, ahora más.

Sin bajar la velocidad, en un conducir suicida, como era su deliciosa costumbre, Gemelo Dos atravesó un claro y se dejó ir por una puerta que se abría con lentitud desesperante.

Mis brazos y piernas se ampollaban, y mi Lunar Estrella dolía como un batazo a media jeta. La vista se me nubló de blanco leche, y, en respuesta, apreté con más fuerza el dije de Arinb antes de que me desmayara.

«¡Señor Sol, sarnoso y vil, maldito seas!»

El auto se detuvo con un aparatoso rechinar de llantas, *as fucking usual*. Se abrieron las puertas de inmediato y fui envuelta en una frazada de lana negra que me picaba horrendamente: «¡Ay, mi carne viva, mi carne abierta en canales y sal!».

Gritos, aullidos ininteligibles, susurros, pasos, taconeos correteando.

El ardor de ácidos bajaba de intensidad y la mirada blanca cambió a un negro deshilachado. Varias manos, cinco, me cargaban. Con delicadeza innecesaria fui depositada en una cama suave, suave y perfumada: ¡vaya, comenzaba a recuperar mis sentidos! El oído quiróptero se me anegaba en un caos de zumbidos que derivaron, lento y erráticamente, en silbidos suaves. Mi lengua era de sal; el dolor de mi cabeza y pierna no cesaban. Me quedé dormida un segundo: no pude soñar.

Y así, en negros, regresé a mi mundo de oscuridad en una marea líquida, deliciosa y fría: sí, frío era lo que necesitaba para reconfortarme. Una mano acariciaba mi pecho desnudo. Un espasmo de miedo me sacudió: «¡El dije!», pero mi mano seguía apretando la joya divina.

La fragancia a rosas frescas que despedía el lecho acuático aliviaba mi cuerpo entero, y lo mejor: habían desaparecido cada uno de mis dolores: el de mi pierna rota, el de mi cabeza sangrante, de la piel pelada y recién nacida, y mi hermoso Lunar Estrella.

De nuevo, me acarició un airecillo dulce de música de laúd.

—¡Ah!, Jozef sobrevivió! —exclamé con un chispazo de alegría, y la voz se me quebró.

—Sí, querida —habló por fin Arinb con esa voz suave y densa que era mía desde antes de que yo naciera—, sobrevivieron Van Wissem y su laúd. —Una delicada y fresca ola subió por mi pecho, anunciando la presencia del cuerpo también desnudo de mi amante—. Pareciera una frivolidad burguesa, estúpida y egoísta, inaceptable, alegrarnos por el hecho de que la música sobreviviera al cataclismo. —Un sollozo le hirió la voz a Arinbjörn—. Muchos de los nuestros fueron aniquilados definitivamente, sin ninguna posibilidad de regreso... algo terrible, triste. Pero la música es un bálsamo vital para nuestras almas. Sin música, la vida no tendría sentido.

—¡Eso lo dijo Nietzsche, uno de los grandes torturados del mundo! —exclamé emocionada—. Murió enloquecido por los dolores de la sífilis, con un tumor en la cabeza: cáncer, el maldito cáncer.

—El cáncer al que tú y yo vencimos en una laguna ardiente de Island.

—Fue un sueño —afirmé con inseguridad.

—Sí y no —me explicó—. Sí y no.

La otra mano de Arinb, que ya me acariciaba el cabello por la nuca, se movió con delicadeza rumbo a mi mejilla, hacia mi Lunar Estrella. Yo se la tomé por puño, con fuerza, para besarla.

¿Dónde nos encontrábamos, a parte de una piscina reconfortante, tanto como la laguna de Þingvellir? La oscuridad era tan intensa que ni siquiera mi nueva percepción vampírica podía escudriñar por ahí. Después de besar la mano de mi señor, la desplegué frente a mí y deposité en ella el dije de lapislázuli.

—Tómala, querido. —¡Le había dicho *querido*!—. Tu amuleto, él me salvó de la aniquilación.

—¡Una vez más! —celebró Arinbjörn Adigaard.

Entonces apretó el dije y lo dejó caer al líquido lechoso en el que flotábamos, ¡plinc!, hasta que golpeó el fondo de nuestro lecho. La voz aguda de la plata resonó a nuestro alrededor con un eco corto.

—Es tiempo de que curemos nuestras heridas, querida — interrumpió, con tono dolido, una voz a mis espaldas. Movida por la desesperación, busqué una mano en la oscuridad. Mi sonar de murciélago la localizó antes que cualquiera de mis sentidos: allí estaba. Entrelazamos nuestros dedos y me eché a llorar: Brünhild también había sobrevivido.

XVII

El hermoso tazón de porcelana china, decorado con dragones que danzaban entrelazados en oleajes de fuego, con su amplia boca coronada por una cinta de oro pulido, tan antigua como mi señor Arinbjörn Adigaard, reventó contra la pared. Una mancha de sangre espesada derramaba lágrimas rojas, tal y como si el muro hubiera recibido un vergajazo de plata al blanco vivo y, abierto en sus carnes dispareja y oscuras, estuviera herido de muerte.

—¡Pero, ¿qué mierda espantosa es ésta?! —grité enloquecida, fuera de mí. Yo era quien había estrellado su *cena* contra la pared.

Jozef dejó de toca el laúd y el salón de la vieja y oscura casona guardó un silencio incómodo. Éramos cerca de treinta comensales, entre brujas, súcubos y vampiros, ¡qué lejos estaban ahora de sus mamonas soberbia y sensualidad en la de la noche de Walpurgis!, desgreñados, con las ropas raídas, sucios, de rímel corrido en los ojos enrojecidos. Aun así, maltrechos, débiles y deprimidos, varios heridos, algunos delicados y otros sin más opción que la muerte definitiva, bien resguardados en las habitaciones que abundaban en el piso superior de la mansión, Arinb había convocado a esa elegante cena para retomar fuerzas: el plan era abandonar lo más pronto posible el país y escapar a Shanghái y Reikiavik, disolver el grupo hasta nuevo aviso.

La sangre había sido servida de tres en tres por mis gemelos en aquellos tazones que bien podrían haber sido el orgullo de alguna mesa burguesa, pero que yo deseaba hacer añicos para siempre.

Una anciana se levantó de su silla Luis XV, fúrica, con sus largas y rotas canas escurridas sobre la cara, señalándome con su dedo huesudo.

—¡Eres una insolente, una mestiza indigna del alimento que aquí se te brinda! —había hablado en islandés, mientras yo entendía hasta la última palabra.

Gritos maledicentes, manotazos en las mesas apolilladas, murmullos.

—*Helvíti gamall, gömul kona kítur!* —le contesté con fluida dicción de aristócrata islandesa: «¡Vete a la mierda, puta anciana!».

El desorden subió de tono. Ella me iba a contestar algo, pero Arinb se puso de pie y terminó con el caos que comenzaba a correr sobre las grandes mesas comunitarias, levantando la mano izquierda y azotándola en la madera, con tal poder, que levantó una nubecita de astillas.

—*Að leggja af stað!* —«¡A callar!»

Todos, irritados y refunfuñantes, volvieron a sus tazones para beber la sangre que se coagulaba con rapidez. Y tragaron con desesperación, acogotándose los cuajarones, eructando groseramente… de ello dependía de que aliviaran sus cuerpos maltrechos y derrotados, que no murieran de hambre.

Yo sabía que tenía preeminencia sobre la vejeta, que había sido la elegida para mantener con vida en esta tierra a su señor Arinbjörn Adigaard, y ella, ni lejanamente… eso creía yo.

—No sabes a quién te has echado de enemiga —me murmuró Brünh, burlona, mientras me servía un nuevo tazón de sangre. ¿Me había hablado en español o en islandés?

—Mi única enemiga es Daniela —le contesté también a media voz, haciendo a un lado el amorcillado platillo gourmet—, lo demás me tiene sin cuidado.

Brünhild y un par de súcubos que más bien eran unos eunucos sin energía ayudaban a mis gemelos a servir. Me guiñó un ojo y dio unos pasos hacia atrás, pues sabía qué era lo que seguía.

—El problema en esta casa no son los enemigos, sino los aliados —intervino Arinb en voz alta, para que cada uno de los presentes lo escuchara con claridad. Empujó el cuarto de litro de plasma hacia mí y, con la premura de un dedo que señalaba a golpecitos el cuenco, me ordenó que tragara mi ración.

Yo no lo quería hacer, me parecía repugnante e inaceptable, pero las tripas me riñeron: necesitaban llenarse de algo que no fuera un brócoli hervido o un queso tofu de mi antigua vida vegana.

—Es obvio lo que está pasando —continuó Arinb, una vez bebida su porción cruenta, sin perder la compostura, limpiando la comisura de sus labios con los toquecitos de una servilleta de seda, ¡sí, era un desgraciado príncipe!—. Llegar a estas tierras tenía su costo. Ustedes vinieron por decisión propia, para ayudarme en la jornada del Walpurgis Rojo, y presenciar la teofanía blasfema de la reencarnación, se los agradezco. Aunque, admítanlo, su decisión no fue desinteresada: sin mí, no pueden sobrevivir en este mundo… ni en el otro. —Los murmullos volvieron a roer el ambiente, y él los aplastó levantando el volumen de su voz de un modo apabullante—. ¡Ahora…! Ahora, como en muchas otras crisis, debemos cerrar los tejidos del trozo de verdad que nos mantiene unidos y con vida. El enemigo no está entre nosotros, está allá afuera y nos muerde los talones. —Arinb se volvió hacia mí y me ordenó en voz alta, con voz de tijeras afiladas—: Y tú, Daphne de los Mataderos, tienes que beber de ese tazón y frente a todos, como un acto de humildad fraterna, quieras o no quieras.

—Pero yo…

—¡Hazlo ya, antes de que se arruine!

Mente en blanco: *El arte zen de beber sangre sucia*.

Pero no, obvio no podía abstraerme: para esto no estaba yo preparada. Me puse de pie y levanté el tazón frente a la horrible concurrencia: mis *iguales*.

—Con esta sangre venida del horror que vive mi patria —dije con una decisión improvisada, furiosa—, brindo por los que ya no están con nosotros. —En realidad, mi brindis se refería sólo a Peter Murphy y Rotten Boy… ¡ah!, y a la mano de Gemelo Uno, los demás no los conocía y me importaban pito—. ¡Salud!

Fue un golpe efectista, más artificio que corazón, y dio resultado: los comensales, incluida la anciana, alzaron sus tazones y terminaron de beber, ahora sí con discreción y pundonor, con excepciones de un par de vampiros que lamían con ansia hasta la última gota de sus tazas. Yo, en cambio, me quedé en suspenso, con la sangre a unos centímetros de mi boca y nariz. *Fucking skít!* Su olor era exasperante. Lancé un grito que asustó a todos, salvo a Arinb y a mis gemelos, y tragué. Yo sabía que en cuanto la sangre tocara mi lengua, vomitaría, tal vez me iría de nalgas al piso para revolcarme en mis propias eses. Y, sí, casi lo logro; sin embargo, una llamarada sorpresiva se abrió paso en mi estómago a punta de látigo, un fuego dolorosísimo que sólo podía apagar el trago inmundo de sangre. Mi vulva se encendía al tiempo que un golpe de orgasmo me sacudió por la garganta. Los coágulos que pasaban por mi epiglotis se desbarataban en trozos filamentosos, trazando hebras elásticas por el esófago: lo podía sentir milímetro a milímetro.

Quedé satisfecha, frustrada, odiándome a mí misma por lo que hacía frente a una concurrencia bárbara y entrometida. La vejeta soltó una risotada.

—¡Bah, al final puede más el hambre que el orgullo! Jamás serás una de nosotras. Nunca, mestiza de mierda.

—¡Habló la filósofa de los lugares comunes, la descubridora del hilo negro, la inventora del agua tibia! —contraataqué con más clichés, metida en una inercia que me hacía vibrar—. No, no quiero ser una de las tuyas, ¡jamás!; pero ya vendrás un día de rodillas y agonizando para dejarte entrar en mi...

—¡Basta! —gritó Arinb, arrojando también su tazón contra el muro.

La anciana se puso de pie. El guerrero de la espada la encaró.

—Arinbjörn —le dijo la bruja, alzando una vez más el dedo, pues todo en ella era un lugar común—. Ya no nos necesitas, ya no te necesito... no te necesitamos. El renacimiento se ha consumado, y nada, *nada* de lo que nos prometiste se ha cumplido. Perdí a mi consorte y a muchos amigos por tu arrogancia y descuido. Un descuido estúpido y criminal.

—Yo veo las cosas diferente, Dona Kristjana. —¡Vaya!, doña Cristiana tenía nombre—. Lo que hice hoy no fue dejar morir a los nuestros, sino salvarle la vida a usted y a los que estamos aquí reunidos.

—Sí, vemos las cosas distinto. Así que, apenas deponga en sol, yo y mi conciliábulo nos largamos.

—Lo sé. A mis espaldas, contrataste un grupo élite militar para que los saque con vida de aquí a ti y a los tuyos. Quizá lo logren, pero debo advertirte que mañana este país arderá con un fuego jamás visto, y no sé si tus soldaditos israelíes tengan tiempo de atender a un puñado de brujas y vampiros desesperados. Aquí no tenemos un túnel escarbado en la montaña por dónde poder escapar ilesos, como en nuestro Hilton.

—Ya nos veremos dentro de otros cincuenta y dos años, Herra Arinbjörn Adigaard. Ojalá que ambos sobrevivamos.

—Suerte, Dona Kristjana.

Ella, otras once brujas y cinco súcubos, incluidos un par de los que nos servían las sopas mortuorias, abandonaron el oscuro comedor de muros de piedra volcánica. Yo quería que las gruesas vigas de madera viva que sostenían el techo se les vinieran encima, pero me conformé con pintarle pito a la decrépita Cristina.

Brünhild soltó una risotada, el manifiesto de que se las traía contra la anciana de nariz larga y pómulos hundidos: la típica bruja Escaldufa.

—Es hora de que *todos* los demás también vayan a las habitaciones que les corresponden —ordenó con suavidad mi señor a los leales a su causa—, yo estaré allí para velarlos, para curar sus heridas, ésa es mi prerrogativa. —Apretó a mano entera su dije y, tras una pausa, tomándome con delicadeza del brazo me explicaría—: Dormir es nuestra mejor medicina. Vamos…

Pero yo no me movería de mi asiento sino hasta que el salón se vaciara. Brünhild y los gemelos limpiaron las mesas y recogieron los tazones chinos, mientras Arinb y yo permanecíamos en silencio. Ella, entonces, se puso frente a nosotros, a la espera.

—¡Bien!, comencemos la incómoda charla —dijo Brünhild, mirándonos con impaciencia.

—No, hermana. —Arinb había sido cortante—. Esta plática la tendremos sólo Daphne y yo. Tú necesitas reponerte, vienen horas difíciles.

—Está bien —respondió su hermana con cara de rabieta y, ¡plaf!, dejó caer los tazones que tenía en las manos, haciéndolos añicos contra el piso, lo que la hizo recuperar su sonrisa—. Está de moda romper trastes antiguos, ¿cierto?, yo no me podía quedar atrás. *Ciao, amici.*

Brünhild salió con el gemelo manco tras ella. Gemelo Dos, por lo visto, sería mi escolta personal en lo que restaba del día.

Y encaré por fin a Arinb.

Hacía unos minutos atrás, apenas nos sentamos a la mesa, lo cuestioné sobre nuestro abundante y espantoso alimento. ¡Mierda, de algún jodido lugar había tenido que salir tanta y tantísima sangre! Él, sin miramientos ni metáforas, me había dicho la verdad sobre el origen de toda aquella basura: un cártel, famoso por su violencia y estúpida crueldad, le hacía entregas de varios litros de *mercancía* a la semana. Sicarios y pozoleros ordeñaban esa sangre de las venas y tajos de adversarios de otros grupos, la crema y nata del crimen organizado, contra los que peleaban a muerte por el control de la gigantesca plaza que implicaba mi ciudad, mi ciudad maldita.

Ahora estábamos a solas Arimb, Gemelo Dos y yo.

—Arinb, esta sangre —dije enrojecida por la rabia, señalando unas gotas que habían caído de mi tazón a la mesa—, esta sangre es el símbolo del horror que está haciendo mierda a mi patria: asesinatos, secuestros, feminicidios, trata de blancas y desapariciones forzadas, la tortura y el pinche miedo que nos corroe, que nos paraliza. ¿Sabes cuántos presidentes putos y gobernadores pendejetes, cuántos criminales jefes de la policía, militares sin escrúpulos, ricachones-rata están detrás de estas gotitas? Dime, ¿tienes idea de cómo desangraron a los tipos que hoy nos alimentaron en estas mesas llenas de brujas podridas como la tal Kristjana?

—Sí, por supuesto *sé* de qué hablas —respondió Arinb *casi* avergonzado, mirando hacia el vacío, sin perder por ello una pizca de su autoridad—. Es un crimen lo que hacemos, pero no teníamos otra opción: no podemos andar merodeando por las calles en busca de víctimas para desgarrarles la garganta, escondiéndonos de la policía mientras asesinamos a esa gente inocente que, tú misma dices, vive atrapada en el terror. ¿Añadir el miedo a los vampiros y los asesinos seriales al que ya sufren día a días?

—Esta sangre es de personas asesinadas. *A-se-si-na-das.*

—Al menos no se trata de gente inocente —se defendió Arinb—. El trato con mis clientes es que sólo recibiríamos sangre de rivales, no de población común.

—¿Y tú les creíste? —lo cuestioné, asombrada por la ingenua ignorancia de mi señor—. Tú eres un guerrero y sabes de la barbarie de la guerra; y este país vive en guerra.

—No, la guerra es cuando el rival tiene armas y ejércitos para defenderse. Esto que vive *tu patria* es un genocidio. Y, créeme, la guerra, una verdadera guerra insurgente está a punto de estallar.

—¿Daniela y sus *nahualli*?

—Ella sería apenas la punta de iceberg —me aclaró Arinb, apretando de nuevo su dije—, pero hasta ahora no sabemos nada de ella.

—Ojalá esté muerta, bien muerta, aunque me quede con las ganas de meterle una de mis flechas doradas por la cabeza.

—Daphne, lo que viene es la guerra del fin de mundo… del mundo conocido. No sabemos qué es lo que vaya a engendrar este cataclismo; no, pero debes estar segura de que será algo nuevo, diferente hasta lo doloroso.

El tono de la discusión me había llenado de angustia, de una urgencia nerviosa.

—¡Un teléfono! —exigí de pronto—. Necesito un teléfono.

Gemelo Dos tomó de una bolsa oculta de su saco un Samsung que abrió, trazando un laberinto de líneas en su pantalla, y lo puso en la palma de mi mano.

Marqué.

—¿Abuela?

—Daphne, ¿estás bien?

—Sí. —Suspiré con alivio.

—Estaba preocupada por ti, hija… muy preocupada. —¿Sollozaba, sollozaba la mujer más dura del cosmos?—. Vi en las noticias que hubo un incendio en el Hilton de Santa Fe. Y marcaba y marcaba a tu teléfono y una estúpida me decía que estabas fuera del área de servicio.

—Estoy bien, abuela. —Y comencé a regañarla—: Pero, si no podías marcarme, ¿por qué carajos no hacías contacto conmigo con esa voz tuya que resuena en mi cabeza cada que algo anda mal?

—Lo intenté, Daph; algo ha cambiado, ¡mierda! —Tosió con acento de flemas—. La conexión se rompió. No hay más vínculo mágico entre tú y yo.

—Abuela, es que ya soy otra… soy otra —concluí derrotada—. Pero, tú, ¿estás bien? —La posibilidad de que Daniela hubiera sobrevivido al ataque en el Hilton era idéntica a la nuestra, idéntica y peligrosa, y aquí estábamos Arinb, mi Gemelo Dos y yo, vivitos y coleando—. Voy a mandar por ti en este instante.

—Tú tranquila, tengo mis propios métodos para defenderme.

—Me importa un cacahuate en rebanadas que tengas tus propios medios. Tú enciérrate, cuélgate todos los amuletos tejidos con mis pelos y haz mil sortilegios que puedan protegerte. No le abras a nadie que no sea uno de mis gemelos. ¿Los recuerdas?

—Sí, muy bien.

—Y, abuela, no olvides tus medicinas y tu tanque de oxígeno.

—Y mis Gitanes —se atrevió a bromear Santajuana de los Mataderos.

Sí, sus Gitanes, los pinches Gitanes de Daniela.

—*Bye*.

Colgamos.

—Gemelo Dos, tráeme a la abuela ahora mismo.

Mi Gemelo de la Suerte dudó, y Arinb afirmó con la cabeza, entrecerrando los ojos.

—Yo me haré cargo de ella —le dijo al hombre muro.

Gemelo Dos tomó su teléfono y, al guardarlo en la bolsa interior de su saco, aprovechó para checar su Heckler & Kosch semiautomática, idéntica a la mía, si no es que era justo la mía, y sacó de un clic el cargador: estaba lleno de flemas expansivas, lo volvió a meter y jaló el retrocargador. Pude escuchar cómo una bala se alojaba en la recámara de la pistola. Le puse el seguro y la acomodó en su sobaquera, para dar media vuelta y salir de prisa.

Me relajé en un largo suspiro y entrecerré los ojos: apenas fui consciente de que me desbarataba de sueño. Un bostezo.

Arinb me tomó de un brazo y salimos del comedor abandonado.

Los pasillos de aquella casona derruida me parecieron demasiado largos, demasiado aburridos. Me habría encantado verlos iluminados con antorchas como en una película de El Santo o Vincent Price, pero sólo había tiras leds de luz fría y que los hacían más deprimentes.

En la planta alta, nos detuvimos en la primera y más suntuosa puerta del pasillo: el privilegio de ser Herra Arinbjörn. Tras la pesada hoja de madera, labrada con rostros de gárgolas y demonios ridículos de tan serios, en una recámara espaciosa y desnuda, tres féretros forrados en seda blanca plisada con meticulosidad ocupaban el centro del espacio, dentro de un pentágono trazado con sal. ¡Vaya!, esta escenografía ya me gustaba más; aunque había un tema, yo quería dormir en el mismo lecho con Arinb, y por lo visto, los sarcófagos, *as usual*, eran unipersonales, ¡rayos!

Dentro de mi caja mortuoria, había un camisón egipcio de algodón de 500 hilos importado de Dubay, ¿por qué sabía yo esto? El tacto de la urdimbre era delicado y vaporoso. Me desnudé con la ayuda de Arinbjörn, pues mis reflejos estaban en grado cero... menos cero, si nos ateníamos a matemáticas cuánticas. Era tan *random*: el lastre de la embriaguez de la sangre de sicario, la modorra vampírica de las horas diurnas. Mis bubis quedaron al descubierto con un halo de vapor blanquísimo, y mi coño reclamaba por su amante; pero el guerrero me cubrió con el camisón y, como si fuera yo de aire y nubes, me levantó en vilo para depositarme en mi mullido sarcófago. Olía a fresas con lavanda. Crucé mis manos sobre el pecho, entre broma y verdad.

—Bésame, Arinb —balbuceé.

Lo hizo, y como una Bella Durmiente Bizarra, con ese beso, en lugar de despertar, caí dormida y en paz.

Los rayos del Señor Sol descendían francos y suaves, en abrazo sanador, lamiendo el mundo en ángulo oblicuo, vuelta mi sombra un largo camino de espejo, allí y acá, sobre un campo de trigo maduro extendido hasta las faldas de un macizo de montañas nevadas. El mundo entero era un baile de oro: el cielo, las nubes, el aire bajo mi falda, la nieve en lontananza, la tierra hirviente, el agua pulverizada de las propias manos. Mi Lunar Estrella era una medalla áurea, lo mismo que mis pecas que correteaban juguetonas por mi cutis. Cabellera de hilos de oro rojizo, el canto que emergía de mi vientre y mi garganta.

«¿Qué es lo que debo hacer, hacia dónde…, cómo?»

Decidí seguir la ruta que trazaba mi silueta en el trigal interminable, hasta que, a lo lejos, pude distinguir un único árbol en medio de la llanura. Éste, verde, de una circularidad perfecta y profunda, era el fin de mi larga sombra. Bajo él, una anciana tomaba el té en una mesita que, sin patas que la sostuvieran, levitaba estable en el lomo del aire. La infusión olía a manzanilla y frutos verdes. Al otro lado de la mesita, había una delicada tacita de porcelana china en la que la viejecita servía.

«Siéntate», y, como ella, recargué mi cuerpo en una cómoda y mullida vibración translúcida. La anciana me sonrió: era Santajuana de los Mataderos. «Te amo, abuela.»

A un lado de ella, por su costado izquierdo, un espejo de cuerpo entero agitaba con suavidad el azogue de su superficie: una célula de mercurio que regresaba a mis ojos el reflejo del mundo en distorsiones concéntricas, el reflejo de cada uno de los universos existentes… todos menos el mío. Quise angustiarme por esa ausencia, pero el té que caía en mi vientre conjuraba cualquier ansiedad y preocupación.

«No ser reflejo en el mundo que vibra al otro lado de mi espejo es un buen signo, hija, quiere decir que eres inmortal.»

Volví a mirar al Señor Sol y éste no me hacía daño, al contrario, me amaba con una pasión alegre y romántica. Sí, él sabía que era yo inmortal.

«Aunque la inmortalidad también tiene sus fronteras, como el tiempo mismo, que tiene un comienzo y un final, que es finito dentro de su eternidad.»

Tomé una flecha de mi carcaj, tensé la cuerda ensartada en el culatín de mi saeta y disparé hacia el cenit. En el aire, mi proyectil comenzó a incendiarse por su punta hasta explotar en segundo sol, una estrella enana roja. Verlo directamente no dañaba mis pupilas, su temperatura era baja y su horizonte de habilidades permitía que planetas como el nuestro tuvieran vida por su bajo flujo estelar y acoplamiento de mareas, así que lo escudriñé sin temor: era el rostro de una chica de cabellos ensortijados. Una mancha solar bajo su ojo izquierdo era el mapa del alma de la flechadora estelar, no luna, no aurora boreal: Daphne Estrella Roja.

Volví mi rostro al espejo encantado de Santajuana para echar de menos mi Lunar Estrella.

«Si te pudiera ver desde la refracción de mi espejo, Daphe, podríamos seguir murmurándonos secretos a la distancia; pero ahora eres de otra materia, y tal vez me toque a mí, por igual, cambio de piel, para seguir charlando allí donde nadie más pueda escucharnos… aunque no, no por lo pronto. Este espejo es el que me protege, es *la puerta* por la cual transitar, la ventana por donde me asomo a otros mundos posibles, mundos míos y ajenos en los que practico mis sortilegios y milagros.»

Miré hacia el fondo del espejo: su manso oleaje me devolvía el recuerdo de una asfixiante habitación, su clausura sucia y oscura. Era tan sólida y tangible aquella estampa, que bien podía percibir el olor amargo de miles de cigarrillos sin filtro, el perfume de los esputos de la abuela anegando una escupidera de aluminio, polvo flotando por doquier entre los aleteos de polillas y mariposas de la muerte, comején y moscas tornasoladas. Lejos de asquearme con esa visión, caí en un *impass* de profunda nostalgia.

De pronto, sentí frío y un viento nuevo agitaba las espigas de los campos de trigo.

«Del otro lado del espejo está el mundo real, aunque, como ves, éste no es menos tangible. Por eso no debes temer por mí, hasta aquí no llegan las manos del enemigo, y de llegar, siempre podré cruzar hacia *el otro lado*.»

Mi té ahora era de jazmín con toques de canela. Santajuana se puso de pie y plisó con ambas manos la larga falda de su *oufit*. Era lindo su vestido de terciopelo negro con encajes morados y un cinto oscuro por la cintura, gola blanca en el cuello y escarolas correctamente almidonadas en el pecho. Llevaba en la cabeza un sombrero de alas amplias, adornado con flores frescas que el nuevo viento comenzaba a desordenar con un suave rugido venido detrás de las lejanas montañas. El dorado de los trigales se volvía cobrizo.

La abuela, removió el cuello de su vestido y llevó una mano al pecho para sacar su mítica llavecilla de plata con engastes de lapislázuli, la de su biblioteca prohibida. Caminó hacia mí y puso el collar en mi cuello.

«Sí, este mundo no es real; aun así, al heredarte esta llave, aquí, en este paraíso de trigos de oro que tantos años y cuidados me ha llevado construir, la llevarás contigo cuando despiertes al mundo de la guerra. Ahora eres la dueña absoluta de mi biblioteca, de toda ella. Pero esta llave no sólo abre el hocico de mi secreter, hay muchas puertas por las que podrás cruzar con ella, y abrirás muchos cofres llenos de tesoros y sabiduría. También con ella cerrarás ciclos, épocas, clausurarás para siempre ventanas y echarás a andar fantásticas naves que te llevarán por mares, cielos y montañas.»

No me gustaba el tono oscuro que iba tomando el soliloquio de mi abuela. De pronto, en un violento cerrar y no querer abrir los ojos, un ramillete de rayos y truenos reventó a lo lejos. Una techumbre oscura eclipsó mis dos soles con velocidad aterradora, y, en medio de volutas grises, un remolino, el ojo de un huracán, arrastró el paisaje hacia sus entrañas.

Santajuana, impertérrita, deteniendo el sombrero sobre su cabeza, me dio un beso en la mejilla. Ella estaba hermosa con esa sonrisa que me regalaba sin mayor preocupación, con la serenidad de quien sabe que va a morir. El viento, que ya era un vómito rabioso, comenzó a arrancar los tallos de los trigos, a fundir la nieve de las montañas, a desnudar la fronda del árbol que ya jamás nos cobijaría con su sombra.

«Ya vienen, ya. Me tengo que ir, Daphne. Te amo.»

«Y yo a ti, abuela, te amo.»

Ella corrió hacia el espejo que, vigoroso, resistía por seguir anclado a la tierra, peleando contra la corriente devastadora que ya arrastraba a la abuela. Santajuana de los Mataderos cruzó la hoja de mercurio del espejo, y me miró desde el interior de su habitación, allá, en el mundo real, en La Casa de las Brujas. Sonreía con una tristeza que me dolió en el centro del corazón. Yo quería ir tras ella, cruzar el espejo y regresar a nuestro pasado reciente, cuando, zozobrando en una miseria común y ordinaria, éramos felices e ingenuas, *casi* felices… yo al menos, pero mi cuerpo estaba adherido a la silla inmaterial, ajena al cataclismo. Un griterío animal me rodeaba con aullidos y amenazas.

Fue entonces que el espejo de la abuela, con ella y toda nuestra historia dentro, también era arrancado del suelo para lanzarse al espacio oscuro, de sangre y muerte. Y yo, Daphne de los Mataderos, la flechadora solar, la cortesana de Arinbjörn Adigaard, la enemiga mortal de Daniela Ocelotl, lancé un grito aterrorizado cuando, en una voltereta imposible, vi estallar la hoja de cristal plateado en cientos de esquirlas amorfas, diminutas, y desapareció para siempre de aquel mundo de sueños que ahora era un desierto en carne viva.

Mi grito: un aullido que jamás cesará, un martillo resonando dentro de mi cabeza, un huracán comprimido en mis cuerdas vocales.

Un grito.

—¡Daphne, despierta!

Era Arinb quien me sacudía por los hombros.

—¡Dios mío! —exclamé, todavía con el eco de mi grito de fondo—. Dime que todo fue un sueño. ¡Puta madre, dímelo!

Él me miraba ofuscado, con las pupilas dilatadas por una agitación oscura. Gemelo Dos estaba de pie junto a Arinbjörn... solo.

—Es tu abuela —dijo por fin Arinb.

—¿Qué pasa con ella? —pregunté con mi corazón muerto palpitando a cien mil bofetadas por segundo.

—Daniela... Daniela la ha secuestrado.

XVIII

Un resplandor cóncavo hería el hocico negro, nocturno, que devoraba la ciudad: un penacho de tentáculos rojos y naranjas con un corazón en sus entrañas, amarillo y palpitante. Brazos de humo prieto y proyectiles con caudas azuladas, trazando sus rutas de muerte y devastación, estallaban tras la siluetas de edificios mordisqueados. Las ondas de choque de las bombas y el tableteo de la metralla llegaban hasta nosotros después de sus relámpagos: puñetazos de luz muda. No importaba: era tal el griterío de las armas, que sus estruendos se superponían a los destellos de pólvora que, ante la locura del fuego cruzado, se antojaban venidos de tiempos pasados, luz de estrellas que muertas nos seguían guiñando el ojo desde las cañerías más lejanas del cosmos. Porque allá arriba, contemplando mustias, las estrellas surianas, los 400 Cenzontles Huitznáhuac, atestiguaban cómo mi ciudad era descuartizada, igual que su hermana Coyolxauhqui en el principio de los tiempos.

La revuelta había estallado a las veinte-cero-cero, cuando una lluvia de cohetes personales antitanque cayeron, junto con la noche, como fresca granizada, sobre el Campo Militar Número Uno. A los miles de soldados acuartelados que esperaban entrar en acción luego de la batalla del Hilton les habían arrancado de un tirón, a cada uno de ellos, ¡sí!, las ganas de entrar en refriega,

¡bang, bang, hijos de puta!, con una ofensiva de siete escuadrones de milicianos kamikaze, armados hasta las caries y dispuestos a prender la chispa de la gran batalla, la más larga, la más sangrienta, así les fuera en ello la vida. Su estrategia había sido la de las viejas guerrillas del siglo pasado: un ataque sorpresa, lleno de rabia quirúrgica, y retirarse antes de que el enemigo tuviera idea de por qué ahora le faltaba un brazo o su vientre estaba abierto, regando plastas blancuzcas con hilados de sangre. Así pescaron a los soldados, tragando verga: una venganza a sangre fría por sus crímenes en la Masacre de San Valentín, ¡bien, chicos, pártanles la madre a esos mierdas!

La info de las escaramuzas y ataques llegaba a mi iPhone en tiempo real a través de múltiples transmisiones *live* de decenas de células armadas: la revuelta se había extendido por el país como reguero de combustible caliente. Comandos de élite habían atacado refinerías, ductos de combustible y centrales eléctricas, además de paralizar aeropuertos, puentes y puertos mercantes. Habían atacado casas de seguridad de narcos y cárteles, quemado retenes militares. La idea era colapsar la economía hasta la raíz y tomar de inmediato el control de centros productivos y estratégicos; pero, de inmediato, las milicias rebeldes comenzaron a chocar entre ellas, ¡carajo!, acusándose de enemigos ideológicos, de alta traición, ¿neta?, y ahí los veías, haciendo ejecuciones y fusilamientos sumarios, comunistas contra anarquistas, feministas radicales contra punks veganos, trotskistas recalcitrantes contra maoístas demodé, volviendo aquello un caos que, ¡claro!, el ejército, grupos de choque paramilitar y el crimen organizado aprovechaban en un virulento contraataque global. Todo pintaba para una catástrofe. ¿Serían suficientes las armas y el entrenamiento de las milicias revolucionarias para contener la contraofensiva? ¿De dónde venían esas armas y la info de los puntos débiles de la economía y defensa nacional, quién los había entrenado a una escala tan grande, en una clandestinidad hermética que les había permitido llegar a este punto, la Gran Guerra?

Un grupo infiltrado en las redes de mandos militares, el Frente Ultra de Liberación 14 F, afirmaba que el jefe del Gobierno de *Reconstrucción* volaba en un avión militar y operaba desde algún lugar inaccesible del cielo. Este hijo de puta había ascendido al poder máximo apenas unas horas después de que le arrancaran medio cráneo al mandatario anterior, de dos certeros balazos en el occipital y su compañero parietal: un ingenuo soñador de izquierda que quería alcanzar la inmortalidad siendo un presidente bueno y no un buen cadáver. Encarcelaron y desaparecieron a su gabinete y colaboradores estratégicos; cancelaron las garantías individuales y se pasaron por las bolas los derechos humanos. La ONU permanecería cruzada de brazos por presiones de los Estados Unidos: muchos discursos, cero acciones; por más que Avaaz, Human Rights Watch y otras organizaciones activistas internacionales recabaran firmas e hicieran recomendaciones y denuncias para evitar la persecución política y el genocidio en la sierra Tarahumara y la Selva Lacandona. Por más que los ojos del mundo cayeran sobre nosotros, se implantó toque de queda y los perros rabiosos regresaron con más violencia, con más sed de vísceras desfloradas a putazos. Hoy era el día de regresarles el presente.

La Masacre de San Valentín fue el clímax de este horror obsceno: se trataba de una concentración pacífica de estudiantes que pedían la destitución del rector nazi de la Universidad Nacional. Iban desarmados, organizados en frentes escolares: todos eran chicos, muchos como yo. El jefe de Gobierno de Reconstrucción decía que la libertad de manifestación pública y la de prensa eran dos cimientos de su gobierno, mientras la Policía

Federal había sitiado a los estudiantes en un agujero de muerte, una emblemática plaza pública, la de las Tres Culturas, y abrían embudos a su cerco para que entraran a esa fosa común turbas de paramilitares, enardecidos por el efecto de drogas de diseño y entrenados por asesores yanquis expertos en contrainsurgencia urbana. Asesinaron a más de mil quinientos chicos y desaparecieron otros tantos. *Arrancad las semillas, fusilad a los niños.*

«¡El sueño de una patria en paz se fue de patitas a la mierda!»

Arinb me escuchaba atento: por supuesto, estaba al tanto de lo que ocurría en este pedazo de tierra empapada de podrido carmesí, sembrada de cuajarones siempre tiernos y costras resquebrajadas; sí, pero yo necesitaba explicárselo palabra por palabra, decírmelo a mí misma en voz alta, alta tan alta que sin darme cuenta estaba gritando con las venas del cuello desorbitadas.

Al terminar de escupir mi rabieta, por respuesta, Arinb metió a fondo el acelerador, haciendo bramar nuestra camioneta Lincoln negra 4x4, todo terreno. Por el frente llevaba un tumbaburros, una defensa tubular de acero superreforzado. Esta vez no necesitábamos la comodidad ni el estilo del Lamborghini o el Jaguare, sino discreción, eficacia y quizá no tantísima velocidad, aunque en este marrano de acero blindado íbamos a más de 210 kilómetros por hora, brincoteando por caminos de tierra, piedras y setos apretados. Nuestro parabrisas también era a prueba de balas, más eficiente que el del Mercedes, lo supe cuando unos francotiradores jugaron al tiro al blanco con nosotros, ¡planck, planck!, vociferaban las balas en la carrocería; esto jugaba a nuestro favor: entre más maltratado nuestro carro, mejor, para hacer más creíble los letreros que Arinb había puesto en puertas y ventanas: «Prensa». Sí, éramos un grupo compacto y discreto de periodistas internacionales, rubios y de ojos muy azules, salvo yo, una hija de mi tierra. Y allí íbamos, Arinb, yo y mis Gemelos de la Suerte, esas bestias impertérritas, incólumes a la hora de hacer vomitar chispas y plomo por los cañones de sus artefactos de muerte; eso era lo mejor de ellos, lo más letal: un control emocional que les permitía dar a la primera en el blanco, gemelos ahorradores de parque, aunque ahora uno de ellos no podría disparar más fusiles largos ni pistolas a dos manos; no así, lo había visto practicar con un AK 47 que se apoyaba a una mano contra el hombro para tirar ráfagas controladas y cambiar el cargador a una velocidad que haría a uno pensar que llevaba manco la vida entera.

La cereza del pastel de nuestra tarta letal era Brünhild. ¿Que por qué se había sumado a esta misión? Ella era un vampiresa antigua, una aristócrata pedante a quien yo sólo había visto unas cuantas veces en la brevedad de mi vida. Hasta ahora, ella no había aparecido en ninguna de mis visones, así que, sin duda, me revelaría algunas dotes guerreras en unos instantes; por lo pronto, la había visto apuntar y tirar con naturalidad un fusil largo de asalto durante el tiroteo en el Hilton.

Ella sabía que yo estaba pensando en ella y puso su mano izquierda en uno de mis hombros. Me sonrío, ¿lo hizo?, con un rostro irreconocible, de una solemnidad seca, de miedo. En la mano libre llevaba, por lo bajo, una Browning 9 mm, cuyo cargador había revisado con la velocidad de un rico chasquido, cortando cartucho y apuntando a un nahual conjetural o un posible soldado rabioso.

—Daphne —me habló directo y sin rodeos, tomando mi rostro por la barbilla—, te mentiría si te dijera que las cosas van a salir bien. No. Mejor pensemos en que nos vamos a ir a la mierda todos, *fucking skít!*, que vamos a morir definitivamente, sólo por salvar una única vida, una que también se va a perder, sin duda.

Esa vida era la de mi abuela.

En un reflejo automático, me llevé la mano al pecho: allí estaba la llave de Santajuana, una ganzúa que abría y cerraba puertas a mundo inconsistentes, irrealidades oníricas; sí, pero no había nada más contundente que un artilugio de metal y piedras preciosas, plata sterling y lapislázuli, traído desde un sueño compartido con la abuela.

—Tenemos que traer de regreso a Santajuana —atajó Arinb a su hermana—, se lo debemos a Daphne.

Era lindo que dijera eso, caballeresco, el *deber ser* de un guerrero: sin embargo, yo sabía que había algo más detrás de esta deferencia; preferí callar y dejar que, más adelante, la cercanía de la muerte me revelara la verdad profunda, si es que me quedaba aliento para escucharla de viva voz, ya fuera la de mi abuela o la de Arinb.

—Sí, lo sé —le respondió Hild a su hermano *de sangre*—, eso no exenta que sea una estupidez intentar engañar a esa jaguar antigua y astuta, esa maldita bestia que ha sobrevivido tantos años como nosotros y que nos ha dañado tan a fondo. —Brünhild se volvió hacia mí—. Y respondo tu pregunta, ¿qué hago en esta misión sin futuro? Bien, creo que ya es hora de que Daniela Ocelote y su Coyote desaparezcan para siempre…, o nosotros, o todos, por supuesto —bromeó al fin, sin una sonrisa que la respaldara.

—Gracias, Brünhild —le dije, secándome una lágrima—. Todo esto ha sido estúpidamente rápido.

Gemelo Dos chasqueó la incómoda cámara de video-pro que llevaba al hombro, simulando hacer tomas del exterior devastado, con la ventana abatida a mitad de altura. Yo me volví hacia él y le tomé una foto, ésta sí real, *lo real* que permite un paquete de info digital, con una Canon Rebel T8i; chequé en su pantalla al camarógrafo *fake*: un buen retrato. Disparé mi cámara a Brünhild y a Arinb y, en efecto, como decía el mito urbano, ellos no aparecían en las fotografías: no había modo de robarles el alma de esta manera, sólo partiéndolos en dos y vaciando sus vísceras a mordidas.

Mi Gemelo de la Guarda había regresado de la Casa de las Brujas con un recado escrito, con linda caligrafía, en una cajetilla de Gitanes abierta a tirones: «Daph, tengo a tu abuela. Te propongo un intercambio. 5527165033. Búscame aquí, en algún lugar de la selva de asfalto. Siempre tuya, Daniela».

Y la muy hija de puta no contestaba mis llamadas. Por supuesto, cada intento por contactarla le daba nuestra ubicación en un Google Map, a cambio de no saber hacia dónde teníamos que dirigirnos nosotros. El primer telefonazo lo hice lejos del refugio de Kristjana y su gente, para mantenerlos a salvo, medianamente a salvo: su plan de largarse ese mismo día, protegidos por un comando de mercenarios israelíes, se había ido al carajo con la revuelta. Así, ella y los suyos prefirieron esperar por la exterminación cruzados de brazos, bebiendo sangre coagulada de sicarios en la vieja casona de resguardo.

—A partir de ahora, Herra Arinbjörn —le había dicho la bruja sin miramientos ni metáforas—, tú y sólo tú serás responsable de tu propia supervivencia, el irresponsable de nuestro futuro. Y ni la sangre de la mestiza puta podrá salvarte, lo sabes. Cuando no quede de ti más que un revoltijo de carne y huesos, tendremos que buscar otro señor, uno real y digno que sepa cuidar de nosotros.

—Dona Kristjana —le respondió Arinb tranquilo, con un alfiler de desprecio en cada una de sus palabras—, el revoltijo será suyo y lo serviré en mi mesa cuando nos volvamos encontrar.

—Eso veremos… eso comprobaremos —y la vieja se volvió hacia mí, señalándome con su dedo nudoso—. Por fin le llegó la hora a tu abuela.

Mi abuela: ella estaba implicada en algún sótano apartado de esta parte de la historia, ¿hasta dónde tenía un vínculo con esta bruja europea una anciana *nahoa* que hacía hechicería en el más hondo secreto, al otro lado de un espejo ahora roto? Los secretos, los putos secretos seguían emponzoñando mi sangre y mi cabeza.

De un salto salimos del camino de terracería y tomamos por una autopista asfaltada.

—Ahora, ¿hacia dónde? —pregunté con la angustia de un monaguillo al que un cura le baja los pantalones en la iglesia.

—A la ciudad —me contestó Arinb, firme y asertivo—, siempre a la ciudad. En estos momentos, no hay mejor lugar para Daniela que esconderse en las entrañas del caos y desatar allí a los demonios del fin del mundo.

«El fin de mundo.» ¿Era una metáfora?

La carretera era una pesadilla: fluían sus seis carriles en un sólo sentido, hacia fuera de la ciudad, con miles de persona atascadas en carros llenos de despensas y pertenencias elementales, autobuses a reventar de gente aterrorizada, aullante, algunos con restos de sangre en sus ropas; hombres y mujeres a pie que huían de la guerra, abrazando a un cachorro golden retriever o a un bebé humano que, a esas alturas, quizá estuviera muerto, como en un retrato de Sebastiãon Salgado.

Arinb se abrió paso en diagonal, hacia la otra orilla de la carretera, arrastrando autos en medio de cláxones y volantazos, esquivando personas que corrían del vómito de nuestros faros de halógeno y nos miraban pasmadas, plenas de terror: estaban en un estado de indefensión tal que no les dejó siquiera escupirnos o insultarnos por nuestra brutalidad.

Tomamos por otro camino vecinal y bajamos a la ciudad, dejando una estela de polvo nocturno tras nosotros.

El Waze nos permitió evitar rutas por las que el éxodo de la población desangraba la ciudad, hasta que no hubo más remedio que entrar a las calles por una barranca repleta de casas miserables que, muchas, ardían.

Íbamos hacia el Centro Histórico, con sus callejuelas retorcidas y vecindades profundas al frente, cruzándonos de pronto con grupos armados reducidos, cuando mi alerta de WhatsApp sonó.

¡Claro, era Daniela!

Hola, princesita.

No te andes con pendejadas, dime, ¿qué quieres?

Cuánto por tu abuela?
Digo, ¿cuánto vale para ti?

Mi vida, eso vale para mí Santajuana.

¡Bingo, amiga! Sí, te quiero a ti. Tu abuela a cambio de ti. Te parece la catafixia?

Deja a mi abuela y me entrego para que hagas de mí comida para perros.

Para coyotes, pequeña; perros, no... coyotes. Y, bueno, para que veas que no me ando "con pendejadas", qué tal un gif, uno de ésos que tanto nos hacían reír, cuando éramos the best friends?

Lancé un grito incandescente, un chorro de fuego que calcinó mis cuerdas vocales al ver en la pantalla del cel el video que

Daniela me había mandado: en un boomerang que iba y venía en un *loop* monstruoso, le quitaba a Santa de la cara una mascarilla de oxígeno, y de regreso se la volvía a poner y a quitar y a poner y a quitar... Santa abría la boca como si ésta fuera el boquete de una herida negra, en un gesto aterrado de asfixia que paraba cuando la mascarilla regresaba a su nariz y boca.

Hija de puta, te voy a matar una
y otra vez te voy a matar por toda
la maldita eternidad!

Naaaa, no te conviene. Me matas y
Santa se queda sin enfermera y...
también se muere.

Estuve a un instante de reventar el celular contra el tablero, pero Arinb me contuvo la mano, apretándome por la muñeca con una fuerza salvaje, que lastimaba.

—Debes controlarte —me gritó—, ahora más que nunca debes serenarte, de eso depende que Santajuana sobreviva, de que tú y cada uno de nosotros logre llegar al final.

Vaya, se te quitó lo valiente, lo cabrona,
pequeña Daph.

No le hagas más daño a mi abuela,
voy para allá.

No hables en singular... Obvio, vienes con
Arinbjörn y sus marranos. De eso se trata,
de que todos ustedes sean mis invitados
especiales.

Como sea, no lastimes a Santa.
Prepárate para el intercambio.

Si le pasa algo antes de que
lleguemos, te vas a arrepentir.
No, la que debe prepararse para el
intercambio eres tú. Supongo que ya
echaste a andar tu localizador google.
Ven, pequeña, acá te estaré esperando
mientras Santa se echa un Gitane para
recuperar el aliento.

El letrero de «En línea» del Whats de Daniela desapareció. Brünhild me quitó el teléfono de la mano y vio la ubicación de Danna:

—¡Vamos por ella! ¡Haaaaaaayaaaaaaaa! —aulló la hermana de mi máster.

A mis pies, tenía mi arco y dos carcajes llenos de saetas con navajas doradas, listas para silbar su canto de muerte. Gemelo Uno golpeó con su única mano el techo de la camioneta y seguimos la ruta que nos marcaba el Google Maps.

Una larga y amplia calle se abría ante nosotros, vacía, llena de escombros y edificios con los muros arrancados, nubes de polvo y un par de incendios que iluminaban el trayecto. Aceleramos entre brincos y baches. Sirenas, tableteo de armas como *soundtrack*.

Un helicóptero trazó el cielo con su cono de luz, tirando hacia las calles, en busca de milicianos. De pronto, un cohete con una hermosa cauda roja emergió de la oscuridad y pegó en el centro de la nave, que torció sus hélices y se desplomó para estrellarse en la torre altísima de un centro de negocios.

Al doblar nosotros por una esquina, decenas de fogonazos retumbaban en el interior de un edificio de departamentos. Gritos. Llanto histérico. Gritos de mujeres. Un grupo de cerdos con pistolas y metralletas sacaban a sus habitantes a patadas y cachazos en la cabeza, los ponían de rodillas en el piso y les pegaban un tiro en la nuca. Los asesinos llevaban pasamontañas: no podían ser más que paramilitares con aquella ropa verde oliva y botas de casquillo. Pasamos a un lado de ellos y nos apuntaron con sus armas.

—¡A la verga, hijos de la chingada! —nos gritó uno de ellos, fuera de sí—. ¿O quieren quedarse a filmar cómo le damos en la madre a esta puta?

Las detonaciones seguían dentro del edificio. Una docena de tipos golpeaban sobre la banqueta a una chica. Gritos. Le arrancaban la ropa: una pijama de franela con florecitas. Llanto histérico. Los paramilitares se bajaban los pantalones y se masturbaban. Gritos de mujer. Entre cuatro jalaron de piernas y brazos a la joven, abriéndola en escuadra. Uno de ellos estaba listo para penetrarla.

—Espera un poco —le pidió Brünhild a Arinb—. Entremos en calor.

Yo me debía a la urgencia mortal de llegar a donde Daniela tenía a Santajuana; pero, como Hild, no podía permanecer indiferente frente a este teatro del estupro.

—Si lastiman a una de nosotras, nos lastiman a todas —le dije, vuelta toda una *femmynasty*—, vamos a darles una lección de buenos modales.

Abrimos las puertas y bajamos, ella y yo, a la carrera, escoltadas por nuestros gemelos. Una explosión por detrás del macizo habitacional ensordeció el ambiente, descontrolando a los violadores: un regalo de la bazuca de Arinbjörn, que estaba de pie, triunfante, sobre el techo de la Lincoln; esto nos facilitó la descarga a Brünhild y nuestros gemelos. Hild corrió contra los violadores y comenzó a disparar: el vientre del primero que iba a ultrajar a la chica de la pijama estalló en un racimo de tripas. Él las miró un instante, sonrosadas, enredadas en sí mismas, rotas: su rostro de euforia demencial cambió por una simpática mueca de terror… y cayó, con la erección de su pene ensangrentado y cubierto de melaza humana. Yo lancé flechas contra los atacantes que, tomados en la ceguera de su histeria de machos hiena, caían como fichas de dominó. Gemelo Dos disparaba a siniestra y diestra, y su hermano manco entró al edificio. En menos de un minuto cesaron los gritos y el llanto histérico. Brünhild fue hasta la chica y la cubrió con su chamarra, le dio su pistola y la besó en la frente. Gemelo Uno salió con un paramilitar sangrante, agarrado por los pelos, y lo puso de rodillas frente a la chica de la pijama de flores. Ella se incorporó y fue hasta el asesino. Gemelo Uno lo soltó y de una patada lo puso bocabajo, aplastando su tronco con el pie.

—¿La sabes usar? —le preguntó Brünhild a la chica.

Sorprendentemente, ella cortó cartucho, colocando una bala en la recámara de la 9 mm, la cual pareció escupir un tubo por su cañón, apuntó a la nuca del mercenario y disparó, sin rabia, sin lágrimas, aguantando con temple la patada de la Browning. Brünhild le dio dos cajas de parque que llevaba en una cangurera.

—Cuida a tu gente —le dijo.

Ella lanzó una mirada hueca a un par de cadáveres que yacían en la banqueta.

—Allí está mi gente —dijo con voz vacía—. No hay más… no hay más.

—¿Cómo te llamas? —le pregunté.

—María, María de los Ríos.

Unos tiros resonaron calle abajo.

—Tenemos que irnos —gritó Arinb, acercando de un arrancón la Lincoln hasta nosotros.

—Te veré pronto, te lo prometo —le dijo Brünhild a María y la besó en los labios… María, una chica hermosa con lunares de sangre entorpeciendo la luz de su rostro. María… igual que el nombre de nuestra abuela más antigua, la fundadora de mi estirpe de brujas

Regresamos todos, ilesos y excitadísimos, al interior de la camioneta.

Arrancamos. Hild musitaba:

—Juro que regresaré por ella.

Avanzamos. Avanzamos… y entre más nos acercábamos a Daniela, más aumentaban las bandas armadas que se cruzaban frente a nosotros, huyendo de racimos de balas y detonaciones compactas. Arinb, sin achicarse un sólo milímetro, seguía manejando con destreza delirante entre los boquetes que las bombas habían abierto en la banda asfáltica, con el blindaje de nuestra camioneta aguantando tiros solitarios: ¡planck, planck!

Un auto volcado llantas arriba ardía.

Avanzamos.

Pintas en las paredes: *Regresé y soy millones. Patria libre o morir.*

Avanzamos.

Un grupo de halcones disparaban desde el techo de un edificio que voló con un impacto de bazuca.

Avanzamos.

Un anciano aullaba, abrazando los cadáveres de una mujer y un niño. Un disparo… El viejo dejó de gemir.

Yo tomaba, una tras otra, obsesionada, fotografías de cuanto ocurría, forzando la cámara a condiciones de luz pobre y cambiante, tomando una distancia fría de cuanto ocurría detrás de un lente de cristal pulido. Los tripulantes de la camioneta habíamos vuelto a nuestro papel de corresponsales de guerra.

Un nuevo mensaje de Daniela, entró a mi cel.

Qué pasa contigo, Daph? Aquí te
estamos esperando.

Y, para que no cupieran dudas, Danna nos mandó su ubicación exacta: estábamos a un par de cuadras.

—Daphne —me habló Arinb en un suspiro, sin apartar la
mirada de la calle que devoraba con la Lincoln, tomándome de
la mano con una suavidad que desentonaba del vigor con el que
domaba el volante—, lo sabes, ¿verdad?

—Sí, mi señor —le respondí con la mayor certeza de mi
vida—, lo sé. Yo también a ti, desde antes de que naciera.

—No, querida, no soy tu señor: somos iguales, guerreros de
la noche, y ahora mismo vamos a enfrentar a la muerte, la muerte
definitiva, no ésta que andamos cargando como una maldición.

—Te amo —dije con una voz nueva, poderosa, yo, Daphne,
la virgen de medianoche—. Vayamos a la muerte.

Arinb alzó su mano, zafó su dije de plata de la barba y me lo
puso en la palma de la mano.

—No —le reclamé—, es tuyo, es la llave con la que puedes
abrir las puertas de tu supervivencia.

—Querida, ahora es cuando más falta te va a hacer. Sabrás
usarlo en el momento que tenga que hacerse la revelación.

—Pero, ¿tú?

—Tengo mis propios caminos, Daphne. —Y trató de tran-
quilizarme en vano—. Soy un viejo peleador. —Entonces se volvió
a mi Gemelo Dos—. Encomiendo su vida en tus manos.

La Lincoln desembocó a una amplia calle resguardada por
un convoy militar, parapetado al frente por dos tanquetas ligeras
para combate urbano y pesadas ametralladoras acodadas en sacos

llenos de tierra que alzaban una trinchera. Apenas nos sintieron, unos soldados nos dispararon la luz de sus lámparas de caza y apuntaron con sus decenas de cañones de mira láser, trazando telarañas rojas, vaporosas, que desembocaban en puntos ardientes que caían en nuestros pechos y cabezas. Arinb ya sacaba por su ventana una credencial de prensa y se las mostraba, lanzando gritos contundentes, exagerando su acento extranjero: «Somos prensa internacional. Somos prensa internacional, ¡no disparen!». Sí, Arinb era un mago que sacaba conejos y más conejos de sombreros de copa inagotables.

Un pelotón se acercó a nosotros sin dejar de apuntarnos.

—¡Bajen con las manos en alto, hijos de la chingada! —nos gritó con elegancia el que parecía dar las órdenes.

Nuestras armas estaban a buen resguardo en sus compartimentos secretos, sería muy difícil que las encontraran, a menos que alguien hubiera dado un pitazo… pero esta vez estábamos libres de sospecha.

—*Krummi svaf í kletta gjá, kaldri vetrar nóttu á, verður margt að meini* —me dijo Arinbjörn en perfecto islandés; yo casi suelto una carcajada: era la letra de una canción del folclor de Islandia adaptada a *dead metal* por un viejo grupo que, ¡vaya!, yo comencé a tararear dentro de mi cabeza.

—*Verður margt að meini; fyrr en dagur fagur rann.*

—¿Qué les dijo? —le espetó el sargento del pelotón, mientras revisaba las credenciales de Arinbjörn: «Periodista de Guerra».

—Que bajemos nuestro equipo para que lo revisen —contestó Arinb diligente— y que los dejen subir a la camioneta.

El operador de una de las aparatosas ametralladoras disparó una ráfaga y lanzó un grito de victoria.

—¡Dos hijos de puta menos, me chingué a dos hijos de su puta madre!

Y ya levantaban sus compañeros puños victoriosos, cuando un misil personal dio contra una de las caras de la barricada y reventó con el operador de la ametralladora. Los soldados reaccionaron con eficiencia nerviosa, repeliendo el ataque con sus rifles de alto poder, mientras, a la voz de «Levanten ese mierdero y avísenle a la esposa de este cabrón que se quedó viuda», retiraban los pedazos del fiambre y volvían a colocar costales de defensa. Las tanquetas buscaban al francotirador y tiraron a lo loco, pero el miliciano se había esfumado en medio de la polvareda.

Dos soldados revisaron apenas nuestra camioneta, mientras otro par miraba dentro de nuestras maletas de cámaras y fundas de tripiés. No encontraron nada, ni encontrarían un carajo de nuestro arsenal estando bajo la presión de los ataques relámpago de los grupos que se atrincheraban en las instalaciones monstruosas de un estadio de futbol: allí, dónde nos esperaba Daniela con Santajuana de los Mataderos.

—¿Están seguros de que quieren entrar allí? —le preguntó el sargento a cargo a Arinb.

—Sí, es nuestro trabajo —contestó con aquel acento exagerado—. No se preocupe por nosotros, estamos acostumbrados a historias como ésta.

—Mmmmm, lo que sí es que, si salen, nos tienen que enseñar todo el material que levanten adentro, *todo*.

—Claro, oficial.

—Yo quedar aquí con ustedes, señor —intervino Brünhild con firmeza, alzando con su mano izquierda una Canon 5D Mark IV—. Nos interesar versión de ambas partes, para ser..., ¿cómo decir ustedes...?, imparciales.

¿Nos interesar?

El sargento de mierda alzó las cejas con una lujuria que apenas mal ocultó. Arinb miró a su hermana sin modificar un sólo milímetro su expresión, aunque yo sabía que por dentro estaba por reventar.

—Está bien —aceptó la oferta el milico—, pasen con su banderita blanca ondeando en lo alto, como en las películas gringas, aunque lo más seguro es que los reciban a putazos. —El sargento sonrió con maldad, pero su gesto se modificó al ver el muñón de Gemelo Uno, quien se quedaba tras la barricada con Brünhild—. ¿Y éste?

—Le digo, señor, que estamos acostumbrados a estas historias —aclaró Arinb.

Un helicóptero pasó al ras, por encima de nosotros, iluminándonos con el calor de su lámpara de rastreo. Los soldados atrincherados los saludaron con vítores vulgares y estúpidos.

El sargento de mierda le tronó los dedos a Arinbjörn.

—Órale, ¡a chingar a su madre!, aprovechen que pasó el helicóptero, eso siempre le baja los ánimos a los putos revoltosos.

Nos subimos a la carrera mientras las tanquetas nos abrían un espacio para que pudiéramos pasar al otro lado de la barricada. Yo quería ir a darle un abrazo a Hild, pero eso hubiera sido absurdo: nosotros éramos unos profesionales fríos, experimentados en la corresponsalía de guerra.

Arrancamos.

«Hasta pronto, Brünhild, ojalá que sobrevivas», le dije en el silencio de mi ruidoso interior.

«Hasta pronto, Daphne, la del cabello en llamas, ojalá sobrevivas», me contestó desde su más profundo interior.

La Lincoln bajaba derrapando por una pendiente de concreto que cerraba por toda su periferia al coloso de futbol de Santa Úrsula. Algunas lámparas monocromáticas de emergencia iluminaban con parpadeos erráticos el largo túnel y las turbas de *nahualli* que nos seguían. El apagón de energía eléctrica había inutilizado el sistema general de iluminación de la enorme construcción. Las cámaras y el boom de sonido de nuestro equipo de periodistas internacionales habían sido lanzados por las ventanas, como si se tratara de algún lastre que alentara nuestro avance, y tomamos nuestras armas de sus compartimientos sellados: yo con mi arco y dos carcajes terciados a la espalda, más la H&K acomodada en mi sobaquera, con una bala en su recámara, lista para ser escupida apenas bajara yo el seguro del arma. Gemelo Dos abrió en quemacocos y se acomodó con una ametralladora M 240 con dos tiras inmensas de balas del tamaño del miedo, que nada le pedía a la de los milicos de la barricada, y rociaba a los *nahualli* que nos seguían, armados ellos con rudimentos primitivos y risibles: palos, tubos y piedras. Gemelo Dos los iba sembrando en el asfalto como semillas que jamás germinarían. Arinb tenía en las piernas un cuerno de chivo Kalashnikov con cargador doble, su querido lanza granadas RPG a la izquierda, y dos sobaqueras con un par de Desert Eagles doradas, de narco naco *new rich*, con balas magnum capaces de atravesar paredes de hormigón. Las armas, las armas de fuego, de pronto, se me habían vuelto un juguete obsesivo, un pastel para la niña golosa que está a punto de estallar por un shock de hiperglucemia. Aun así, mi vocación era la de flechadora, y con ese rudimento del pasado salvaría a Santajuana. ¡Mierda!

De golpe, tomando por una curva cerrada de la elipse de concreto que rodeaba como un caparazón las gradas y la bien podada cancha de futbol, lanzadas desde recovecos escudados por columnas y vigas de acero, nos cayó encima una lluvia de bombas molotov. Fuego líquido. Arinbjörn dio un volantazo y la temperatura de la camioneta subió hasta lo incandescente. Mi

Gemelo Metralla se había cubierto con una manta ignífuga que tenía lista para lo que era inevitable. Arinb perdió el control de la Lincoln y fuimos a dar contra un muro de cemento que nos aturdió por el golpe sólido. ¡Pafff! Reventaron bolsas de aire que se nos pegaron a las caras con fuerza asfixiante, las cuales Arinbjörn deshilachó con un cuchillo fantástico de tan aterrador, y cuya tarea última era la de asesinar al enemigo… o a quien fuera. ¿El carro había quedado inutilizado? Mi nariz sangraba profusamente, la limpié con la palma de la mano para luego lamérmela y comer un poco de mí. Arinb prendió la marcha y accionó con fuerza la palanca de velocidades. Los *nahualli* pensaban que nos tenían en sus garras y hocicos de perro y no vieron venir al auto en reversa, a una velocidad instantánea de cero a ochenta kilómetros en apenas tres segundo. Aplastamos a muchos hijos de puta. ¡Crac, crac!, gruñían sus huesos. Las bestias estaban frenéticas, y las sobrevivientes trepaban sobre los pedazos rotos y la carne revuelta de los suyos. Gemelo Dos bajó con su ametralladora y cerró la portezuela del quemacocos. Dos nahuales habían alcanzado a meter medio cuerpo, por lo que se partieron en dos al cerrar el compartimento del techo. El sangrerío fue delirante. Los pedazos de animal seguían dando manotazos armados de un picahielos y el cuello de una botella rota.

—¡Toma el volante! —me ordenó Arinb. ¡Mierda, recontramierda, ¿en serio me pedía eso?! Giró su hermoso cuchillo de combate, y, encaramándose a su respaldo, pisando aún más el acelerador, desmembró a los medios atacantes que aún boqueaban. El guerrero de la espada.

Gemelo Dos abrió su quemacocos y lanzó por allí la pedacería agitada. Estos *nahualli* eran novatos, para nada tenían el entrenamiento ni las armas de las huestes de Daniela en la batalla del Hilton.

Arinb volvió a tomar el volante, mientras, con calma veloz y movimientos precisos, Gemelo volvía a sacar por el techo su ametralladora para hacer mermelada de nahual. ¡Tac, tac, tac!, las balas salían disparadas desde las largas cintas atascadas de parque, ¡tac, tac, tac!, así que yo decidí también bajar mi ventana para ensartar a los hombres zarigüeya y las mujeres *axolote* que nos salían al paso.

El Waze nos anunciaba la cercanía de Daniela, estacionada desde hacía varios minutos en el centro de la mesa verde del estadio, como si estuviera lista para iniciar un juego, esperando al equipo contrario: nosotros; y era obvio a qué jugaba: al gato y el ratón... el ratón con alas. Aunque había una variante que me dejaba de carne viva y modificaba las reglas: Santajuana.

Enfilando por el último rizo de la espiral descendente que llevaba a la cancha, las manadas de nahuales enloquecidos desaparecieron de golpe, tanto así que una pandilla que nos perseguía se detuvo a medio camino, imposibilitada de cruzar una línea trazada en una invisibilidad contundente.

Entramos por un túnel, a una velocidad insoportablemente mesurada, listos con nuestras armas. Yo con mi nuevo arco, este más robusto, de calada larga, y sus flechas apuntaladas con oro, con dardos de mierda divina, que es como mis antepasados mexicas llamaban a este metal emisario de la muerte. El túnel abrió su boca desdentada hacia el enorme espacio abierto, con la corona de hormigón y gradas aprisionando el vallecito de pasto recortado. Una enorme luna roja columbraba en el cenit. Eso era imposible: apenas hacía siete días que la noche de Walpurgis floreció bajo el influjo de una luna llena, hiriente de tan blanca. Ahora tendría que estar en cuarto menguante y, sin embargo...

Detuvimos la camioneta frente a una reja cerrada a candado. Yo me bajé y brinqué al techo del vehículo, con el arco y el carcaj mágico terciados a la espalda, poniéndome a un lado de Gemelo Dos y su ametralladora rompe piernas. Por encima de la puerta de hierro, pude ver a Daniela, parada en un enorme cilindro descabezado de escenografía, repleto de adornos y carteles de la final de futbol de ese año. A lo lejos, parecía una de esas piedras erguidas y densas en cuyo remate se llevaban a cabo las batallas de los hombres jaguar contra los prisioneros más notables de las guerras floridas; una igual a la que escenificara la derrota del Señor Murciélago contra el caballero jaguar... dama felino.

Arinbjörn Adigaard. Daniela Ocelotl.

Pero ahora, el lugar de Arinb Murciélago lo ocupaba Santajuana de los Mataderos. Hincada, con los ojos vendados y la manos atadas por la espalda, inmóvil. A su lado, el Señor Coyote se lamía el lomo de plumas plateadas.

Lancé un grito, el más alto, el más infinito y doloroso de mi existencia.

«Te voy a matar, hija de perra», pensé, pero tuve que torcer mi lengua.

—¡No la toques, voy a entregarme! —Mi voz rebotó en las gradas del estadio, cien mil gradas vacías, a la espera de... ¿qué?

—¡Daphne —me gritó desde la tribuna de los sacrificios—, bienvenida, niña hermosa!

Arinb también se irguió junto a mí.

—¡Señora Ocelotl! —exclamó con vigor—. También yo estoy aquí... el círculo se cierra.

Un murmullo fuerte, de mar agitado, se extendió en la masa enorme de *nahualli* que inundaban la mitad del campo, cientos de ellos por detrás de Daniela y Santajuana. Aquella masa de bestias antropomorfas parecía un coágulo espesado bajo el rojo intenso de la luna. Mi Lunar Estrella comenzó a palpitar: los 400 cenzontles trazados en su piel parecían agitar sus alas desde la oscuridad invisibles de la noche.

—¡Excelente! —bramó mi enemiga—. Ahora la oferta es más apetitosa. ¡Vamos, vengan! Tienen mi palabra de que podrán llegar hasta acá para hacer el intercambio. La abuela por alguno de los dos.

Dos nahuales con cabeza de perro corrieron hasta la puerta y la abrieron de par en par, a cuatro manos, y regresaron a trote de ocho patas al otro lado del solar. En el camino, terminaron por volverse un par de xoloitzcuincles con la piel carcomida por la sarna, ¿estaban enfermos?

Algo andaba mal con ellos: un olor a carroña inundaba el espacio. A lo lejos se oían detonaciones de bombas y el silbido de aviones caza; en sentido contrario, sobre nosotros no se abría ninguna amenaza del mundo exterior, como si una burbuja de excepción nos aislara de la barbarie que, más allá de los muros del coloso de concreto, se desataba.

Arinbjörn, mi Gemelo de la Suerte y yo bajamos de la camioneta y nos dirigimos con paso duro hacia el centro del campo de batalla, *nuestra* batalla. Mi Gemelo con su ametralladora descansando en las manos, más una larga carrillera en par colgando por la espalda. Arinb con su Kalashnikov y el par de pistolas doradas acodadas en sus sobaqueras de baqueta, más su cuchillo espada. Yo, por supuesto, con mi arco tomado por la empuñadura y mis flechas áureas terciadas en su carcaj.

Se repetía la estúpida danza estéril de encontrarnos, a medio camino, mi amiga total y yo: la chica del Lunar Estrella.

Nos detuvimos a unos diez metros del pedestal de la muerte, pero ahora yo no venía sola, no: estaba con mi banda.

La abuela sintió mi presencia y comenzó a sollozar.

—Daphne, hija —musitó con un hilo de voz que me licuó la sangre en caldos de navaja—, no tienes que hacer esto... —Tosió con fuerza—. Yo soy una vieja, mi ciclo ha terminado; el tuyo, en cambio, tiene su tiempo.

—No, Santajuana —la interrumpió Daniela—, no eres una vieja, eres la madre de la noche del espejo humeante, y ahora tu espejo está roto.

Daniela tenía un cinto al estilo del viejo oeste ceñido a la cintura, con una funda de cuero elegante, y dentro de ésta, su Pink Lady, por supuesto. Levantó el puño, la garra derecha apretada, y un murmullo rugiente nos comenzó a rodear, una marea mustia, irrevertible.

Un golpe de eco larguísimo retumbó en la tiara-monstruo que nos rodeaba, que nos mantendría prisioneros durante la batalla final, un ¡tumbbb! grabe, profundo, y de golpe se encendieron las luces del estadio, haciendo de nuestro coliseo una charola de radiaciones lumínicas, ecos que se escurrieron al espacio a la máxima velocidad que espíritu alguno puede alcanzar en este maldito universo.

Las gradas comenzaron a inundarse con una pasta densa que reptaba como un manto de hormigas: miles y miles de *nahualli* ocupaban sus lugares para presenciar mi sacrificio... y la muerte de Arinb. Los túneles de acceso al estadio eran venas por las que brotaba sangre coagulada. Estábamos en una trampa de la que no saldríamos. La gritería se elevaba, haciendo que mis oídos de murciélago atrapado oprimieran mis parietales hasta la locura.

Arinb se dio cuenta de mi turbación y me tomó de la mano: moriríamos juntos. Pero él me miró directo a los ojos, tranquilo, con la serenidad de quien ha librado batallas decisivas durante toda su vida.

—Saldremos de ésta, mi señora, mi igual. Saldremos de ésta. La respuesta está en mi dije de plata y la llave de Santajuana de los Mataderos.

Un frío asertivo me arañó por la espalda hasta llegar a un lago inmenso que me habitaba de la cabeza al cielo: los 400 cenzontles.

Tercié mi arco, tomé con la mano izquierda el dije y con la derecha la llave de mi abuela. El camafeo de Arinb tenía un centro abierto, como si fuera el ojo presagioso de un anillo, con dos muescas laterales talladas como pequeños fractales. La llave de Santa tenía dos hileras de dientes diminutos que resonaban en negativo con el patrón del dije. Introduje la llave en la joya de Arinbjörn y di vuelta. Un crujido imperceptible. Mi señor oscuro tomó mi mentón con suavidad y me dio un beso.

Daphne soltó un rugido.

—Vaya, los amantes perpetuos se despiden. —Sacó la Pink Lady de su funda—. Sí, sí: es tiempo de que todos nos digamos adiós, porque ustedes se van, y yo y los míos nos quedamos. —Me lanzó un beso aéreo—. ¿Sabes, Daphne?, en la guerra, en *nuestra guerra*, no hay palabra de honor, no hay promesas: sólo mentiras, traición. Los pactos se han agotado. Santajuana me llevó a ti, y tú me has traído al Señor Murciélago en charola de oro.

—¡Suelta a mi abuela! —le exigí, ofuscada, pues sabía lo que Daniela iba a hacer—. Yo me pondré de rodillas allí donde está ella para que me revientes el cráneo y te tragues mi corazón palpitante, para que mis muslos y pantorrillas los ases en tomate verde y chile y se los des al Señor Coyote. —Y al oír esto, el animal plateado se levantó a cuatro patas y lanzó un aullido—. ¡Suéltala ya, hija de puta!

—No —me respondió con tono burlón, suave. Recargó el cañón de su revólver en la nuca de Santajuana…

Y disparó.

La frente de la mujer más hermosa del mundo se abrió en un diminuto abanico de huesos y sangre. Santa cayó de bruces.

¡No!

El odio y el dolor cuchilla, el arrepentimiento, la maldita mil veces maldita impotencia… y el miedo, *el puto miedo*, el horror más negro del universo.

¡No!

El alma se me escapó en un vómito de mierda, desde las entrañas.

¡No!

Mi abuela caía muerta, de bruces, con el cráneo agujerado.

¡No!

Daniela sonrió apenas, una sonrisa impura, asesina.

¡No!

Yo solté el dije engastado en la llave de Santa y, pendiendo de su eterna cadena de plata, comenzó a arder en mi pecho. Mi cuerpo era una tea, una tea de lumbre roja, abisal.

Iba a desmayarme, iba a morirme. Tenía que morir, morir junto con la abuela, largarme de este mundo podrido, de esta idiota existencia sin sentido, porque todo es y será una basura, una pesadilla, una tortura.

Mi mano ardorosa ya iba por la pistola que aguardaba su canto de silencio absoluto en mi costado: lo que seguía era volarme la cabeza, pero Arinbjörn Adigaard me dijo «¡No!» desde un vacío que me calcinaba las entrañas.

¡Abuela, no mueras, abuela! ¡No me dejes sola en este mundo de mierda!

—¡Santajuana, Santajuana!

Y Arinbjönr me dijo *no*. ¡No!

Daniela, en un segundo, ya me apuntaba directo a la cabeza con su Pink Lady, y ya disparaba y la bala corría directo al blanco.

Sí.

Pero esto, en realidad, aún no ocurría, la escena se había anticipado en mi cabeza un milisegundo antes de que pasara, como un presagio.

«¡Daphne, despierta!», resonó una voz antigua dentro de mí. Aparté apenas nada mi cabeza de la trayectoria del proyectil y la bala pasó a una micra de mi cabeza, chillando un canto de odio, con el tiempo suficiente para sacar una flecha de mi carcaj y lanzarla al corazón de Daniela, la hermosa Daniela, quien pescó la saeta al vuelo con su garra vertiginosa, la desarmada, para romperla contra su rodilla.

La abuela se convulsionaba. Aún quedaba un hilo de vida en su cuerpo marchito.

Daniela volvió a rugir con un encono que venía de siglos atrás, con una maldición que le pudría el pasado y el presente, que la hacía la bestia más oscura de la noche, la última noche de todas las noches del mundo, la de las estrellas muertas, la que no tiene derecho al futuro, al porvenir.

Ésta había sido la señal para que las bestias *nahualli* brincaran enloquecidas, veloces y hambrientas a la mesa verde del campo de batalla. Gemelo Dos, mi Gemelo amado, mi roca ígnea, mi *diablo guardián*, ya disparaba en círculo, desvergando a las bestias, una por bala envuelta en tripas y sesos; pero era inútil, de un momento a otro el parque se agotaría, para hacer de él y de mi señor un banquete insuficiente. Así que tomé una nueva flecha áurea y giré mi cuerpo a la derecha.

«¡Dispara!»

Mi flecha voló simplemente hacia el centro de las gradas. A medio trayecto, explotó en un relámpago de oro que impactó en un puñetazo bárbaro el concreto de la corona elíptica del estadio. ¡Bang!, un golpe contundente reventó en grietas y zanjas la pendiente de hormigón y acero, desplomándose en una danza de escombros afilados y polvo denso, tragándose a los *nahualli* que no lograron escapar al derrumbe.

Tres giros. Tres flechas de oro. Los costados todos de la construcción se vinieron abajo en una agitación de fuego y mazazos, acompañados por el aulladero de nahuales que se molían hasta hacerse mierda entre peñas de concreto y lanzas de acero retorcido.

La luna roja desapareció, dejando a su paso la luz enfurecida de los 400 cenzontles de la noche que caían sobre nosotros como una lluvia de granizo ensangrentado. Al frente de estas huestes salvajes, brillaba Brünhild a la vanguardia, dirigiendo la descarga que cayó, desde la pulpa oscurísima de la noche, pesada y densa, sobre el ejército de Daniela: los batallones *nahualli* que habían esperado inútilmente la orden de ataque de su Señora Ocelotl.

Al lado de Brünhild, se precipitaba desde el vacío María de los Ríos, la huérfana que habíamos dejado atrás, cuya vida era un hueco costroso, y que ahora abría la boca para apuntar con sus colmillos afiladísimos hacia el enemigo. Los que venían detrás de ellas eran los militares que sitiaban el estadio y que ahora se habían convertido en una horda de vampiros furiosos, ciegos, marionetas a las órdenes de Brünhild. Por eso, *por eso* se había rezagado con los soldados lujuriosos, ¡cerdos obtusos, feminicidas, criminales!, para inocularlos con la toxina vampírica, con el veneno de los dioses, que en una infección exponencial se contagiarían unos a otros, atacándose entre sí como perros rabiosos, y que ahora caían como una lluvia de meteoritos personales.

¡Mierda! Volar, podían volar.

«¡Hazlo!»

Y salté, rompiendo la atracción de la tierra a la que siempre estuve atada sin voluntad ni fuerza. Salté porque sabía, un instante antes de saberlo ella misma, que Daniela se lanzaría sobre mí, con su pistola por delante, martillándola rumbo a mis sesos. En el aire, conteniendo el vómito que me provocaba la ingravidez voluntaria, cargué mi arco y disparé un segundo antes de que Daniela brincara hacia mí. Mi flecha incandescente le pegó en la muñeca, desprendiéndole la garra con un corte limpio. Sí, yo había decidido la intensidad de la descarga de mi saeta, apenas un chispazo ardiente que coció la carne viva de Dany. Danna. Daniela de los mil demonios.

Y en el instante minúsculo que duró mi vuelo, pude contemplar un cuadro completo, minucioso, de la batalla que se daba bajo mis pies. Arinb golpeaba y golpeaba con su cuchillo el torso de un Señor Coyote que, con una fuerza abrumadora, desgarraba el pecho de mi amante, mi señor. Y vi las balas de un Gemelo de la Suerte que se agotaban en un tableteo contenido, preciso y precioso, contra los *nahualli*, los que mutilados o apenas inermes, supervivientes de mi ataque de fuego, corrían hacia él para destriparlo y verter su sangre en esta noche de luna muerta. Mi Gemelo Dos, que ahora estaba acompañado por su hermano, Gemelo Uno, el de la mano trozada, también haciendo escupir muerte por el cañón de su AK 47, venido del pasado inmediato por algún túnel espacio temporal, en la lluvia de Brünhild. Sí, en mi visión estereoscópica podía contar las desgarraduras que Hild y María abrían en las piel de puercoespín y musaraña venenosa de dos *nahualli* que apenas si podían lamentarse de ver sus cuerpos mutilados a una velocidad pasmosa. Brazos que saltaban entre chorros de sangre que bebían, atragantados, nuestro ejército vampírico; la sangre que el universo de Daniela reclamaba para la luna roja, ahora ausente en el cielo: Coyolxauhqui destazada por sus cuatrocientos hermanos: estos demonios que ahora mismo hacían la sangría más fantástica que dios alguno pudiera imaginarse en la peor de sus pesadillas.

¡Ah, la velocidad!

«¡La velocidad, Daphne!» La velocidad que me hacía contemplar, inmóvil, la mano-garra desprendida de Daniela, su rostro de puta tomada por sorpresa, mi abuela que aún convulsionaba… El rostro de Daniela que no era más su máscara de hetaira a sueldo, de cortesana refinada, sino el de un jaguar de dentadura poderosa. De nada le valdrían su fuerza y destreza, pensé… pero yo estaba equivocada. Al caer sobre ella, en el alto cilindro de los sacrificios, Daniela era un gato enorme y demencial que me recibiría con una mordida salvaje en el hombro, un movimiento relampagueante que no pude anticipar. Ella, vuelta un animal sin más conciencia que la de sobrevivir y matar, había roto mi anticipación a sus pensamientos.

«¡Tú también eres un animal, una criatura de la noche!»

La voz. Sí, ¡la voz! Era Santajuana, gritándome su último aliento.

Daniela sacudía la cabeza para arrancarme el brazo entero, el brazo que se había interpuesto entre sus colmillos y mi cuello.

Yo iba a desfallecer con aquel dolor infinito que me acercaba a la muerte absoluta, la muerte impensable de una vampiro, pero yo era apenas una mestiza, así que no había más remedio que luchar. Yo: mitad flechadora de hielo y fuego, mitad *cihuateteo* en llamas. Y reventé hacia fuera todo el flujo de lumbre que me corría por las venas y calciné los colmillos de Daniela, quien dio un salto hacia atrás, boqueando sanguaza, parada en tres patas, con una herida cauterizada en uno de sus cuartos delanteros. Yo estaba tirada en el piso, con el fuego de mi piel extinto por el dolor del hombro derecho, el brazo tirador de mis dardos alados. Yo estaba a su merced. Y de nuevo brincó hacia mí, con las patas traseras apuntando a mi pecho. El borde del pedestal de los sacrificios estaba a unos centímetros de mí…, así que, agotando mi último reflejo de velocidad, rodé y me fui de espalda al pequeño vacío de tres metros que me separaba del suelo. Daniela no pudo extender su salto y cayó en el charco de sangre en llamas que yo había dejado en la planta de los sacrificios. Volvió a impulsarse y se precipitó sobre mí, sobre mí que ya la esperaba con una flecha en la mano, erguida, para recibirla. Ella, gato al fin, logró girar en el aire antes de dar conmigo. Moví apenas mi saeta y ésta se incrustó en la nuca de la ocelote. Aulló. Me aplastó. Yo me fui un instante a negros y regresé en mí con el hocico de ella triturándome medio rostro con un par de colmillos que habían sobrevivido de su calcinamiento. Su lengua y aliento empapaban mi Lunar Estrella. Con la pata izquierda delantera, la que había sobrevivido a mi ataque relámpago, me arañaba el vientre, vaciando mis intestinos en un charco de lodo y yerba. Arinb, con la cabeza del Señor Coyote en la mano izquierda, con su cuchillo de combate en la derecha, corría hacia mí para salvar lo poco que quedaba de la última virgen de medianoche… No, no lo iba a lograr: mi cráneo crujía, y la llave de la abuela engarzada al dije de Arinb había perdido su fuerza.

«¡Tu Lunar Estrella, tu lunar estrella!»

De un espasmo más doloroso y fantástico que el dolor del parto infinitesimal de universo, mayor que el sufrimiento de mi madre muerta, que el de mi abuela reventada, una masa de huesos y carne brotó del mapa estelar que me pateaba bajo la mirada perdida y entró un disparo por el hocico y la garganta de Danna: era la bestia cáncer, el emperador de todos los males al que había derrotado yo junto con mi guerrero islandés hacía más de mil

años. Y la bestia cáncer, vuelta una víscera que vomitaba mi
Lunar Estrella, se regó por cada una de las oquedades del jaguar
Daniela, hasta dejarla aterida. Su mordida letal ahora era apenas
un beso delicado. Una despedida, y yo estaba dentro de ella vuelta
una nervadura de muerte.

—¡Vaya! —me dijo Daniela en un revire de conciencia y
telepatía cuya cabeza, cuerpo y pensamientos eran los de aquella
niña que se prostituía por un puñado de pesos, allá en nuestro
pasado inmediato—. Parece que esta vez ganaste. Daph, amiga
mía.

—No lo sé de cierto —alcancé a responderle, temiendo que
ella echara mano de un nuevo recurso de supervivencia—. Por
lo pronto, te mandaré de vuelta al Mictlán hecha añicos.

—Lo sé.

—No debiste matar a mi abuela, eso no era necesario, ¡hija
de la gran puta!

—Daph, amiga mía. Tenía que hacerlo: borrar todo indicio
de tu estirpe, romper la cadena, después arrancarte la cabeza y
devorar tu corazón de princesa, de *cihuateteo* roja, consorte de
Tonatihu, tu enemigo, tu señor último. Pero ahora soy tuya.

El monstruo cáncer había inundado al fin cada arteria, cada
pequeño vaso de su cuerpo de mujer, y esperaba él mi orden final
para expandirse hacia el mundo.

—Sí, Daniela, ahora eres mía. ¿Nos veremos otra vez?

—Lo ignoro. Tú sabes, soy un gato, porque dios creó al gato
para que el hombre pudiera acariciar al tigre.

—Y los gatos tienen siete vidas.

—Hasta pronto, Daphne, amiga mía. Te amo.

—Hasta pronto, Daniela, enemiga mía. Te odio.

Y mi bestia de cáncer se hinchó entonces como una garrapata
adherida a mi piel, a mi carne más íntima, y reventó en un

estallido milagroso de tanta carne y huesos y piel junto con el cuerpo de Daniela Ocelote, tan rápido que apenas si pudo musitar un ¡ay! de dolor.

Mis flechas cardinales habían sumido en la absoluta oscuridad las ruinas del estadio vuelto un coliseo inconmensurable, volviendo una gelatina oscura, imperceptible, el pestilente reguero de cadáveres sembrados en el pastizal, el manto verde ahora seco y requemado.

Arinbjörn había llegado hasta mí, bañado en sangre y trozos de piel ajenas, con el pecho destrozado. Me tomó a ambos brazos, con mi hombro descoyuntado y el reguero de mis vísceras colgando como una bandera raída, con mi Lunar Estrella retraído de nuevo a su cuna, a su lugar de origen, y me levantó él en vilo. Mis Gemelos de la Suerte, Brünhild y María, tomadas de la mano, me rodeaban. En silencio, con los rostros vueltos hacia la tierra.

—¡Llévame con mi abuela! —alcancé a rogarle a mi guerrero islandés.

De un salto prodigioso, me llevó hasta el cadáver de mi abuela.

—Recuéstame junto a ella —le supliqué a Arinb—, troza mi seno derecho para alimentarla con mi sangre y resucitar a Santajuana de los Mataderos, tal como lo he hecho tantas veces contigo. Abre mi pecho y deposita mi corazón aún palpitante en el seno de mi abuela. ¡Arinb, no permitas que ella se vaya! ¡No!

«No.»

La voz de Santajuana resonó en mi cabeza:

«No, hija, no lo hagas, es tarde. No. Tu muerte no podría detener la mía. Estoy ya al otro lado del espejo que humea, más allá de los 400 hermanos de Coyolxauhqui. El espejo estallará para revelar las estrellas que devoran la luna roja, que ella es tan sólo un sueño, el sueño de Daniela Ocelote, y ahora ella está muerta, como yo.»

«Abuela, puedo amamantarte con mi sangre, volverte una de nosotras, una vampiro, una criatura de la noche, una inmortal.»

«No, no hay inmortalidad permanente, ya lo has visto: tú misma estuviste a punto de morir. Todo esto es una ilusión. Una ilusión que duele, que se puede tocar y trastocar. Es tiempo de partir, Daphne, hija mía. Ya es tiempo.»

«¡Mierda, mierda! Abuela, no me dejes en este lodazal podrido, llévame contigo al otro lado, al mundo que no se toca más que en reflejos.»

«Eso sería contranatura, hija. Llevas en tu cuello la llave de plata que abre puertas y umbrales. Ve tras ellos, ésa es mi herencia: el universo y sus misterios, ésos que yo misma no me atrevía a visitar por estar perdiendo el tiempo en fumar como chacuaco y ver películas antiguas.»

«Santajuana de los Mataderos, abuela mía, te amo.»

«Daphne, sangre de mi sangre, yo también te amo. Adiós.»

«Adiós.»

De golpe, el cielo negrísimo estalló en una lluvia gigantesca de estrellas, fragmentos luminosos de un espejo que cubría la tierra entera con un azogue de humo. Miles, millones de cometas fugaces, polvo de estrellas ardiendo contra la atmósfera azul de tan negra, herida por misiles de cauda azul y helicópteros que escupían fuego sobre la ciudad en el primer día de la Guerra del Fin del Mundo.

Quería, debía llorar, pero mi cuerpo estaba seco, así que me fui a negros, contemplando mi brazo descoyuntado, mis entrañas desparramadas junto al cadáver de la mujer más hermosa del mundo: Santajuana de los Mataderos.

XIX

El hombro de Arinb era tibio y suave, una caricia amorosa para ésa, mi cabeza atolondrada, que descansaba allí, en la oquedad que se abría junto a su hermoso cuello. Yo estaba muy débil, así que me habían subido al avión, empujada por Gemelo Dos, en silla de ruedas, como cuando llevaba yo a mi abuela al hospital cada vez que el enfisema pulmonar amenazaba con dejarla sin aliento.

Un toque suave al dije que Arinnjörn había devuelto a su barba me llenó de una felicidad que luchaba a brazo partido con el luto doloroso que me aplastaba el alma.

—Ya habrá tiempo, mucho, espero, para que la llave de Santa empalme con mi dije de plata y nos lleve a lugares fantásticos —me había dicho cuando le insistí en que lo regresara al lugar al que pertenecía: su hermosa barba de metal.

Una lágrima se escapó sin permiso y mojó apenas el saquito tan elegante de mi señor.

—No, Daphne, recuerda que no soy tu señor. Tú y yo somos iguales.

—Arinb, Kristjana tiene razón: siempre seré una mestiza.

—Ésa es la historia de la estirpe humana: la diversidad encontrándose. Tú eres el triunfo de dos mundos. No eres una mestiza, eres una mujer nueva, Daphne de los Mataderos, nieta de Santajuana de los Mataderos, bisnieta antigua de Guadalupe Ixcateopan; eres la flechadora del sol, la consorte de Apolo. Mi compañera de viaje.

Me eché a llorar, ahora sí en libertad, con una felicidad dolorosa.

Brünhild se acercó a nuestro pequeño camarote en el fantástico y ofensivo jet que nos llevaba en un viaje larguísimo, siempre cubierto por la noche que nos seguiría como un perro faldero, hasta Reikiavik, en una Islandia que se preparaba para una larga noche invernal, una noche que nos mantendría sanos y salvos, momentáneamente, lejos del Señor Sol.

Ella me enjugó las lágrimas y besó mi frente. Al otro lado del amplio pasillo, dormía María de los Ríos, adaptándose aún a su nueva realidad: la de una vampiro en plena transustanciación.

Brünhild nos besó en los labios a su hermano y a mí y, en silencio, regresó a su lugar para abrazar a la nueva chica del clan. Me guiñó un ojo, con malicia, regresando a su estado amoroso y despiadado de siempre.

Ella me había dicho que la guerra en mi ciudad, en mi país, estaba en una cúspide en la que se preveía el triunfo de los insurrectos, con todos los problemas gigantescos e irresolubles a los que se enfrentaba, que los soldados que había convertido en vampiros casuales la noche de la batalla del estadio de Santa Úrsula, a estas horas, ya habrían ardido como teas bajo el sol de mayo: «No merecen vivir, aunque nos hayan sido de utilidad. Es un toma y daca propio de la guerra».

Mis gemelos viajaban en un par de butacas de turista muy cerca de nosotros, listos para actuar en cualquier emergencia, ¿acaso nunca dormían, acaso comían, defecaban, reían?

A pesar de las vicisitudes de la guerra en mi patria, reorganizando su relación con un alto jefe de la milicia, Arinb había logrado sacar un paquete de visas Global Entry que nos evitaba ser fotografiados en los filtros de migración, uno de los privilegios odiosos y *random* del poder del dinero, y que no revelaría a la policía de migración el curioso detalle de que nosotros no aparecíamos en las fotos ni en los reflejos de espejos comunes... a menos que fuera el espejo humeante de la abuela, ¿volvería a ver mi futuro en su superficie rota?

Entonces, como un regalo desmesurado, comenzó a sonar una dulce y oscura melodía de laúd en un butaca lateral: ¡era Jozef!

Arinbjörn me alzó el rostro con la punta de sus dedos de príncipe guerrero, suaves y vigorosos.

—¿Lo sabes, no es así?

—Sí, Arinb. Yo también, desde antes de que naciera, cuando mi piel era la piel de otra.

Nos besamos largo y profundo.

Sí, lo amaba desde tiempos inmemorables.

Se levantó y fue a recostarse a la butaca-litera que una azafata había preparado. Se acostó, lanzándome una última mirada y echó a andar un mecanismo de lujo absurdo que cerraba sobre él un tubo acolchado que lo aislaba del mundo.

Mi cama estaba lista desde hacía unos minutos, así que lo único que hice fue recostarme y cerrar el sarcófago de híperlujo que protegería mi sueño.

Pensé en la abuela, en su fantástica biblioteca que el fuego había consumido: un efecto colateral de la Guerra del Fin del Mundo. Del mundo conocido. El viejo mundo y su luna de sangre.

En una pequeña maleta, llevaba brazada a mi seno una urna de acero con las cenizas más hermosas del mundo.

—Abuela, ¿estás allí?

No me respondió. Sabía que no lo iba a hacer y, aun así, sonreí con los ojos humedecidos. «Te amo, Santajuana de los Mataderos.»

Un sueño tibio y reparador me venció al fin.

El futuro no estaba escrito.

Meses después, sabría que alguien había recogido la mano armada de Daniela, aislada entre ruinas de concreto, para llevarla a un antiguo templo subterráneo y mantenerla bajo un frío quirúrgico, cero absoluto, en espera del fin de la guerra y la aparición, paciente y puntual, de una luna de sangre con el rostro de un jaguar en su lado oscuro.

Una luna de medianoche.